작가의 시작

a year of writing dangerously

바바라 애버크롬비
박아람 옮김

작가의 시작

a year of writing dangerously

책읽는수요일 Books on Wednesday

나는 발견하기 위해 글을 쓴다.
폭로하기 위해 글을 쓴다.
나의 혼령들을 만나기 위해 글을 쓴다…….
글을 구성하는 것이 위험하기 때문에,
사랑처럼 위험천만한 일이기 때문에 나는 글을 쓴다.

— 테리 템페스트 윌리엄스

그 방은 위험한 곳이다.
방 자체가 위험하진 않지만 당신이 위험하기 때문에 위험하다.
정신은 위험하다.
모든 단어는 제각기 수많은 비밀들, 연상들로 가득 차 있다.
모든 단어는 빛과 어둠을 통과해 다른 단어로, 또 다른 단어로,
다시 또 다른 단어로 끊임없이 이어진다.

— **마이클 벤투라**

차례

글을 쓴다는 것은 늘 위험하고 두렵게 느껴진다. 그것은 이제 막 글을 쓰기 시작한 사람이든 이미 몇 권의 책을 펴낸 작가든 마찬가지다. 누군가가 당신의 세계관을 부정할 수도 있고, 당신에게 화가 나서 인연을 끊을 수도 있으며, 당신 자신이 웃음거리가 되거나 너무 많이 혹은 너무 적게 드러낼 수도 있다는 걱정이 따른다. 픽션의 장막과 가면을 쓴다고 해도 자신의 진실을 글로 폭로하는 일은 언제나 위험하게 느껴지게 마련이다. 하지만 한편으로는 해방감이 들 것이다.

머릿속이나 가슴속에서 요란하게 울려대는 이야기를 글로 써내지 않으면 그것은 자취를 감춰버린다. 당신 자신이 아니면 아무도 말해주지 않는다. 이야기는 그 안에서 계속 요란하게 울려대거나 윙윙거리면서 당신을 미치게 만든다. 그것은 당신의 생각이고 느낌이며 상상이고 추억이다. 글쓰기를 통해 우리는 엄청난 삶의 혼돈을 정돈하고 저편으로 건너간다. 또한 글을 씀으로써 좋은 순간들을 붙잡아둔다. 글을 씀으로써 우리는 더욱 깊이 있고 의식적인 삶을 살 수 있다.

만일 소설이나 회고록, 자서전을 쓰고 싶다면 적어도 1년 동안 매진해야 머릿속의 아이디어를 실제 초고(草稿)로 발전시킬 수 있다. 단편을 쓰고 싶다면 작가를 꿈꾸는 데서 출발해 한 편 이상의 에세이나 단편소설을 완성하고 마케팅하기까지 대략 1년이 걸릴 것이다. 이 책은 당신이 매일매일 글을 써나가도록 돕는다.

나는 이 책이, 첫 문장을 정하는 일에서부터 매일 시간을 내어 글을 쓰고 여러 달에 걸쳐 퇴고와 좌절을 거듭한 끝에 1년여 후 세상에 내보낼 준비를 끝마칠 때까지, 하루하루 이야기를 풀어내는 자극제로 작용하기를 바란다. 이것은 방법론에 관한 책이 아니다. 글을 쓰는 법은 책으로 배울 수 있는 것이 아니다. 자신이 쓰고 싶은 종류의 글을 읽고 공부하는 것, 그리고 직접 써보는 것이 유일한 학습법이다.

혹시 수년 동안 글을 쓰다 잠시 위축된 상태인가? 돌파구가 필요한가? 어쨌든 이 책은 '왜'에 관한 책이다. 어떤 단계에 있든 글을 쓰는 사람들은 왜 글을 쓰는지, 애초에 왜 글을 쓰고자 했는지, 그것이 왜 중요한지, 왜 글을 쓰지 않으면 그토록 초조하고 불안한지 상기할 필요가 있다. 때로는 날마다 이런 것들을 떠올려야 한다. 왜 글을 쓰는가에 대한 답은 다른 작가들에게서 찾을 수 있다. 글을 통해 우리가 행동에 돌입하도록 그리고 계속 나아가도록 자극하는 작가들 말이다. 결심은 내부에서 이뤄지지만 자극은 외부에서 얻는 것이다.

혹시 초조하지도 불안하지도 않고 그저 자신의 이야기를 쓰고자 하는 차분하고 안정적이며 점잖은 희귀 부류에 속하는가? 그래도 좋다. 그렇다면 이 책에서 당신에게 필요한 격려를 찾길 바란다.

그러나 작가에게 약간의 좌절과 불안이 독이 되지 않는 것은 확실하다. 우리는 누구나 인생을 살면서 낯설고 고통스러운 시기를 겪게 마련이며,

우리가 책을 읽는 이유 가운데 하나는 실존 인물이든 허구 속의 인물이든 다른 이들이 힘든 시기를 어떻게 헤쳐 나가는지 살펴보기 위해서이다.

도저히 생각이 나지 않는다면 즉흥 글쓰기 훈련을 출발점으로 활용할 수도 있다. 그것은 담장을 허물어 생각지도 못한 깊은 영역으로 당신을 이끌 것이다. 이 책의 맨 뒤에는 1주일에 하나씩 1년 동안 활용할 수 있도록 52개의 즉흥 글쓰기 주제를 실었다. 소설이든 회고록이든 에세이든 어떤 글에나 활용할 수 있을 것이다.

나는 이 책을 일종의 '파티'라고 생각하고 싶다. 부디 참석해서 많은 작가들을 만나보기 바란다. 그들은 갖가지 흥미로운 아이디어를 내주고 당신의 손을 잡아줄 것이며, 컴퓨터를 창밖으로 던져버리고 싶을 때 당신의 곁에 있어줄 것이다. 용기를 내어 글을 쓰는 일에 대해 현명하고 재미있으며 감동적인 견해를 가진 작가들을 만나보기 바란다.

첫 문장 쓰기

001

나는 첫 문장이 도저히 떠오르지 않아서 극심한 불안감에 시달릴 때면 로스앤젤레스에서 북쪽으로 두 시간 거리에 있는 오두막으로 차를 몰고 간다. 그곳으로 향하는 산길은 매일 수백 명이 이용하며 적절하게 유지보수가 되어 있는 탄탄한 고속도로이지만, 그럼에도 위험천만하다. 높이가 해발 1,800여 미터인 데다 군데군데 아찔한 커브 구간이 있기 때문이다. 그 도로에서 끔찍한 사고도 여러 번 났다. 하지만 나의 오두막에 이르는 길은 그 도로뿐이다.

나의 오두막. 이렇게 말하면 낭만적으로 들리겠지만 사실은 그렇지 않다. 그 집 역시 나름대로 위험한 일을 여러 번 겪었다. 못된 놈들이 던진 돌멩이에 창문이 깨진 적도 있고 파이프가 얼어 터지는 바람에 천장 일부가 무너지기도 했다. 한번은 산불이 났다가 도로까지 번지기 직전에 아슬아슬하게 꺼진 적도 있고, 그 산불로 대피해 있는 동안 쓸모없는 스피커와 낡은 컴퓨터 한 대를 도둑맞기도 했다. 게다가 겨울에 눈이 오면 진입로에 눈이 잔뜩 쌓여서 현관문까지 가는 길이 마치 캐나다 북부 어딘가의 얼어붙은 툰드라를 등반하는 것 같다.

나는 그곳에 도착할 때마다 무사히 올라왔다는 데 감사하고, 내 오두막이 온전히 서 있으며 진입로에 눈이 1.5미터씩 쌓여 있지 않은 데 안도한다. 고도로 인한 현기증을 느끼며 잠시 집 안에서 서성거리다 보면, 벽면들이 뱉어내는 침묵에 두려움이 밀려든다. 결국 나는 노트북 컴퓨터를 열고 글을 쓰는 것 말고는 달리 할 일이 없다는 사실을 깨닫는다. 오래전부터 글쓰기는 아찔한 커브가 가득한 그 무서운 산악도로와 똑같이 느껴졌다. 글을 쓰다 보면 더 이상 한 단어도 떠올릴 수 없는 날이 올지도 모른다. 상상력이 고갈되어 머리가 텅 비어버릴 수도 있다.

누구에게나 나름의 산길은 있다. 그것은 골짜기로 이어지는 위험한 내리막길이 될 수도 있고, 금방 부서질 것 같은 작은 배를 타고 깊고 컴컴한 물 위에 떠 있는 것에 비유할 수도 있다. 비유가 어떻든, 글을 쓰는 일은 우아하게 활공해 들어갈 수 있는 일이 아니다. 자신의 본모습을 숨길 수 있는 일도 아니다. 글을 쓰는 장소가 오두막이든 침실이든 사무실이든, 글을 시작할 때에는 침묵과 공허가 아우성치는 공간이 존재하게 마련이다. 글 속으로 들어가는 안전하고 쉬운 길은 없다. 당신과 당신의 기억, 경험, 상상이 있을 뿐이다. 발가벗은 채로 말이다.

그래서 나는 오두막에서 시끄럽고 흥겨운 음악 CD를 틀어놓는다. 추운 날에는 벽난로에 불을 피우고 더울 때는 발코니에 앉아 솔향기를 들이마신다. 그런 다음, 자극제가 될 만한 책을 읽는다. 현대 생활의 모든 편의를 포기하고 그곳에 가 있는 이유, 애초에 내가 글을 쓰고자 하는 이유를 상기시켜줄 그런 책 말이다. 그러면 금세 마음이 차분해져서 컴퓨터를 켤 수 있게 된다. 그리고 그때부터 나는 글을 쓰기 시작한다.

...

첫 문장을 쓰는 일은 내게 늘 두려운 일이다. 공포와 마법, 기도문, 난처한 창피함이 한꺼번에 엄습한다는 것은 놀라운 일이다. —**존 스타인벡**

영감을 유혹하기

글을 처음 쓰기 시작한 날이나 새로이 책을 시작한 날은 결혼기념일이나 생일처럼 기념해야 하는 날이다. 물론 오늘부터 책을 쓰겠다고, 에세이를 쓰겠다고 선언하고 갑자기 컴퓨터 앞으로 달려가 앉을 수도 있다. 하지만 그날을 위해 준비한다면, 갑자기 그날을 손꼽아 기다리며 중요한 날로 여긴다면, 글을 쓰기 위한 에너지를 끌어 모을 수 있다. 한 가지 방법을 제안하자면, 자신만의 공간이나 책상, 탁자 등, 자신이 글을 쓸 곳을 치우고 좋아하는 물건이나 사진을 놓아두어 그곳을 유혹적인 곳으로 만드는 것이다. 결국 그것은 영감을 유혹하는 일이다.

준비하는 데 시간을 투자해라. 자신이 좋아하는 작가, 자신에게 영감을 주는 작가의 책을 찾아라. 글을 쓸 시간을 정해라. 무심코 다른 계획을 잡을 수도 있으니 자신이 정한 시간을 달력에 표시해라.

요컨대, 언제 어디서 글을 쓰든 집필 시간과 집필 공간을 신성하게, 즉 불가침의 시간과 장소로 만들어라.

...

나는 내 학생들에게 말한다. 자신의 창의성이 최대한 발휘되는 때가 언제인지 반드시 알아야 한다고. 자신에게 물어라. 이상적인 방은 어떤 모습인가? 음악이 있는가? 조용한가? 밖이 소란스러운가, 고요한가? 상상력을 해방시키려면 무엇을 정돈해야 하는가? —**토니 모리슨**

003

거룩한 소명

당신의 친구들이나 식구들은 당신이 자신만의 신성한 공간에 앉아 있는 것을 중요하게 생각하지 않을 것이다. 심지어 당신이 하는 일을 "타이핑" 또는 "당신의 새로운 취미 생활" 정도로 치부할지도 모른다. 글쓰기는 취미 생활이 아니다. 우표 수집이나 동전 모으기, 그런 게 취미 생활이다. 글쓰기는 소명이다.

...

나는, 글 쓰는 삶을, 아니, 사실상 모든 종류의 창조적 표현을 진지하게 받아들인다면 이 일을 마치 거룩한 소명처럼 여겨야 한다고 생각한다. 내게 작가가 되는 것은 수도사나 수녀가 되는 것과도 같았다. …… 나는 글의 가장 충실한 시녀였다. 내 삶은 온전히 글을 중심으로 이루어졌다. —**엘리자베스 길버트**

쓸 것인가, 불화를 피할 것인가 004

이사벨 아옌데는 모든 저서를 1월 8일에 시작한다. 그녀는 첫 문장을 쓰고 나면 이야기가 펼쳐지기 시작한다고 말한다. 어느 해의 1월 8일 동이 틀 무렵, 스페인에서 그녀의 저작권 에이전트인 카르멘 발셀스가 전화해 회고록을 써보라고 했다.

아옌데는 자신의 가족이 노출을 꺼린다고 대답했다.

그러자 발셀스가 말했다. "아무것도 걱정하지 말아요. 그냥 나한테 편지를 200~300쪽 써서 보내주면 나머지는 내가 알아서 하죠. 이야기를 쓰느냐, 가족과의 불화를 피하느냐, 둘 중 하나를 선택해야 할 때 프로 작가라면 누구나 전자를 택해요."

아옌데는 결국 회고록을 썼지만 "갖가지 의견과 갈등으로 가득한 살아 있는 자신의 가족"이 주인공인 탓에 고심을 거듭해야 했다. 그 줄거리는 "상상의 소산이 아니라 진실을 보여주는 시도"였다.

글을 쓸 때에는 '내가 허락하지 않는 한, 아무도 내 글을 읽을 수 없다'는 생각을 갖고 있어야 한다. 그래야 진실을, 혹은 진실이라고 믿는 것을 자유롭게 쓸 수 있다. 끔찍하고 무서운 것을 지어내도 좋고, 모호하고 형편없는 글을 써도 좋다. 원한다면 푸념을 하며 징징거려도 좋다. '언제든 다시 쓰거나 고치거나 찢어버리면' 되니까.

글을 쓰려면 퇴고를 거듭해야 한다. 하지만 퇴고를 하려면 먼저 무언가를 써야 한다.

• • •

그래서 나는 죽을 때까지 아무에게도 말하지 않으리라고 생각했던 것들을 글로 쓰기 시작했다. — **메이리 차이**

글쓰기는 왜 위험한가

수업을 하다 학생들에게 글 쓰는 일이 위험하게 느껴지냐고 물은 적이 있다. 학생들은 모두 열렬히 고개를 끄덕였다. 나는 그 이유를 써보라고 했다.

한 학생은 이렇게 썼다. "글 쓰는 일이 위험한 것은 그 사람이 걸릴 수 있기 때문이다."

'걸리는 것', '발각되는 것', '노출되는 것'. 끔찍한 일이다.

그래서 가끔 글 쓰는 일이 그토록 두렵게 느껴지는 것일까? 우리는 물고기처럼 자기 글의 바늘에 걸리고 때로는 비밀이 노출되기도 하며 내면의 삶과 상상력이 검열을 당하기도 한다.

• • •

불안은 집필 과정의 불가피한 부분일 뿐 아니라 필수적인 부분이기도 하다. 두렵지 않다면 글을 쓰고 있는 것이 아니다. —**랠프 키스**

가면 벗기의 두려움

또 어떤 학생은 글쓰기가 위험한 이유에 대해 이렇게 답했다. “때로는 나의 진짜 감정을 아는 것이 위험하게 느껴진다. 내 머리와 가슴의 안전한 영역 밖에 있는 감정을 인정함으로써 잠재의식의 걸쇠가 풀려 귀중한 비밀들이 새어 나오면 무슨 일이 일어날지 아무도 모른다. 나는 그런 여러 가지 생각과 감정에 대해 책임을 져야 할 수도 있다. 변화해야 할지도 모른다. 내가 필요로 하는 것, 내가 원하는 것에 대해 더 이상 나 자신과 타인들을 속일 수 없을지도 모른다. 내가 필요로 하는 것, 내가 원하는 것을 요구해야 할 수도 있다. 나는 실망스러운 사람이 될지도 모른다. 실망해야 할 수도 있다. 나는 실망할 것이다.”

이 답변이나 앞에서 언급한 답변은 10년 동안 동굴에 숨어 살던 사람이 쓴 것이 아니다. 둘 다 사회적으로 권위 있고 존경받는 유능한 전문직 종사자로, 한 명은 의사이고 또 한 명은 종교 지도자이다.

우리는 모두 실망스러운 사람이 되는 것을 두려워한다. 머리와 가슴의 안전한 영역 밖으로 모험하는 것을 두려워한다. 여전히 동굴에 숨어 사는 사람이나 남을 돕는 것이 직업인 사람이나 모두 마찬가지다. 우리는 모두 가면을 쓰고 돌아다닌다.

...

우리는 서로에 대해 터무니없을 만큼 모르고 살고 있어. 가장 친하다는 친구에 대해서조차 알고 싶은 것을 모르는 경우가 허다하다는 얘기지. 이를테면 내가 살면서 아주 끔찍한 일을 겪고 있다고 가정해보자고. 그러면 친구들도 비슷한 일을 겪은 적이 있는지 알고 싶지 않겠어? 하지만 차마 서로에게 물어보지 못하지.

— 영화 〈앙드레와의 식사〉에서 월러스 숀과 앙드레 그레고리가 나눈 대화 중에서

007 뜬금없이 시작하기

글 속으로 뛰어들기에 적절한 곳, 안전한 곳은 없다. 로저 로젠블랫은 글쓰기 수업에서 강의를 하다 뜬금없이 〈생일 축하합니다Happy Birthday〉 노래를 부른다. 그러면 학생들은 정신 나간 사람을 보듯 그를 멍하니 바라본다. 그는 다시 한 번 그 노래를 부른 다음, 머릿속에서 "평생 들어온 이 지긋지긋한 축하곡"이 울리는 가운데 글을 시작해보라고 한다. 그러고 나서 그가 또 한 번 노래를 부르면 학생들은 고개를 숙이고 글을 쓰기 시작한다.

...

그러나 출발점이 언제나 분명하게 보이는 것은 아니다. 그리고 언제나 입구를 찾을 수 있는 것은 아니다. 가끔은 옆문이 필요한 경우도 있다. —**애비게일 토머스**

자신감을 갉아먹는 목소리

우리는 부정적인 목소리와 친하다. '바보, 그걸 글감이라고 생각해낸 거야?' '정말 책을 쓸 수 있다고 생각해?' '왜 침실 슬리퍼를 신고 앉아서 네 따분한 인생 이야기를 쓰려고 하는 거야? 누가 읽고 싶어 한다고?' 머릿속에서 이런 목소리가 울려대며 자신감을 갉아먹기 시작한다면 또 다른 목소리에 귀를 기울여라. '그냥 계속해. 네 이야기를 써. 그건 중요한 일이야' 라고 말하는 달콤하고 차분한 목소리 말이다. 스타벅스나 도서관에 앉아 있다면 이걸 소리 내어 말하지 않는 것이 좋겠지만, 집에 혼자 있다면 큰 소리로 말해라. 그것도 자주.

...

글 쓰는 일은 좋은 것이다. 애정을 갖고, 그 일을 좋아한다고 생각하며 매진해라. 글 쓰는 일은 쉽고 재미있는 일이다. 일종의 특권이다. 걱정스러운 허영심과 실패에 대한 두려움을 제외한다면 어려울 게 없는 일이다. —**브렌다 울랜드**

009 자신에 대해 쓰기

윌리엄 진서는 여러 학교에서 글쓰기 강연을 할 때 학생들에게 “여러분의 문제가 무엇입니까? 여러분의 걱정이 무엇입니까?”라는 질문을 던지고 이것을 글의 주제로 삼으라고 제안했다. 그러나 초등학생에서부터 대학생에 이르기까지 대부분의 학생들은 자신에 대해 글을 쓸 수 없다고 말했다. 선생님이 주제를 정해준다는 것이었다. 기성 작가들은 편집자들이 원하는 글을 써야 한다고 했다.

이것이 남의 얘기 같지 않은가? 자신에 대해 글을 써도 좋다는, 혹은 원하는 주제를 택해도 좋다는 허락이 필요한가? 그렇다면 내가 허락하겠다. 당신은 이제 허락을 얻었다. 그것을 활용해라.

···

자신에 대해 글을 쓴다면 당신이 대상으로 삼고자 하는 모든 이들에게 닿을 것이다. ―― **윌리엄 진서**

준비운동

나는 학생들을 가르칠 때 5분 글쓰기 훈련을 자주 활용한다. 5분 동안 글을 쓰려면 익숙한 방식에서 벗어날 수밖에 없으며, 따라서 대단한 무언가를 써야 한다는 부담감을 내려놓을 수 있다는 생각에서이다. 5분, 잠시도 멈추지 않고 5분 동안 글을 쓰는 것이다! 그렇게 짧은 시간 동안 무언가를 써낼 수 있단 말인가? 그것이 읽을 수 있는 글일까? 하지만 때로는 놀라운 일이 벌어진다. 자신조차 몰랐던 기억이나 감정, 생각이 떠오르는 것이다. 아무것도 떠오르지 않으면 또 어떤가. 나는 내 글이 잘 풀리지 않을 때에도 이 방법을 활용한다. 작품 속 인물의 이름이나 어떤 단어 또는 개념을 적어놓고 무작정 쓰기 시작한다. 생각은 하지 않는다. 그냥 쓴다. 때로는 지도상에 없는 곳으로 들어가볼 필요도 있다.

내 수업을 듣는 학생 중에는 성공한 미스터리 소설가가 있다. 그녀는 글쓰기와 자기 단련에 대해 더 이상 배울 게 없는데도 글쓰기 연습, 즉 훈련을 하기 위해 주기적으로 수업에 출석한다. 그녀는 이 수업을 자신의 집필 '운동'을 위한 '체육관'이라고 부른다. 배우들, 음악가들, 무용수들도 모두 훈련을 한다. 작가라고 훈련하지 말란 법이 있을까?

...

펜을 들고 공격해라. 과거에 내가 누구였는지, 지금은 누구인지, 그리고 무엇을 기억하는지 써 내려가라. —나탈리 골드버그

계속 써 내려가기

8년 전 M이라는 학생이 내 수업에 들어왔다. 정확히 말하자면, 그녀는 죽도록 겁을 먹고 뛰어들었다. 실습 시간에 자신의 글을 낭독할 차례가 되자 그녀는 겁에 질려 안절부절못하며 다시 뛰쳐나갈 기세로 말했다. "내가 무얼 쓰고 있는지도 모르겠어요! 이게 소설인지 회고록인지도 모르겠다고요. 끔찍한 글이에요! 난 이걸 읽을 수가 없어요!"

나는 말했다. "그냥 읽어요." 그녀는 읽기 시작했다. 절대 끔찍한 글이 아니었다. 재미있고 묘한 이야기, 계속해서 궁금해지는 그런 이야기였다. 나는 "계속 써보라"고 했다. 그녀는 그렇게 했다. 그녀는 매번 자신의 진솔한 인생 이야기를 가져와 우리를 웃기고 울렸다. 마침내 그녀의 회고록은 뉴욕의 한 대형 출판사에서 출판되었다. 그녀는 새로운 책을 쓰기 시작했고, 어느 날 아침 또다시 겁을 먹은 채로 수업에 뛰어들어 말했다. "뭐든 써와야 해서 이걸 갖고 오긴 했는데……. 완전히 엉터리예요. 창피해서 읽을 수가 없어요."

"그냥 읽어요." 내가 말했다. 그녀는 그렇게 했다. 훌륭한 글이었다. "계속 써봐요." 내가 말했다.

그녀는 자신의 가족이 뭐라고 말할지, 어떻게 생각할지, 어떻게 나올지 때문에 괴로워했다. 사실 그녀의 가족은 미친 듯이 화를 냈다. 그녀는 가명으로 계속해서 글을 썼다. 두 번째 회고록이 나왔을 때 나는 할리우드에서 열리는 대규모 파티에 참석했다. 출판사에서 그녀를 위해 열어준 파티였다. 각종 술과 음료, 게 요리, 치즈, 빵, 소시지, 심지어 폼프리츠(벨기에식 감자튀김-옮긴이)도 있었다.

내가 M의 이야기에서 강조하고자 하는 것은, 그녀가 처음에 (사실은 지금도 새 책을 시작할 때마다) 몹시 겁을 먹고 불안해했지만 그 두려움과 불안감 때문에 글쓰기를 포기하지는 않았다는 사실이다.

그러니 자신의 글이 꼭 "마음에 들어야" 하는 것은 아니다. 차분하고 확신에 차 있을 필요도 없다. 사실은 그렇지 않은 편이 낫다. 적어도 솔직한 셈이니까.

...

글을 쓸 용기를 낸다는 것은 두려움을 지워버리거나 "정복하는" 것이 아니다. 현직 작가들은 불안감을 씻어낸 사람들이 아니다. 그들은 심장이 두근거리고 속이 울렁거려도 포기하지 않고 글을 쓰는 사람들이다. — **랠프 키스**

인내심

이제 우리는 더 이상 인내심을 발휘할 필요가 없다. 컴퓨터에서 곧바로 책을 출판할 수 있고, 언제 어디서든 메시지를 받을 수 있다. 눈 깜짝할 사이에 자신이 가진 최신 장치로 도서관을 통째로 옮겨놓을 수도 있고 버튼만 누르면 영화제 하나를 통째로 내려받을 수도 있다. 굳이 CD를 꺼내지 않고도 곧바로 음악을 들을 수 있다. 이제 우리는 영원히 따분함을 견딜 필요가 없게 되었다. 적막에 휩싸일 필요도, 내면의 삶을 다룰 필요도 없다.

그러나 세상이 아무리 빠르게 돌아가도, 재미있는 일이 아무리 널려 있어도, 글쓰기에는 시간이 걸린다는 사실은 변하지 않는다. 글을 쓰기 위해서는 꿈을 꾸고 기억하고 생각하고 상상해야 한다. 시간 낭비라고 느껴지는 일도 자주 해야 한다. 적막과 고독이 있어야 한다. 주위가 난잡해지는 상황도, 자신이 무얼 하는지 모르는 상황도 아무렇지 않게 견뎌야 한다. 퇴고를 해야 하며, 자신의 이야기와 그 이야기의 진실, 그 이야기의 의미를 찾기 위해 발버둥 쳐야 한다. 회의와 두려움과 의심도 당연하게 받아들여야 한다. 게다가 글을 쓰는 데에는 지름길도 없고 왕도도 없다.

...

결정적인 문제는, "글을 쓸 때 어떤 공간, 즉 빈 공간이 당신의 주위를 에워싸는가? 그러한 공간을 찾았는가?"이다. 그 공간은 경청 또는 주목의 한 방식으로, 당신의 작품 속 인물이 하는 말이나 아이디어, 즉 영감은 그곳으로 들어온다. —**도리스 레싱**

자료 조사의 덫

글을 위한 자료 조사는 때로는 커다란 재미가 되며 때로는 아늑한 덫이 되기도 한다. 예전에 나는 한 달 동안 알래스카를 조사하며 행복에 겨운 나날을 보낸 적이 있다. 지금은 무엇 때문에 조사를 했는지 기억나지도 않고 실제로 그 조사가 글로 이어지지도 않았다. 어쨌든 당시 나는 비스듬히 내리쬐는 풍부한 햇빛 덕분에 채소들이 다른 지역의 열 배 크기로 자라는 마타누스카 계곡에 특히 매료되었다. 약 한 달 동안 행복하게 메모를 하며 실제로 글을 쓸 필요가 없다는 사실에 몹시 신이 났다. 나는 그저 거대한 채소들에 관한 정보만 기록하며 보냈다.

조사에 중독된 사람들에게는 도서관과 인터넷이 마약밀매소처럼 황홀한 공간이 될 수도 있다. 정말 힘들고 성가시고 짜증나는 일은 바로 머릿속에서 글을 짜내는 일이다.

...

나는 자료 조사를 중요하게 생각하지만, 색다른 방식으로 자료를 조사한다. 나는 글을 먼저 쓴 다음에 조사를 해야 한다고 생각한다. —**모나 심프슨**

의외의 장소

아주 의외의 장소에서 글감을 찾게 되는 경우도 있다. 예를 들면 몬태나주 트윈 브리지스의 섀크Shack 같은 곳에서 말이다. 세상에서 가장 맛있는 피자를 파는 그곳에는 탁자마다 오래된 잡지들이 쌓여 있어 심심하지 않게 피자를 기다릴 수 있다. 나는 어느 추운 겨울날 오후에 피자를 기다리다 오래된 〈US 뉴스 & 월드 리포트US News & World Report〉지에서 「삶을 개선하기 위해 해야 할 일 50가지」라는 기사를 발견했다. 그중 하나는 "저자가 되라"는 것이었다. 그 예로 다섯 자매가 조리법과 요리담을 모아 자가 출판을 해서 500부를 판매한 일화가 소개되었다. 또 한 가지 해야 할 일은 꾸준히 간략한 일기를 쓰는 것이었다. "날마다 그날의 경험을 하나의 문장으로 농축해라. 그것을 '외투걸이' 일지라고 불러라. 그것은 더 커다란 기억의 옷들을 걸 수 있는 틀이 되어줄 것이다."

수첩을 갖고 다녀라. 글감을 찾아라. 어디서 글감이 튀어나올지 모른다.

...

적어도 30년 동안 나는 거의 한시도 빼놓지 않고 뒷주머니에 수첩을 넣고 다녔다.

— 메리 올리버

힘이 되는 시 한 편

『힘들 때 힘이 되어주는 시 모음Good Poems for Hard Times』 서문에서 개리슨 케일러는 이렇게 말한다. "시의 취지는 용기를 주는 것이다. 시는 착실한 독자가 의무적으로 풀어야 하는 수수께끼가 아니다. 시의 역할은 독자를 자극하는 것이다. 독자가 기운을 내고 집중하도록, 깨어나도록, 생기를 갖도록, 통제력을 갖도록 만드는 것이다. …… 시의 효력, 그 창의적인 열정과 운율은 출세한 경영진을 위한 것이 아니라 곤경에 처한 사람들, 이를테면 여러분과 나를 위한 것이다."

우리 모두는 어느 정도 곤경에 처해 있지 않은가?

나는 모든 수업을 시 낭독으로 시작한다. 종교 행사로 치면 기도문을 낭독하듯이 말이다. 그러고 나면 곧바로 중요한 것들, 즉 느낌이나 소재, 언어 따위에 닿을 수 있다. 글이 칙칙하고 건조하며 공허한 듯 느껴질 때, '자신'이 칙칙하고 건조하며 공허한 듯 느껴질 때는 좋아하는 시 한 편을 읽어라. 언어와 은유, 심상과 사랑에 빠지는 기분, 시가 온전한 소설 한 편을 능가하는 메시지를 전달하는 기분을 느껴보아라. 그러나 이해할 수 없는 시, 머리 아픈 시는 포기해라. 인생은 짧다.

...

처음 작가가 되고 싶었을 때 나는 시를 읽으면서 산문 쓰는 법을 배웠다.

— 니컬슨 베이커

불타는 타자기

캘리포니아 주 내퍼의 어느 포도원에 있는 박물관에는 불타는 타자기가 전시되어 있다. 일종의 방화 행위예술로, 진짜 불이 지속적으로 타오른다. 내 딸들 중 하나는 나와 함께 그것을 보고 웃음을 터트렸다. 그 애는 작가의 딸이 아니라면 그것을 보고 그렇게 재미있어 하지 않을 거라고 말했다.

애니 딜러드는 자신의 타자기가 불똥과 재를 일으키며 폭발한 뒤에 불이 붙었다고 쓴 적이 있다. 실화일까 아니면 비유였을까? 그녀는 그 타자기가 더 이상 문제를 일으키지 않았다고 했는데, 실제로 타자기에 불이 붙었다면 그게 어떻게 가능할까?

예전에 내 컴퓨터도 폭발 징후를 보인 적이 있다. 연기가 나면서 몹시 뜨거워졌다. 어쩌면 내 상상이었을까? 당시 나는 글을 쓸 수가 없었다. 목소리를 잃고 더 이상 할 말이 없는 것 같았다. 그러니 어쩌면 내가 환각에 빠졌거나 글을 쓰지 않으려고 핑계를 찾은 것일지도 모른다. 어쩌면 이 모든 게 글쓰기의 위험 때문인지도 모른다.

...

자신의 목소리를 찾아라. 자신의 목소리가 다른 모든 목소리와 어떻게 다른지 정해라. 스스로 목소리를 뜨겁게 만들어라. 곤경에 휘말려라. 위험이 도사리는 곳으로 가라. —고든 리시

독자에 대한 의무

사랑? 존경? 신뢰? 어떤 말로 포장해도 좋다. 요는, 우리는 독자에게 가능한 최고의 것을 제공할 의무가 있으며 독자가 자신 못지않게 똑똑하다고 믿어야 한다는 것이다. 독자는 우리에게 시간을 내준다. 우리의 시간만큼 독자의 시간도 귀중하다. 또한 독자는 우리의 글을 읽기 위해 적지 않은 돈을 지불할 것이다. 독자는 우리의 가장 가까운 친구와 똑같은 대우를 받아야 마땅하다. 가장 가까운 친구는 진실을 털어놓고 싶은 사람이다.

• • •

작가의 가장 중요한 의무는 독자를 사랑하고 독자의 안녕을 빌어주는 것이다. …… 그러한 소망과 신뢰가 뒷받침될 때, 작가가 좋은 친구에게 편지를 쓰고 있다고 느낄 때, 비로소 마법이 일어날 수 있다. —**엘렌 질크리스트**

018

당신의 평가단

글을 쓸 때 우리는 오직 신경과 욕구만 남은 듯 과민해진다. 당신이 쓰고 있는 글을 읽어줄 적절한 사람을 찾는 일에는 위험이 따른다. 나는 내 학생들에게 적어도 강좌를 수료하기 전까지는 교실 밖에서 누구에게도 자신의 글을 보여주지 않겠다는 맹세를 받아낸다. 우리가 듣고 싶어 하는 말은 이런 것이다. "이건 놀랍고 훌륭하며 시기적절하고 완벽한, 끝내주는 글이야. 한 글자도 바꾸면 안 돼." 이런 말은 (특히 "한 글자도 바꾸면 안 돼"는) 작가로 사는 내내 한 번도 들어보지 못할 가능성이 높다. 물론 당신은 칭찬과 사랑, 무한한 탄복을 원하겠지만, 누군가에게 자신의 글을 읽어보라고 할 때에는 어떤 점이 좋고 어떤 점이 나쁜지, 어떻게 하면 글이 더 나아질 수 있는지 알아내는 것을 중요한 목적으로 삼아야 한다. 당신에게 다른 의도가 없되 당신을 믿어주는 사람, 당신이 노력하는 일에 대해 확신을 심어주고 당신이 헛된 일을 하는 게 아니라는 점을 확인해주는 사람이 필요하다. 관용을 갖고 솔직하고 지혜롭게 비평하는 법을 아는 사람. 우리는 이런 사람에게 크게 의지한다. 그러니 당신의 평가단을 주의 깊게 선택하라.

...

오래전부터 내게는 나만의 평가단, 즉 내 집필 중인 작품을 보고 평가해주는 사람들이 있었다. 나는 그들이 내 조악하고 꼴사나운 몸짓을 보고 솔직한 평가를 내려줄 거라고 믿는다. —**트와일라 타프**

정답 없는 질문

내 책과 관련해 라디오에서 인터뷰를 할 때, 인터뷰어가 내게 잘 쓴 글의 다섯 가지 특징을 말해달라고 했다. 나는 전혀 아는 바가 없었다. 출판사 홍보 담당자가 인터뷰에서 쓸 만한 질문 열다섯 개를 뽑아달라고 했는데(인터뷰어가 책을 읽고 오는 경우는 드물기 때문에 대부분의 인터뷰가 이런 식으로 이뤄진다), 한동안 만사가 귀찮았던지라 나는 직접 질문을 만들지 않고 독자들에게 질문을 뽑아달라는 글을 블로그에 올리고 질문을 받아서 그대로 홍보 담당자에게 전달한 것이다. 어쨌든 그것은 내가 쓴 책이었다. 그러니 어떤 질문이든 답할 수 있을 거라고 생각했다. 그러나 그 책에서 좋은 글의 다섯 가지 특징은 다루지 않았다. 설사 다뤘다고 해도 오래전에 까먹었을 것이다. 그래서 나는 대충 둘러대며 인터뷰를 끝마쳤다. 나중에 나는 그 열다섯 가지 질문을 다시 들여다보았고, 다음 인터뷰를 갖기 전에 마치 시험을 보듯 모든 질문에 충실하게 답을 써 내려갔다.

사실, 창의적인 글쓰기에 대한 질문에는 정해진 답이 없다. 작가 여럿이 한자리에 모이면 좋은 글의 특징이 수백 개쯤 나올 것이다.

하지만 『스타일의 기본 요소The Elements of Style』★ 5장에 실린, E. B. 화이트의 스타일에 관한 21가지 조언을 다시 한 번 본다면 도움이 될 것이다. 그것은 비할 데 없이 완벽하고 감동적인 교훈이니까.

…

너무 기교를 부리지 마라. 화려한 글은 소화하기 힘들며 대개는 건강에 나쁘고 가끔 구토를 유발하기도 한다. —E. B. 화이트

★ 본래 윌리엄 스트렁크 2세가 집필한 책으로 훗날 그의 제자였던 E. B. 화이트가 개정 증보판을 펴냈다. 국내에는 스트렁크의 초판이 『영어 글쓰기의 기본』, 『영어의 알짜 규칙』이라는 제목으로 번역 출간되어 있다.

비밀 누설

내 친구 하나는 자기 집 아래층 복도에 자신의 커다란 사진을 걸어두었다. 사진 속의 그녀는 실오라기 하나 걸치지 않았다. 남편의 알몸 사진도 있다. 게다가 그들은 젊은 부부도 아니다. 그 사진은 인근 예술 대학 학생이 찍어준 것으로, 그는 장년층의 누드 사진을 찍고 싶다며 내 친구에게 배를 집어넣지 말고 있는 그대로의 모습을 보여달라고 했다. 그 사진은 내가 지금까지 본 것 가운데 가장 용감한 작품이며, 게다가 아름답다. 그들은 분명히 모든 것을 드러냈지만 (조명 때문에 그리고 예술성이 가미되어) 어딘지 신비로워 보인다.

나는 글 속에서 너무 많은 것을 드러냈다는 생각이 들어 괴로울 때마다 그 두 점의 사진을 떠올린다. 테네시 윌리엄스가 말했듯, "모든 훌륭한 예술은 비밀 누설이다."

...

나는 사생활에 대해 아주 편안하다. 사생활이라고 할 만한 것이 아무것도 남지 않았기 때문이다. …… 록 그룹 그레이트풀 데드Grateful Dead의 작사가인 존 페리 발로는 사생활을 보장받을 수 있는 유일한 길은 사생활을 완전히 노출해서 숨길 게 없는 상태로 만드는 것이라고 말한다. —**레너드 클레인록**

021

스포트라이트 안에 서기

제니퍼 바질은 흑인이면서 로스앤젤레스 교외의 백인 거주 지역에서 자란 어린 시절에 대해 회고록을 쓴 작가다. 그녀는 내 수업에 와서 학생들에게, 책을 쓰기 전에 그것이 자신의 이야기임을 인정해야 했다고 말했다. 스포트라이트가 있는 곳을 찾아서 그 안에 서야 했으며, 사람들이 자신에게 화를 낼 거라는 두려움을 내려놓아야 했다고, 자신의 책이 세상에서 모종의 역할을 할 수 있도록, 두려움을 느끼면서도 자신의 이야기를 써야 했다고 그녀는 말했다.

학생들 앞에서 강연하는 그녀는 너무도 아름답고 강인하며 자신감에 차 있었으므로, 그녀가 사람들의 시선을 두려워한다는 것은 상상이 가지 않았다. 우리가 읽어야 할 책은 바로 이런 작가의 책이다. 가능하다면 그들과 사귀어두는 것도 좋다. 당신으로 하여금 고충과 대가를 알게 하는 작가, 자신의 두려움을 숨기지 않는 작가 말이다.

...

글쓰기는 일종의 공예다. 당신은 그 일을 해야 한다. 산만한 단어들을 기꺼이 내려놓아야 한다. 그래야만 비로소 마법이 일어난다. —제니퍼 바질

작가의 생활양식

필립 로스는 시골에서 혼자 생활한다. 그는 인터뷰에서 이렇게 말했다. "새벽 5시에 깨서 잠이 오지 않고 일을 하고 싶으면 일을 하러 나갑니다. 호출을 받고 일을 하러 가는 셈이죠. 의사가 응급실에 불려 나가듯이 말입니다. 응급 환자는 바로 나 자신입니다."

그의 전 부인인 클레어 블룸은 자신의 회고록에서, 필립 로스가 시골에서 작가와 사는 것이 어떠냐고 물은 일을 언급했다(당시 소설을 쓰고 있던 그는 작품 속 인물의 대사를 만들 때 참고하려고 물어본 것이었다). 그녀는 기꺼이 참고 자료를 내주었다. "우린 아무 데도 가지 않아! 아무것도 하지 않지! 아무도 만나지 않고!"

작가들은 대개 이기적이며 머릿속으로만 신나는 삶을 산다. 그리고 종종 자신의 일이 촌각을 다투는 일이라고, 응급실 의사들의 비상 호출만큼 중요하다고 생각한다. 가끔 우리는 자신이 어떤 방식으로 일을 하는지 진정으로 생각해볼 필요가 있다.

• • •

작가들에겐 생활양식이란 게 없다. 그들은 그저 작은 방에 처박혀서 글을 쓴다.

—노먼 메일러

023 자기만의 습관

니컬슨 베이커는 새벽 4시에 일어나 불을 켜지 않은 채 노트북 컴퓨터 화면을 글씨가 안 보이도록 짙은 회색으로 설정해놓은 뒤, 어둠 속에서 두세 시간 글을 쓴다. 그런 다음, 다시 침대에 들어갔다가 8시 30분에 일어나서 자신이 쓴 글을 수정한다.

오르한 파묵은 모눈지로 된 노트에 손으로 글을 쓰고 맞은편 페이지는 의견 교환을 위해 비워둔다. 힐러리 맨틀은 메모한 종이들을 부엌에 있는 2미터 높이의 게시판에 전부 압정으로 꽂아놓는다.

칼럼 매캔은 눈을 찌푸려야만 볼 수 있는 8포인트 글자 크기를 사용한다. 앤 라이스는 14포인트의 쿠리어체를 사용한다. 앨런 거개너스는 왔다 갔다 걸어다니며 자신의 글을 소리 내어 읽는다.

캐슬린 샤인은 침대에서 글을 쓴다. 마야 안젤루는 호텔 방 하나를 잡아서 사전 한 권과 성경책 한 권을 갖다 놓고 침대에 카드 한 벌을 놓은 다음 벽에는 아무것도 걸지 않고 글을 쓴다.

앤서니 트롤럽은 시계를 앞에 놓고 매일 아침 5시 30분부터 8시 30분까지 글을 쓰곤 했다. 그가 나름대로 정한 규칙은 15분당 250단어를 쓰는 것이었다.

이 중 효과가 있는 것은 정말 효과가 있다.

• • •

전화벨을 죽여놓아라. 초인종이 울려도 나가지 마라. 가족에게 방해하지 말라고 일러라. 그들이 당신 없이 지내는 것을 못 견뎌 하면 커피숍이나 도서관에 가서 글을 써라. 필요하다면 방을 얻어라. 어쨌든 책을 쓸 수 있는 시간을 마련해라.

— 월터 모슬리

진짜 작가란

내가 진지하게 글을 쓰기 시작한 것은 20대 때이다. 당시 내겐 아기가 둘 있었다. 나는 식탁에서도 글을 썼고, 젖을 먹이면서도 글을 썼으며 침실의 낡은 화장대에 앉아 글을 썼고, 나중에는 작은 스포츠카 안에서 학교가 파하고 나올 아이들을 기다리며 글을 썼다. 개들이 내게 침을 질질 흘릴 때에도 글을 썼고 고양이들이 내 원고에 먹은 것을 게우는 가운데서도 글을 썼다. 돈이 없을 때에도, 타자기를 두드리는 것 말고는 가계에 도움을 주는 게 없다는 죄책감을 느끼면서도 글을 썼다. 마침내 내 책이 세상에 나온 것은 내가 강인한 성품을 지녔거나 자존감이 높아서가 아니었다. 나는 순전히 고집과 두려움으로 글을 썼다. 내가 정말 작가인지 아니면 교외에서 미쳐가는 애 엄마일 뿐인지 분간조차 되지 않았다.

"진짜 작가"는 그저 계속 글을 쓰는 사람이라고 나는 생각한다.

···

물론, 내가 숙명적인, 헌신적인 진짜 작가였다면 나는 어떠한 어려움이 있어도 글을 썼을 것이다. …… 하지만 나 같은 작가는 한 가지에 집중해야 한다는 생각만으로도 미칠 것 같다. 나는 도저히 만사를 제쳐놓고 글을 쓸 수가 없다. —M. F. K. 피셔

더 나은 실패

명확하고 참신한 언어로 자기가 말하고자 하는 바를 정확히 표현하는 글을 쓰고 싶은가? 거기에 이르는 명확한 길, 매끈한 길은 없다. 내가 아는 작가 두 명은 책상 위에 더 나은 실패를 하라는 사뮈엘 베케트의 글을 붙여놓았다. 실패에 관한 명언 가운데 내가 좋아하는 것은 토머스 에디슨의 말이다. "나는 천 번 실패한 것이 아니다. 전구는 천 개의 단계를 거친 발명품이었다."

모든 실패한 초고를 최종 원고, 마침내 빛을 발하는 원고로 향해 가는 단계들로 생각해야 한다.

···

베케트는 이런 말이 적힌 판지를 책상 위에 걸어놓았다. "실패하라. 다시 실패하라. 더 낫게 실패하라." 글 쓰는 일은 참으로 못 해 먹을 일이다. 언어의 복병을 만나면 종이에 어떤 부호를 써도 머릿속에서 울리는 그 단어의 음악에, 그 순수한 이미지에 들어맞지 않는다. —**메리 고든**

026 트램펄린을 즐기듯이

"매일 손에 땀을 쥐게 하는 무언가를 해라." 캐럴린 시Carolyn See의 말이다. 나는 이 말을 좋아한다. 단, 이론적으로만 말이다. 대개의 경우, 나는 안전하고 조용한 것, 품위를 지킬 수 있는 것을 선호한다. 나는 균형을 잃고 싶지 않다. 내적으로든 외적으로든.

어느 날 트램펄린에서 놀던 에마와 액셀, 그레이스가 나더러 함께 놀자고 했다. 분명히 말하지만, 트램펄린에서 품위를 지키기란 불가능하다. 게다가 안전하게 느껴지지도 않는다. 나는 커다란 검은 호수 같은 트램펄린 위로 기어 올라갔지만 도저히 일어설 수가 없었다. 게다가 키가 120센티미터도 안 되는 손주 녀석들 셋이 탁구공처럼 방방 뛰고 있었다. 나는 빨리 시간이 흘러 그 상황이 끝나기만을 바라며 누워 있었다. 그때 에마가 내 손을 잡으며 말했다. "이거 안 무서워요! 내가 손 잡아줄게요. 아주 조금씩 걸어보세요." 나는 에마의 손을 잡은 채 아주 천천히 일어서서 직립 자세로 트램펄린 안쪽으로 조금씩 나아갔다. 에마는 한 군데 서서 조금 뛰어보라고 했다. "넘어져도 괜찮아요." 나는 속으로 생각했다. '맙소사, 저건 내가 글쓰기 수업에서 하는 얘기잖아.' 순간 나는 글쓰기를 트램펄린에 비유할 수 있다는 사실을 깨달았다.

커다란 트램펄린 위에 서 있는 것은 종이 위에 무언가를 써 내려갈 때만큼이나 품위를 지키기 힘든 일이었다. 그러나 조금 뛰고 나자 요령이 생겨 곧 높이 뛰기 시작했다. 하늘을 나는 것 같았다. 자신의 뛰는 모습에 연연하지 않을 수 있다면, 그리고 엎어지는 것을 겁내지 않는다면 정말 재미있다. 글쓰기도 마찬가지다.

...

명심해라. 이건 게임이다. 그 대상은 사랑, 재미, 진실이다. —**캐럴린 시**

반복하는 일

매년 크리스마스가 되면 세상에 딱 다섯 개뿐인 프루트케이크가 이 집 저 집을 돌고 도는 거라는 농담을 기억하는가? 우리 어머니는 선물할 프루트케이크를 직접 만들곤 했다. 어머니의 프루트케이크는 시중에서 파는 것처럼 화려한 색의 과일이 들어간 케이크가 아니라, 다진 견과류와 건포도를 가득 넣어 색이 진하고 촉촉하며 맛있는 케이크였다. 어머니는 추수감사절부터 크리스마스까지 버번위스키를 먹인 무명천에 케이크를 싸두었다. 그리고 그런 농담이 돌 때에도 개의치 않았다. 그저 매년 그런 프루트케이크를 만들었고 모두가 그것을 선물로 받고 무척 좋아했다(그들이 거짓말을 한 게 아니라면 말이다). 또한 어머니는 평생 하루도 빠짐없이 피아노를 연습했고, 여든일곱 살에 세상을 떠나기 3주 전에 양로원에서 한 시간짜리 클래식 음악 독주회를 열었다.

나는 어릴 때 어머니와 갈등을 많이 겪었다. 하지만 지금은 피아노와 프루트케이크에 대한 어머니의 열정을 떠올리며 어머니가 내게 훌륭한 자기단련의 모범을 보여줬음에 감사한다. 글을 쓰는 일은 피아노를 연습하는 것 그리고 프루트케이크를 포기하지 않는 것과 크게 다르지 않다.

...

우리의 본질은 우리가 반복적으로 행하는 일이다. 그렇다면 탁월성은 한 번의 행동이 아니라 하나의 습관이다. —아리스토텔레스

작가의 치어리더

그토록 많은 작가들이 동물을 키운다는 사실은 그리 놀라운 일이 아니다. 대부분의 시간 동안 혼자 일하는 우리 작가들은 누군가가 함께 있어주되 말은 걸지 않기를 원한다.

고양이를 좋아하는 작가로 가장 유명한 사람은 단연 시도니-가브리엘 콜레트이다. 마지 피어시는 『고양이와의 동침Sleeping with Cats』이라는 회고록을 썼다. 보비 메이슨은 자신의 고양이 키코가 자신에게 주요한 영감의 원천이 되었다고 주장했다. 존 케이시는 고양이와 한 방에서는 글을 쓸 수 있어도 개와 한 방에서는 글을 쓸 수 없다고 한다. "고양이는 주인의 집중력을 뚫고 들어오려 하지 않는다." 그는 이렇게 말했다.

그러나 개를 사랑하는 작가들도 많다. 로빈 롬의 유기견이었던 개 머시는 그녀의 회고록과 최소한 세 편 이상의 에세이에 등장한다. 애비게일 토머스와 그녀의 개 세 마리는 함께 그녀의 회고록 표지를 장식했다. 릭 배스, 배리 해나, 제인 스마일리, 데니스 존슨, 존 카츠, 수전 치버, 테드 쿠저. 이들은 모두 자신의 반려견을 소재로 글을 썼다.

나는 예전에 고양이 두 마리를 키웠다. 이름은 스튜어트와 샬럿이었고 거의 19년 동안 살면서 마치 내게 영감을 보내주기라도 하듯 늘 참을성 있게 그리고 차분하게 내 책상 위에 올라 앉아 있었다. 지금은 유기견이었던 작은 개 넬슨을 키우는데, 이 녀석은 늘 나를 졸졸 쫓아다니면서 영감을 전달하기보다는 치어리더의 역할을 한다. 가장 좋아하는 작가가 누구냐고 내가 물으면, 넬슨은 귀를 쫑긋 세우며 내 무릎으로 뛰어들어 나를 흠모한다는 듯이 열렬하게 짖어댄다.

...

투견인 몰리는 내가 책상에서 글을 쓰는 동안 내 뒤의 의자에 앉아 있곤 했다. 몰리가 내 글에 대해 논평한 적은 없지만, 그 녀석은 내가 사랑하는 것들을 전부 사랑했으므로 녀석이 있다는 사실만으로 나는 내가 사랑하는 모든 것에 대해 (과분한) 안정감을 느꼈다. — **빌리 머닛**

"처음부터 시작해 끝까지 간 다음, 끝내라." 『이상한 나라의 앨리스Alice's Adventures in Wonderland』에 나오는 왕의 대사이다.

존 어빙은 마지막 문장을 맨 먼저 쓴다.

블레즈 파스칼은 이렇게 말했다. "책을 쓸 때 가장 마지막으로 깨닫는 것은 무엇을 맨 먼저 쓸 것인가이다."

조이스 캐럴 오츠는 이렇게 말한다. "첫 문장은 마지막 문장을 쓰기 전까지는 쓸 수 없다. 마지막 문장을 쓰고 난 후에야 자신이 어디로 가고 있었는지, 어디에 있었는지 알 수 있다."

잭 길버트는 시 한 편을 쓰려면 먼저 첫 행과 마지막 행을 정해야 했다.

내 친구는 십여 권의 공책을 빽빽이 채운 다음에야 실제로 소설을 쓰기 시작한다. 또 한 친구는 그냥 무작정 시작해서 첫 단락을 백 번쯤 고친다. 어떻게 시작할 것인지 고민하다 보면 미칠 지경에 이를지도 모른다. 걱정하지 마라. 시작하는 것, 그게 중요하다.

• • •

나는 대개 후렴 부분을 먼저 쓴다. 후렴이 좋지 않으면 누가 들어주기나 하겠는가? —— **레이디 가가**

스팰딩 그레이는 책상 옆에 마분지 상자를 놓아두고 "골치 아픈 것이든 관련 있는 것이든 답이 안 나오는 것"은 몽땅 그 안에 던져두었다가, 1년쯤 지난 후에 전부 꺼내어 새로운 독백이 되게끔 묶어보곤 했다. "그렇게 하면 내 삶에 대해, 내가 과거에 있던 곳에 대해, 내가 생각하고 있는 대상에 대해, 내가 사람들과 상호작용하는 방식에 대해 새로운 견해를 갖게 된다. 그것은 일련의 일화들에서 벗어나 커다랗게 성장해나간다. 그런 다음, 그에 대해 이야기하면 일반적인 주제가 보이기 시작한다." 그는 이렇게 말했다.

트와일라 타프도 마분지 파일 상자를 놓아두고 그 안에 새로운 안무에 사용되는 물건들을 전부 넣어둔다. 예술 작품들과 사진, 조사 자료, CD, 오려낸 신문 기사, 참여 무용가들의 비디오와 자신의 비디오 등이다. 이런 모든 물건이 새 안무에 대한 영감의 원천으로 작용한다.

셔먼 알렉시는 이렇게 말한다. "나는 호텔 메모지든 종이든 봉투든, 내가 펜이나 연필, 크레용, 타자기로 건드린 적이 있는 모든 종잇장을 마분지 상자에 던져 넣는다. 그 상자가 나의 '수첩'인 셈이다. 그 안에는 초고와 글감들, 다루고 싶은 주제들, 농담들이 들어 있다."

내 친구 제니 내시는 새 소설을 시작할 때 타깃Target 마트에서 사 온 5달러짜리 흰색 플라스틱 통을 사용한다. 컴퓨터 파일을 열거나 누런 서류철에 프로젝트 이름을 적어 넣는 것보다 그게 훨씬 더 강력하다고 생각하기 때문이다. 그 통은 물질적이다. "그것은 엄청난 양의 공간을 한정한다." 그녀는 이렇게 말한다.

한편, 레이 브래드버리는 사람들이 카오스라고 부를 법한 거대한 종이 더미 속에서 왕성하게 창작한다.

• • •

상자가 항상 그 자리에 있다는 걸 알기에 나는 모험을 하고 과감하게 행동하며 감히 엎어질 수도 있는 자유를 누린다. 상자를 벗어나 독창적으로 생각할 수 있으려면 먼저 상자에서 시작해야 한다. —**트와일라 타프**

031

정교한 거짓말

당신 입으로 당신의 이야기가 허구라고 말하면 그것은 허구다. 더 이상 왈가왈부할 게 없다. 그중 어느 만큼이 혹은 어떤 부분이 자전적인지는 다른 사람이 상관할 바가 아니다. 수 밀러는 이렇게 말한다. "결국 중요한 것은 어떻게 모양을 짓느냐이다. 자신이 묘사하는 사건들을 통해 의미를 구체화하는 작가와 단순히 그 사건들 속에 빠져 있는 듯 보이는 작가가 있다. 이 두 부류의 차이는 어떤 독자든 감지해낼 수 있다." 그녀는 늘 셋째 줄에 앉아 그녀의 소설에 자전적 요소가 어느 정도 들어 있는지 묻는 사람을 대비해 존 치버의 말을 기억해둔다. 치버는 허구에서 자전적 요소가 수행하는 역할을 꿈에서 현실이 수행하는 역할에 비교한 바 있다. 그는 이렇게 썼다. "꿈에 배가 나온다면 그 배는 아마 자신이 아는 배일 것이다. 다만, 꿈속에서는 그 배를 타고 이상한 해안으로 나아간다. 이상한 옷을 입고 있으며 주위에서는 알아듣지 못하는 언어가 들려온다. 그런데 다시 보면 왼쪽에 있는 여자는 자신의 아내이다."

• • •

때때로 나는 발끈하며 이렇게 따지고 싶다. 우리 작가들을 조금만 인정해주실래요? 우린 여기다 일기를 쓰는 게 아니라 창작을 하고 있는 거라고요! 우리가 이야기를 처음부터 완전히 지어낼 수 있다고 왜 믿지 못하는 거죠? 우린 길고 정교한 거짓말을 엮어낼 수 있는 사람들이라고요! —— **바버라 킹솔버**

재즈처럼

배우들이 즉흥극으로 연기 연습을 한다는 사실은 모르는 사람이 없다. 어떤 대사나 상황, 단어가 주어지면 곧바로 해당 장면으로 뛰어드는 것이다. 배우에게 이것은 몹시 신나는 일이다. 생각은 하지 않는다. 그저 그 상황으로 뛰어들어 느끼고 행동하고 말하기 시작한다. 캐릭터가 피어나고 난데없이 플롯이 생겨난다.

즉흥 글쓰기 훈련도 이와 다르지 않다. 모든 게 즉석에서 지어진다. 그것은 놀이다. 어린아이들은 어디서나 그런 놀이를 즐긴다. 누군가가 조용히 하라고 말하기 전까지 말이다. 그러고 나면 아이들은 공학자나 수학자 등, 현실적이고 논리적인 어른이 된다.

글을 쓸 때는 재즈를 떠올려라. 즉흥적으로 연주해라. 그리고 마음껏 놀아라.

• • •

즉흥극에는 실수란 게 없다. 그저 아름답고 행복한 돌발 사건만 있을 뿐이다.

— 티나 페이

033 고통으로 돌아가는 일

과거로 돌아가야 한다는 두려움, 상처나 슬픔을 재현해야 한다는 두려움이 때로는 자신의 이야기에서 가장 중요한 부분을 쓰는 데 장해물로 작용하기도 한다.

카를 융은 제임스 조이스를 강물에 뛰어든 사람으로, 정신분열증을 앓는 그의 딸은 강물에 빠져 곧 익사할 수도 있는 사람으로 묘사했다.

고통으로 돌아가는 일은 다이빙과 같다. 차갑고 위험한 물속에서 급물살에 휩쓸리지만 결국 자신을 통제해 수면 위로 돌아갈 수 있다는 얘기다.

…

글쓰기는 나를 걸레처럼 비틀어 짠다. 나는 손으로 직접 글을 쓰는데, 가끔 오후에 공책을 덮고 나면 마치 국토를 횡단한 트럭 운전사처럼 서재 바닥에 뻗어버린다.

—메리 카

두 개의 자아

"작품을 좋아한다는 이유로 작가를 만나고 싶어 하는 것은 푸아그라 요리를 좋아한다는 이유로 오리를 만나고 싶어 하는 것과 같다."

마거릿 애트우드는 이 경구를 자신의 책상 앞에 붙여놓았다. 그녀는 "작가"라는 꼬리표 속에는 두 명의 실체가 들어 있다고 믿는다. 글을 쓰지 않을 때 나타나는 존재, 즉 개를 산책시키고 세차를 하는 존재와, 글을 쓸 때 나타나는 불안정하고 유령 같은 존재, 푸아그라에 해당하는 존재 말이다. 그녀는 이렇게 묻는다. "둘 중 어느 쪽이 진짜라고 말할 수 있을까? 정말 어느 한쪽이 진짜라고 말할 수는 있는 걸까?"

이러한 생각이 당신에게 조금이나마 해방감을 준다면, 글 쓰는 자아를 두려움 없는 거친 인간 속으로, 불안정하고 유령 같은 인간 속으로 격리시켜보는 것도 나쁘지 않다.

• • •

우리 둘 중 누가 이 글을 썼는지 나는 모르겠다. —**호르헤 루이스 보르헤스**

035 글쓰기를 회피하는 핑계들

1. 흥미로운 것들은 이미 다 책으로 나와 있으므로 내겐 독창적인 글감이 아무것도 없다.
2. 지금은 시간이 충분하지 않다. 글은 좀 더 나중에 시작할 것이다. 언젠가는 쓸 것이다.
3. 내 글을 누군가가 읽는다면 어떻게 한단 말인가?
4. 내 글을 아무도 읽지 않는다면 어떻게 한단 말인가?
5. 잔디를 깎아야 하고, 벽장을 청소해야 하며, 세차를 해야 하고, 세탁기를 돌려야 한다. '지금 당장' 말이다.
6. 이메일을 확인해야 한다.
7. 이메일에 답장을 보내야 한다.
8. 페이스북을 확인해야 한다.

내가 가장 좋아하는 것은 이메일 핑계다. 하지만 나는 벽장을 청소하거나 이해할 수 없을 만큼 무섭게 집안일에 매달리는 것도 무척 좋아한다. 한번은 이미 선금을 받은 어려운 소설을 마무리 짓다 말고 집 안 창문들을 모조리 닦은 다음, 빵을 굽기 시작해서 몇 덩어리나 굽고 또 구운 적이 있다. 지금 내가 글쓰기를 회피하기 위해 가장 애용하는 구실은 온라인으로 주문한 물건을 추적하는 것이다. 나는 물건이 몇 시에 출고되었는지 확인하는 것을 좋아한다. 출고 시간은 초 단위까지 아주 정확하게 기록되어 있다. 나는 이해할 수 없는 이유로 이것이 아주 재미있다고 생각한다. 게다가 이 세상에 그토록 세심한 주의와 정확성이 존재한다고 생각하면 희망이 샘솟고 저절로 행복해진다.

• • •

세상은 중독성 있는 곳이다. 세상은 우리를 책상 앞에서 떼어놓으려 한다. 작가라는 사람은 자신의 일을 너무 좋아한 나머지 어떻게든 그것을 하려고 애쓰는 사람이다. 그러려면 물살을 거슬러 올라가야 한다. 이런 종류의 일을 해내는 것은 조류를 거스르는 일이다. —**론 칼슨**

1인 기업가 정신

이 세상 대부분의 활동과 비교할 때 글쓰기는 별난 활동이다. 대부분의 다른 성인들은 세상에 나가 가치 있는 일을 한다. 식당에서 서빙을 하거나, 쓸개 수술을 하거나, 지하철을 운행하거나, 비행기를 조종하거나, 은행 대출을 받거나, 신발을 팔거나, 어쨌든 옷을 갖춰 입고 집 밖에서 다른 어른들과 상호작용을 한다.

그래서 나는 다른 작가들의 습관에 대해 아무리 읽어도 물리지 않는다. 낡은 요가 바지 차림으로 앉아 너절한 감상과 약간의 광장 공포증에 시달리는 사람이 나 하나만 있는 것은 아니라는 사실을 확인하고 싶기 때문이다.

책상 앞에 앉아 매일 이런 일을 하는 데 단호한 절제나 용기가 필요한지는 잘 모르겠다. 나는 작가가 된 후에 다른 직업을 가져보려고 공부한 적이 한 번 있다. 당시 가장 매력적으로 느껴진 것은 집이 아닌 다른 곳에 내 책상이 생기고 동료들이 생긴다는 점이었다. 규칙적인 수입은 말할 것도 없었다. 나는 2년 동안 공부를 했고 그 일을 하면서 즐거웠지만 남의 가죽을 쓰고 있다는 느낌을 떨칠 수가 없어서 결국 그만두었다.

…

방 안에 틀어박혀 단어들을 제자리에 박아 넣으려 애쓰는 것은 이상한 일처럼 느껴진다. 심지어는 미친 짓 같기도 하다. 나는 종종 어느 사무실에 나가고픈 강렬한 열망에 사로잡힌다. 사무실에서 일하는 사람들처럼 일의 부담을 다른 이들과 나누기 위해서 말이다. — **알랭 드 보통**

037 작가라는 사람

내가 초등학교 3학년 때 학교 조례 시간에 어떤 작가가 와서 강연을 했다. 나는 그때 처음으로 진짜 인간이 책을 쓴다는 사실을 깨달았다. 처음으로 그것을 실감한 것이다. 갑자기 글쓰기가 아주 쉬운 일처럼 느껴졌다. 이야기를 좋아하면 직접 '작가'라는 사람이 되어 이야기를 만들면 되지 않을까 싶었다.

미시시피 주 잭슨에서 자란 작가, 리처드 포드는 어릴 때 어머니에게서 길 건너에 작가가 살고 있으며 그녀의 이름은 유도라 웰티라는 얘기를 들었다. 포드는 오랫동안 웰티를 직접 만나지 못했지만 그저 가까이 산다는 사실, 그녀가 근처에 있다는 사실만으로 작가라는 직업이 괜찮고 가치 있게 느껴졌다고 했다.

...

내가 '그런' 글을 쓰게 될 줄은 몰랐지만 어쨌든 글을 쓰게 되리라는 것은 알았다. 그러지 않을 수가 없었다. …… 내가 기억하는 한, 나는 항상 이야기를 만들고 있었다. 다만 그것을 글쓰기라고 부르지 않았을 뿐. —**앨리스 먼로**

대개의 경우, 우리의 주변 환경은 그저 이상적이지 않은 정도가 아니다. 오히려 진득하게 앉아 글 쓰는 것을 적극적으로 방해할 것이다. 시도 때도 없이 이메일이 오고 전화벨이 울려대며 가족에게 급한 일이 생기는 경우도 많다. 음식을 만들거나 사 와야 하고, 각종 설비나 물건들이 새거나 연기를 피우거나 없어져버려서 조치를 취해야 한다. 아이들이나 애완동물도 끊임없이 당신을 찾을 것이다. 글 쓸 시간을 찾으려 하면 절대 찾지 못한다. 별도로 시간을 마련해야 한다.

혹은 정반대의 상황, 즉, 주위가 너무 조용하고 시간이 너무 많은 상황에 처할 수도 있다. 당신 앞에는 무한한 시간과 기회가 펼쳐져 있다. 이상한 일이지만 때로는 이런 상황에서도 기가 질려 글을 쓰지 못하기도 한다.

캐럴 실즈는 자녀 다섯 명이 모두 어린아이였을 때 틈틈이 글을 쓰기 시작했다. 아이들이 모두 학교에 들어가자 하루에 두 쪽씩 글을 쓸 수 있었고 그리하여 9개월 만에 처녀작을 완성했다. (마치 아기 하나를 더 잉태해 낳은 것처럼 말이다.) 그러나 그 후로 그녀는 두 번 다시 그렇게 짧은 시간에 작품을 완성하지 못했다. 인터뷰에서 그녀는 이렇게 말했다. "참 이상하죠. 지금은 하루 종일 글을 쓸 수 있는데도 그때처럼 속도를 내지 못하거든요."

시간이 없든 혹은 너무 많든 글 쓸 시간을 정해라. 15분이든 한 시간이든, 오전 내내든 오후 3시 30분까지든, 일단 정하고 그것을 실천해라.

• • •

이상적인 작업 환경을 기다리는 작가는 한 글자도 쓰지 못하고 죽을 것이다.

—E. B. 화이트

생각의 놀이터

누구나 수첩 하나는 갖고 있다. 줄 쳐진 싸구려 스프링 노트도 괜찮고 컴퓨터 파일도 괜찮다. 예쁜 일기장도 괜찮고(이건 좀 부담스러울 수도 있다) 커다란 봉투에 낱장의 종이를 가득 담아놓은 것도 괜찮다. 이런 수첩이나 노트, 일기장, 또는 커다란 봉투는 그저 당신의 연습장일 뿐이다. 그 이상으로 생각해선 안 된다. 거기에 무엇이든 써라. 한 시간에 한 번도 좋고, 하루에 한 번도 좋고, 일주일에 한 번도 좋다. 어쨌든 도움이 될 것이다.

화가들은 스케치북을 갖고 있다. 플루트 연주자들은 끊임없이 앉아서 연습을 한다. 전문 무용수들은 매일 교습을 받는다. 그리고 작가들은 자신의 생각과 느낌, 상상, 경험 등을 기록한다. 간단하지 않은가? 글쓰기는 실천이다.

…

작가의 삶은, 강렬하게 자신을 표출하는 순간들이 있긴 하지만, 대개는 기묘하게 분열되거나 고립되어 있고 내면적이다. 나는 일기를 목격자 겸 저장소 겸 놀이터로 생각한다. 그곳에서 나는 모든 것을 시작하고 생각을 명확하게 다듬는다.

—도로시 앨리슨

숨 들이마시기

'inspiration'에는 '영감'이라는 뜻 외에 '숨을 들이마시기'라는 뜻도 있다.

가끔은 그저 숨을 깊이 들이마셔라. 어깨의 긴장을 풀어라. 숨을 내쉬어라.

...

나는 영감에 대해 아는 바가 없다. 왜냐하면 영감이 무엇인지 모르기 때문이다. 들어보긴 했지만 본 적은 없다. — **윌리엄 포크너**

• 벼락 스타는 없다 041

수년 전, 의욕 넘치고 순진한 열아홉 살의 여배우였던 나는 운 좋게도 루스 고든과 함께, 그녀의 남편 가슨 캐닌이 연출하는 브로드웨이 연극에 캐스팅되었다. 당시 60대 중반이었던 루스 고든은 브로드웨이 스타였을 뿐 아니라 성공한 극작가 겸 시나리오 작가였고, 몇 편의 회고록까지 출간한 상태였다. 그녀는 내가 본 사람들 가운데 가장 노력하는 인물이었다. 공연을 당연하게 받아들이지 않았고, 명성을 이용해 쉽게 성공하려 들지도 않았다. 그녀는 항상 열심히 노력하고 자기 발전을 위해 애썼다. 공연이 있을 때마다 가장 먼저 극장에 도착해 탈의실에서 대사를 한 줄 한 줄 꼼꼼히 검토했다. 6년 후 그녀는 70대의 나이에 영화계의 스타가 되었다. 〈악마의 씨Rosemary's Baby〉로 아카데미상과 골든글로브상을 받았고 〈인사이드 데이지 클로버Inside Daisy Clover〉로도 골든글로브상을 받았다. 또한 그녀가 모드로 분한 영화 〈해럴드와 모드Harold and Maude〉는 이제 고전이 되었다.

• • •

나를 혹평하고, 내게 역할을 주지 않아도, 내 책만 빼고 다른 책이 전부 출간되어도, 나는 해낼 것이다! —**루스 고든**

042

비평의 달인에게 배우기

루스 고든의 남편인 가슨 캐닌은 비평의 달인이었다. 리허설 때 그는 긍정적인 말과 예의 바른 태도로 배우들이 더 노력하도록 격려했다. 당신은 정말 재미있는 사람이다, 그 장면을 그렇게 처리하다니 참 현명하다, 당신은 정말 훌륭한 배우다 등등. 그런 다음, 아주 정중하게 이렇게 덧붙였다. "하지만 이렇게 해보면 어떨까요?" 그렇게 해서 그의 제안대로 해보면 모든 것이 달라지고 훨씬 더 좋아졌다.

이것은 글쓰기 워크숍에서 동료 작가들에게 피드백을 줄 때에도 효과적인 방법이다.

그리고 때로는 어린애들에게도 잘 먹힌다.

...

나는 멘토들의 선례를 통해, 그리고 과거와 현재의 다른 사람들을 통해 여전히 배우고 있다. —**제이 파리니**

개의 호기심

매일 아침 유기견이었던 나의 충직한 개 넬슨은 위층 침실에서 아래층 부엌으로 쏜살같이 달려 내려와 매일 먹는 똑같은 아침 식사를 아주 감사해하며 기쁘게 먹은 다음, 나와 함께 해변에 나가 5~6킬로미터를 걷거나 달린다. 넬슨의 다리 길이는 약 20센티미터다. 계산해보니 나의 한 걸음을 따라잡으려면 그 녀석은 여섯 걸음을 걸어야 한다. 그러니까 넬슨은 사실 매일 아침 30킬로미터 이상을 걷거나 달리는 셈이다.

넬슨은 모래밭이든, 자전거 도로든, 덤불이든, 바람이든, 모든 것을 마치 조간신문처럼 호기심을 갖고 대한다. 녀석은 나보다 천 배나 뛰어난 후각을 갖고 있으며 나보다 훨씬 더 넓은 음역을 들을 수 있다. 청각과 후각이 뛰어날 뿐 아니라 경찰처럼 늘 경계를 늦추지 않는다. 내가 인간의 안개 속에, 즉 나의 생각에만 빠져 걷는 동안, 넬슨은 '바다갈매기'를 대신할 스물두 개의 말을 생각해낸다.

• • •

모든 인지는 제한적이다. …… 우리가 흡수하는 것은 세상이 제공하는 것의 일부에 불과하다. 개와 함께 산책하기만 해도 이 같은 원리를 확인할 수 있다. —**마크 도티**

완전한 혼란

독자의 마음을 사로잡는 재미있는 논픽션을 저술한 메리 로치는 자신의 집필 과정을 이렇게 묘사한다. "어떤 책이 나올지 전혀 모르는 상태로 3~4개월 동안 완전한 혼란에 빠져 있는 것." 나는 이 말이 무척 마음에 든다. 그리고 "가벼운 공황 상태"와 "슬픈 도리깨질"의 시기를 겪는다는 얘기는 내게 커다란 위안이 된다. 메리 로치가 이렇게 느낀다면 나의 불안과 도리깨질도 어느 정도 합리화할 수 있다.

나는 "작가가 글을 쓰는 시간은 늘 새벽 3시다"라는 조이 윌리엄스의 말도 좋아하고, "무엇을 써야 할지 몰라서 더 이상 글을 쓸 수 없는 지점이 있었다. …… 이런 끔찍한 지점을 발견한 작가는 내가 처음이 아니었으며 내가 마지막이 될 리도 만무하다. 이것이 바로 작가의 장벽writer's block이다"라는 스티븐 킹의 말도 좋아한다. (스티븐 킹도 글이 막힐 때가 있다니!)

하지만 글쓰기는 마법이라는 그의 말도 좋다.

• • •

글쓰기는 마법이다. 다른 창의적 예술 못지않게 생명수가 되어준다. 이 생명수는 공짜다. 그러니 마셔라. 마시고 채워라. —**스티븐 킹**

재능만큼 중요한 것

열아홉 살 때 내가 아버지에게 대학을 그만두고 뉴욕에 가서 배우가 되겠다고 했을 때, 아버지는 내가 고집불통의 멍청이이니 어떻게든 하고야 말 거라고 했다. 친구들은 아버지가 나를 고집불통의 멍청이라고 불렀다는 얘기에 경악했지만, 나는 아버지와 크게 싸웠는데도 거기에 사랑이 담겨 있다는 것을 알고 있었다. 나는 아버지만큼 고집불통이었다. 그리고 브로드웨이와 할리우드에 배우가 되려고 몰려드는 열아홉 살 소녀가 수천 명에 달한다는 사실을 개의치 않았다는 점에서 멍청하기 그지없었다.

고집은 재능 못지않게 혹은 그 이상으로 중요한 요소가 될 수 있다. 그리고 경쟁에 대해선 조금 멍청한 것도 때로는 나쁘지 않다.

…

어느 정도의 고집, 즉 완고함은 꼭 필요하다. —**매들렌 렝글**

046 쓰기 전까지는

무언가를 쓰기 전까지는 모든 게 그저 머릿속의 사그락거림에 불과하다. 글쓰기에 대한, 시나 책 또는 에세이 출간에 대한 환상이나 꿈, 그 모든 게 그저 소망에 불과하다.

명심해라. 페이지 위에 무언가가 나타나기 전까지는 아무것도 없는 셈이다.

…

새로운 출발을 위해 나는 내게 일어나는 일을 무엇이든 받아들일 것이다. 물론, 누구에게든 늘 무언가가 일어나게 마련이다. 우리는 결코 생각하는 것을 중단할 수 없다. ― **윌리엄 스태퍼드**

유일한 가입 조건

내 학생 한 명이 체중 감량에 대한 에세이를 쓴 적이 있다. 그녀는 사람들이 날씬해진 자신을 다르게 대하는 것을 보고 이른바 "날씬이 집단"이 존재한다는 것을 깨달았다. 이 글을 읽고 나는 집단에 대해 생각하게 되었다. 우리 모두는 어떤 식으로든 모종의 집단을 이룬다. 고등학생들이 인기 집단, 운동선수 집단, 모범생 집단, 괴짜 집단 등으로 무리를 나누는 것과 다르지 않다.

하지만 어른이 되면 상황이 변한다. 우리 같은 괴짜 집단 가운데 일부가 이제는 가장 멋진 집단, 즉 작가 집단에 속하게 되는 것이다. 우리는 옷을 자유롭게 입고 시간을 자유롭게 쓰며 때로는 조금 이상하게 행동하거나 말없이 있을 수도 있다(사람들은 우리가 머릿속으로 뭔가를 쓰고 있다고 생각할 것이다). 이 집단의 일원이 되는 데에는 딱 한 가지 조건이 있다. 바로 글을 써야 한다는 것이다. 그것을 중단하면 곧바로 퇴출이다.

...

나는 마흔일곱 살이 돼서야 글을 쓰기 시작했다. 오래전부터 글을 쓰고 싶었지만 어떤 학위가 있어야 하거나, 어떤 집단의 일원이 되어야 하는 줄 알았다. …… 한참이 지나서야 정해진 수순을 밟을 필요는 없다는 것을, 그저 시작하기만 하면 된다는 것을 깨달았다. __애비게일 토머스__

공동체 찾기

어떤 사람들은 글쓰기가 배울 수 있는 거라고 믿는 것 같다. 수많은 글쓰기 강좌는 말할 것도 없고 엄청난 가짓수의 문예창작 석사 과정만 봐도 그렇다. 조애너 트롤럽은 이런 강좌들을 보면 늘 "어렴풋이 불편한 느낌"이 든다고 말한다. 소설의 구조를 짜는 방법이나 템포와 긴장을 적절히 배치하는 방법, 대화를 구성하는 방법 등은 수업을 통해 배울 수 있지만 그녀가 말하는 '적절한 관찰'은 배워서 되는 게 아니라고 생각하기 때문이다.

존 어빙은 이렇게 말한다. "이것이 내가 젊은 작가에게 '가르칠' 수 있는 것이다. 조금 기다리면 스스로 터득할 수도 있지만 뭐하러 기다린단 말인가? 내가 말하는 것은 기술 또는 기교와 관련된 부분이다. 배움을 통해 습득할 수 있는 것은 오직 그것뿐이다."

강좌나 워크숍의 중요한 역할 중 하나는 작가들에게 공동체를 마련해주는 것이다. 바깥세상은 글 쓰는 것을 다소 미심쩍은 활동으로 여긴다(글을 써서 떼돈을 벌고 있지 않다면 말이다). 약간의 방종 혹은 뜬구름 잡기 정도로 간주한다는 얘기다. 그러나 수업에 참가하면 자신과 비슷한 열정을 갖고 있으며 그 뜬구름을 아주 진지하게 받아들이는 사람들을 만날 수 있다.

...

다른 작가들이 있는 공동체를 찾는 것은 자신의 방에서 작가로서 고독을 키우는 일 못지않게 필수적이고 중요하다. —**줄리 체코웨이**

기울어지기

"배역을 연기할 때에는 자기 자신이 되되, 기울어진 자신이 되죠."

몇 년 전 더스틴 호프먼이 액터스 스튜디오Actors Studio(뉴욕에 있는 배우 양성 기관-옮긴이)에서 인터뷰를 할 때 했던 말이다. 나는 당시 TV에서 그 인터뷰를 보고 이 말을 종이쪽지에 적어놓았는데, 최근에 내 사무실에서 그 쪽지가 나왔다. 나는 배우의 연기나 작가의 글이 그 사람의 "기울어진" 부분에서 나온다는 개념이 마음에 든다. 솔직하지만 어떤 특징들을 강조하는 관점에서 글을 써야 한다는 얘기다. 정말 그렇다. 당신이 소설을 쓰고 있다면 모든 작중 인물들 속에 자신의 기울어진 일부가 들어 있음을 깨달을 것이다. 개인적인 논픽션을 쓰고 있다면 아무리 솔직해지려고 애써도 결국 자신을 특정한 인물로 바꾸고 있음을 깨달을 것이다.

내 학생 한 명은 재능 있고 재치가 넘치지만 그의 글은 가끔 과민하고 감정적인 쪽으로 빠진다. 하지만 그것은 그의 최고의 목소리도 아니고, 이상하지만 가장 진실한 울림을 주는 목소리도 아니다. 그는 깊은 감정과 감수성을 지녔지만, 그의 자아 가운데 그가 쓰고 있는 회고록에서 최고의 효과를 발휘하는 것은 좀 더 거칠고 재미있는 쪽으로 기울어진 부분이다.

• • •

내가 누구인지, 내가 무슨 말을 하고 싶어 하는지 알면서도 전혀 상관하지 않는 것, 그게 바로 스타일이다. —고어 비달

삶을 쓴다는 것

드라마 〈인 트리트먼트In Treatment〉에서 정신과 의사로 분한 배우 가브리엘 번은 인터뷰를 통해, 심리 요법이 우리의 진짜 인생 이야기를 인정하고 인생을 받아들이도록 돕는다는 사실에 매료되었다고 말했다. "대개의 경우, 우리는 특정한 것들을 과장하고 중요하게 여기는 경향이 있습니다. 특정한 것들을 이상화하고 여타의 것들을 부인하는 것이죠."

이것은 우리의 인생 이야기를 써 내려가는 일(그리고 인생을 받아들여야 한다는 점)과도 밀접하게 연관되는 듯 보인다. 물론 우리는 자신의 이야기 속에서 자기 자신을 기울여 특정한 인물로 만들어버린다. 그러나 허구로 전환하지 않는 한, 우리는 글쓰기를 통해 진정한 자신을 찾아가고 있는 셈이다.

• • •

먼저 우리는 우리의 삶을 언어로 포장한 다음, 우리가 묘사하는 우리를 연기한다. 우리는 글을 통해 세상으로 나아가고 우리의 이야기를 토대로 세상을 만든다.

—크리스티나 볼드윈

최고의 소재

가족 그리고 나이를 먹는 일에 대해 놀랍도록 재밌는 글을 쓰는 학생이 내게 이메일을 보냈다. 노라 에프런의 신작을 읽었는데 노라가 자신이 쓰려던 주제를 가로채 갔다는 내용이었다. 나는 이렇게 답장을 보냈다(강조하려고 일부러 전문을 대문자로 써서 보냈다).

"최고의 소재들은 전부 이미 훌륭한 작가들이 다룬 적이 있어요. 그것 때문에 글을 쓸 수 없다면 새로운 글은 영원히 나오지 않을 거예요."

...

아무도 말하지 않은 것은 없다. 그러나 모두가 훌륭하게 말한 것은 아니다. 설사 훌륭하게 말했다 해도 우리는 모든 것을 끊임없이 새롭게 말해야 한다. —폴 호건

엿듣기

'도청'은 끊임없이 새로운 즉흥 글쓰기 주제를 내어준다. 나는 매일 아침 해변을 걷거나 달리면서, 역시 걷거나 달리거나 스케이트를 타거나 자전거를 타고 지나가는 사람들의 은밀한 대화를 조금씩 듣게 된다. 그 대화의 파편들은 이러하다. "당연히 다른 사람들은 웃겨서 뒤집어졌지. 근데 그 여자만 뻣뻣하게 굳어 있는 거야. 왜냐면……." 나는 그 여자가 누군지는 모르지만 왜 그렇게 뻣뻣하게 굳어 있었는지, 다른 사람들은 왜 "당연히" 뒤집어졌는지 궁금해하며 계속 엿듣는다. 한번은 어떤 여자가 남자 두 명과 함께 걸으면서 이렇게 말하는 것이 들렸다. "그때 쫄딱 망해서 글을 쓰기 시작했어요."

• • •

작가의 커다란 이점 하나는 사람들의 말을 엿들을 수 있다는 것이다. 작가는 한 마디 한 마디에 귀를 기울이면서도 한쪽으로는 관찰을 한다. 작가에겐 모든 것이 유용하다. 쓰레기 조각도, 심지어는 길고 지루하기 그지없는 오찬 파티도 작가에겐 쓸모가 있다. —그레이엄 그린

존 밴빌은 자기 단련의 원천이 무엇이냐는 질문에, 자신은 기본적으로 종교적인 사람이며 10대 시절에 가톨릭 신앙을 버리고 그즈음에 글을 쓰기 시작했다고 대답했다. 그는 이렇게 말한다. "글을 써서 생계를 꾸리는 것은 엄청난 특권이다. 문장은 문명의 가장 위대한 발명품이다. 하루 종일 앉아서 이 놀라운 단어들의 조합을 배치하는 것은 멋진 일이다. 내게 그보다 더 좋은 일은 없다. 그것은 내가 닿을 수 있는 최대한의 신앙이다."

애니 프루는 좋은 문장을 쓰는 일에 대한 애정을 시골에서 보낸 자신의 어린 시절과 연관 지어 말했다. "올바른 방향의 기본적인 문장에서 훌륭한 문장으로 옮겨 가는 데에는 어려움이 따른다. 하지만 그것은 즐거운 일이다. 고되면서도 즐겁다. 시골에서 자란 나는 노동이 나름의 만족을 준다고 생각한다. 그것은 성가시거나 지독한 운명처럼 보이지 않는다. 그것은 공장이나 다리를 짓고 훌륭한 옷을 만들고 나무를 베는 일과 같다. 실제로 작동하는 무언가를 만드는 것은 기쁜 일이다."

···

소설을 새로 시작할 때 '낸시와 프레드가 언제 다시 만날까?' 따위를 생각하고 싶진 않다. 그 둘이 언제 다시 만나는지는 알고 있다. 그보다는 이런 생각을 하고 싶다. '이 문장이 괜찮을까? 너무 길지는 않을까? 그 뒤에 또 긴 문장이 와야 하나? 그러고 나면 또 한 번 짧은 문장이?' 내가 생각하고 싶은 것은 이런 것들뿐이다. —**존 어빙**

처음 시작하는 작가

내가 1일 워크숍을 진행하던 날이었다. 자기 소개 시간에 자신을 박사라고 소개한 한 참가자가 쉬는 시간에 내게로 와서 이렇게 말했다. "처음에 수업 시작할 때 하마터면 나갈 뻔했어요. 그냥 일어나서 문을 열고 나가려고 했죠." 내가 그 이유를 묻자 여자는 이렇게 대답했다. "아무래도 처음 시작하는 작가들을 위한 워크숍이 될 것 같아서요!"

그날 아침에 나는 대부분의 사람들이 글쓰기를 얼마나 두려워하는지 지적하고 한 여론 조사 결과에 따르면 사람들이 죽음보다 더 무서워하는 것으로 대중 연설과 글쓰기를 꼽았다는 이야기를 들려주었다. 나는 그녀에게 이렇게 말했다. "저는 어떤 수업에서든, 초급반에서든 고급반에서든 그 얘기를 한답니다. 글을 쓸 때 우린 누구나 처음 시작하는 입장이 되죠." 그 여자는 내 말을 믿지 않았을 것이다. 하지만 그것은 사실이었다. 무언가를 써넣어야 하는 빈 페이지를 마주하고 있을 때 우리는 모두 처음 시작하는 작가가 된다.

…

매일 빈 종잇장을 마주하고 구름 속으로 손을 뻗어 무언가를 끌어내야 한다는 것은 몹시 고달픈 일이다. —**트루먼 카포티**

거짓말들의 집

나의 어린 시절 기억 가운데 가장 창피한 것은 1학년 토론수업 시간에 엄청난 거짓말을 했다가 그 거짓말이 학교 전체로 퍼져나간 일이다. (나는 유명한 영화배우들과 형제지간이라고 했다.) 한번 거짓말을 하면 그것을 뒷받침하려고 줄줄이 또 다른 거짓말을 만들어내야 한다는 것을 나는 일찌감치 배웠다. 거짓말로 이뤄진 구조물 하나를 통째로 만들어야 한다는 것을 말이다. 그것은 소설을 쓰는 일과도 비슷하다.

…

작가는 선천적으로 진실을 말할 수 없다. 그래서 우리는 작가가 쓰는 것을 허구라고 부른다. — **윌리엄 포크너**

엉덩이로 쓰는 글

플래너리 오코너는 이렇게 말했다. "나는 매일 아침 9시에 내 방에 가서 12시까지 종이를 앞에 놓고 앉아 있다. 세 시간 동안 아무것도 떠올리지 못한 채 그저 앉아 있을 때도 많다. 하지만 나는 한 가지는 알고 있다. 만약 9시에서 12시 사이에 어떤 소재가 떠오르면 그것을 적을 준비가 되어 있다는 것을 말이다."

나는 수년 전 수업에서 나의 글쓰기 선생님이 들려준 이 말을 한 번도 잊지 않았다. 그것은 영감 자체를 아주 조용하게 다룸으로써 글쓰기의 드라마에서, 그 특별함에서 바람을 빼버린다. 드라마 따윈 없다. 우리는 그저 앉아 있어야 한다. 소재가 떠오를 수도 있고 그렇지 않을 수도 있다. 하지만 어쨌든 그냥 그렇게 앉아 있다.

...

영감이란, 매일 일하는 것이다. —**샤를 보들레르**

혼자 사는 사람이 아니라면 그리고 일상의 자질구레한 일들을 전부 도맡아 해주는 충실한 도우미가 있지 않다면, 페이지 위에 새로운 세상을 창조 혹은 재창조하다가도 은행에 가거나 아이들을 등교시키거나 부모님을 병원에 모시고 가거나 장을 보거나 자동차를 수리하거나 머리를 하거나 빨래를 개야 한다. 게다가 별도의 본업을 갖고 있다면 더 얘기할 필요도 없다. 이러한 전환이 언제나 매끄럽고 우아하게 이뤄지는 것은 아니다. 가끔 당신은 미칠 지경에 이르기도 한다. 글을 포기하고 싶을 때도 있을 것이다. 혹은 모든 게 정리되고 안정될 때까지 글쓰기를 미뤄야겠다는 거창한 핑계를 댈 수도 있다.

그러나 도우미를 두고 있는 작가는 거의 없다. 게다가 대부분이 별도의 생업을 갖고 있다. 내 작가 친구들은 모두 강의를 나간다. 테드 쿠저와 월리스 스티븐스는 보험회사 중역이었고, 안톤 체호프와 윌리엄 칼로스 윌리엄스는 오래전부터 흔히 볼 수 있었던 의사 겸 작가였으며, 스콧 터로는 여전히 현직 변호사이다. 셜리 잭슨은 여섯 자녀를 키웠고, 데이비드 세다리스는 청소 대행 일을 했을 뿐 아니라 우리 모두 잘 알듯이 메이시스 백화점에서 크리스마스 요정 일도 했다.

그러니까 당신은 결국 미치지 않는다. 글을 포기하지도 않는다. 그저 저글링을 하듯 여러 가지 일을 동시에 해나갈 뿐이다. 모두가 그렇듯이.

···

나는 너무도 오랫동안 글 쓰는 자아 주위에 벽을 둘러치고 살았다. 그러면서 일상생활이 끼어들면 그 벽의 문을 닫고, 다시 글을 쓰기 시작하면 일상생활의 문을 닫는 법을 터득했다. 나의 두 자아가 다시 합쳐질 수 있을지 모르겠다. —**앤 타일러**

놀아야 쓴다

집필을 위한 피정(避靜)을 하려고 차를 몰고 산길을 오르는데, 라디오에서 광고가 나온다. 건강에 관한 광고로, '우리 모두는 더 건강해지기 위해 놀아야 한다. 그러나 커갈수록 창의성보다는 지식이나 학식을 쌓는 데 치중해 더 이상 놀지 않는다'라는 내용이다.

집필을 위한 피정을 시작하기에는 완벽한 발상이다. 놀아라! 피정을 할 때는 외부의 지식을 놓아버리는 것이 이상적이다. 자신에게 귀를 기울여라. 꼭 알아야 하는 것, 꼭 배워야 하는 것에 얽매이지 마라. 그냥 놀아라.

나는 예전에 초등학교에서 글쓰기 워크숍을 가진 적이 있는데, 정작 말을 갖고 놀 줄 아는 것은 유치원생들과 초등학교 저학년 학생들이었다. 한 아이는 이렇게 썼다. "경적은 빨간 소리가 난다!" 또 어떤 아이는 이렇게 썼다. "화내는 것은 악마를 건드리는 것과 같다. 화내는 건 정말 나쁘다. 그것은 간의 맛이 난다." 그 아이들이 3학년쯤 되면 이름을 왼쪽 상단에 써야 하는지 오른쪽 상단에 써야 하는지에 집착하기 시작한다.

…

젊어지는 데는 오랜 시간이 걸린다. —피카소

059 작가들이 여섯 살 아이에게 배울 점

다음은 에마가 여섯 살 때 내가 그 애를 일주일 동안 돌보면서 배운 것이다.

- **창의성** 창의성을 발휘할 수 있는 기회를 모조리 활용해라. (내가 전화 통화를 하면서 사무적인 목소리를 내려고 애쓰고 있을 때 에마는 내 스웨터를 들춰 올리고 내 등에 볼펜으로 "할머니는 에마를 사랑한다"라고 쓴다. 그리고 그 둘레에 꽃을 그려 넣는다.)
- **에너지** 우리는 끊임없이 에너지를 써야 한다. 자신이 좋아하는 일을 하기 위해서는 에너지가 있어야 한다. (에마는 나와 함께 〈사랑은 비를 타고Singing in the Rain〉와 〈퍼니 페이스Funny Face〉를 DVD로 보면서 내내 '멈추지 않고' 춤을 춘다.)
- **감정과 열정** 자신의 느낌과 접촉하지 않고는 감정에 대한 글을 쓸 수 없다. (에마는 "초파리라고 죽이면 어떡해! 걔네들도 자연의 일부란 말이야!" 하면서 엉엉 울다가 '몇 초 후에' 몹시 기뻐하며 웃음을 터트린다.)
- **집중** 사람들이 어떻게 생각하든 상관하지 말고 자신이 좋아하는 것에 집중해라. (에마는 커다란 보라색 플라스틱 비행기에 작은 플라스틱 인형들을 가득 싣고 놀다가 그 인형들을 집안 곳곳에 던져놓는다.)
- **호기심** 삶의 모든 측면에 대해 질문해라. (에마는 이렇게 묻는다. "바다는 어떻게 생겨났어요?" "심장마비는 어떻게 와요?" "할머니는 남편이 몇 명이

었어요?")

• • •

줄기차게 손주들 얘기를 늘어놓는 것은 창피한 일이지만 나는 그 애들 이야기를 쓰지 않을 수 없다. 그러나 그것은 작가의 일기 같은 것이다. 그리고 내가 글쓰기에 대해 한 가지 배운 것이 있다면, 글쓰기는 자신의 충동을 따라야 한다는 사실이다. **— 엘렌 질크리스트**

영감과의 약속

글 쓸 시간을 정해놨다고 가정하자. 당신이 접촉해야 하는 불꽃, 즉 시상이나 영감, 혹은 가슴, 그 밖에 무어라 부르든, 그것은 그 시간을 기다린다. 그런데 당신은 그 시간에 다른 일을 하기로 한다. 혹은 책상 앞에 앉아 무언가를 써야 한다고 생각하자 갑자기 덜컥 겁이 난다.

메리 올리버는 로미오와 줄리엣이 약속을 하고 약속 장소에 나타나지 않았을 경우 어떤 일이 벌어졌을지 가정해본다. "어느 한쪽이 겁이 나서, 또는 다른 일로 바빠서 늦었다면 로맨스도 열정도 없었을 것이다." 그녀는 글을 쓰기로 약속하고 그 약속을 지키지 않는 것을 여기에 비유한다. "당신이 확실하게 약속을 지킨다면 그쪽도 제시간에 나타날 것이다. 당신이 도착하는 순간, 그쪽도 모습을 드러내기 시작한다." 하지만 당신이 약속을 지키지 않는다면 그 불꽃은 잠깐 나타났다 사라지거나 아예 나타나지 않을 것이다. 그녀는 이렇게 묻는다. "왜 나타나겠는가? 그것은 그저 기다릴 것이다. 평생토록 침묵하며 살아갈 것이다."

당신의 가슴이 침묵하게 만들지 마라. 시간을 정하고 약속을 지켜라.

...

이것은 너무 중요해서 아무리 강조해도 지나치지 않다. 4시에 글을 쓰기로 결심했으면 4시에 글을 써야 한다! 어떠한 핑계도 통하지 않는다. —**도러시아 브랜디**

작업하기 좋은 시간

테네시 윌리엄스는 눈을 감는 순간까지 매일 새벽 6시부터 정오 사이에 글을 썼다. 마거릿 영은 초반에는 아침 8시부터 오후 5시까지 글을 썼다가 나이가 들면서 시작 시간을 두세 시간 늦췄다. 잭 케루악은 자정부터 동틀 때까지 글을 썼고 피곤할 때는 술을 마셨다. 줄리언 반스는 오전 10시부터 밤 10시까지 주 7일 글을 쓴다. 그는 이렇게 말한다. "주말은 작업하기 좋은 시간이다. 사람들이 내가 놀러간 줄 알고 방해하지 않기 때문이다. 크리스마스도 마찬가지다. 모두 나가서 노느라 아무도 전화하지 않는다. 나는 매년 크리스마스 아침에 일을 한다. 일종의 의식이다."

테이아 오브레트는 스물다섯 살에 대학원 과정을 끝내갈 무렵 강의를 겸하면서 첫 소설을 쓰기 시작했다. 그 소설은 베스트셀러가 되었다. 당시 그녀는 낮에 시간이 없어서 밤 10시부터 새벽 4시까지 글을 썼다.

···

나는 밤새도록 글을 쓰고 강의를 한 다음에 잠을 자고, 다시 밤새도록 글을 쓰고 강의를 한 다음에 잠을 잤다. …… 건강에 좋은 방법은 아니다. 밖은 늘 컴컴하고 사람들도 만나지 못한다. —테이아 오브레트

062

넘치는 소재

한 학생은 회고록에 쓸 얘기가 너무 많다며 애석해했다. 모르몬교에 빠진 이야기, 커밍아웃한 이야기, 그런 다음에 하와이에서 지내며 약물 중독에 빠진 이야기, 병원 신세를 지며 중독을 치료한 이야기, 이제는 동성애자 클럽에 들어간 이야기까지 다 써야 한다는 것이었다. 나는 그에게 그 모든 게 회고록을 쓰기에 훌륭한 소재인 것 같다고 말했다.

"하지만 할 얘기가 너무 많은걸요!" 그가 말했다.

워크숍에서 또 다른 작가도 내게 똑같은 얘기를 한 적이 있다.

"쓸 얘기가 너무 많아요!"

소재가 너무 많은 것도 장해물이 될 수 있다. 쓸 얘기가 너무 많으면 그저 두 손 들고 포기하겠다고 선언할 수도 있다. 혹은 한 페이지 한 페이지 차근차근 시작할 수도 있다.

...

그렇다. 나는 쓸 수 있다! 소재들이 부글부글 끓어오르고 있다. 내가 두려운 것은 그것들을 순서대로 병에 담는 일이다. —버지니아 울프

쓸 얘기가 없다고 느껴질 때

정말 쓸 수 없는 경우는 기근이 들었을 때이다. 갑자기 평생토록 자신에게 흥미로운 일이 한 번도 일어나지 않았다는 생각이 든다. 이런 느낌은 지나갈 것이다. 걱정하지 마라. 그저 일기장을 꺼내어 두세 페이지 푸념을 늘어놓아라.

…

우리는 모두 우리 인생의 초고를 살고 있다. —캐럴린 시

064

글쓰기는 아름답지 않다

간혹 학생들은 내게 왜 수업 시간에 함께 글 쓰는 연습을 하지 않느냐고 묻는다. 이유는 간단한다. 글을 쓸 때 나는 이기적인 인간이 되기 때문이다. 학생들을 가르칠 때에는 그들에게 집중한다. 그들의 이야기, 그곳에 앉아 시키는 대로 글을 쓸 수 있는 용기, 그들의 호기심과 열정, 서로에 대한 존중과 호의를 나는 사랑한다. 학생들을 가르칠 때 나는 너그럽고 편안한 사람이 된다. 그러나 내 손에 펜을 쥐여주고 즉흥 글쓰기 주제를 내주면 강박과 광장 공포증에 사로잡힌, 이기적인 작가로 돌아갈 것이다.

글을 쓸 때는 글을 써라. 그것이 항상 아름답진 않지만 나는 다른 방법은 모른다. 그러니 이기적인 인간이 되어라. 문을 닫아라. 모든 에너지를 글에 쏟아부어라.

...

모든 작가는 자만심이 강하고 이기적이며 게으르다. 그들의 동기의 저변에는 미스터리가 자리하고 있다. 책 한 권을 쓰는 것은 오랫동안 고달픈 병을 한 차례 앓는 것만큼 길고 맥 빠지는 싸움이다. 거부할 수도, 이해할 수도 없는 어떤 마귀에게 휘둘리고 있는 게 아니라면 자발적으로 할 만한 일이 아니다. — **조지 오웰**

노리스 처치 메일러가 남편 노먼 메일러에게 집필 중인 소설의 첫 100쪽을 보여줬을 때 그는 이렇게 말했다. "생각했던 것만큼 나쁘진 않네."

그녀는 남편을 총으로 쏘거나 떠나진 않았다. 그저 한동안 그 책을 접어뒀을 뿐. 그러다 나중에 마무리 지어 출간했다. 그런 다음, 속편까지 써서 출간했다.

• • •

목표가 최고다. 따라서 배우자는 효과적이고 유용한 보좌관일 뿐이다. 혹은 장해물이거나. —**노먼 메일러**

규칙의 함정

손녀 에마가 일곱 살 때 과제물로 가득한 서류철을 들고 우리 집에 왔다. 그 서류철을 보자 나는 학창 시절에 내가 왜 그렇게 성적이 나빴는지 기억이 났다. 하지만 그 안에는 글짓기 숙제가 포함되어 있었다. 즉흥 글쓰기 주제들도 있었다. 거기까진 좋았다. 그러나 지침을 보자 다소 기가 질렸다. 사람들이 왜 그렇게 글쓰기를 꺼리는지 알 것 같았다. 들여쓰기, 마침표, 철자법이 아주 중요하다, 반드시 여덟 문장으로 구성해라, 등등.

에마는 "이번 핼러윈에는……"이라는 주제를 골랐다. 그러곤 핼러윈에 무엇을 할 것인지에 대해 세 문장을 쓰고는 제동이 걸렸다. 나는 고양이로 분장할 거라고, 고양이 의상을 입을 거라고 하면 어떻겠느냐고 제안했다. "사탕을 달라고 조르는 고양이!" 아이가 소리쳤다. "멋지다!" 내가 말했다. 에마는 다시 쓰기 시작했다. 그러다 곧 머리를 움켜쥐었다. "으, 이런. 철자법이 틀렸어요. '만드는'을 '맨드는'이라고 썼네!" 나는 철자법은 걱정하지 말라고 했다. "들여쓰기도 해야 해요!" "'재미'라는 말도 쓰지 말라고 했는데!" 아이는 열심히 지워댔다.

나는 나의 어른 학생들에게 해주는 조언을 전부 해주었다. "그냥 거칠고 어지러운 상태로 놔둬. 마침표랑 철자법은 걱정하지 말고. 지금은 창작을 하는 시간이야. 일단 써놓고 다시 읽으면서 고치면 되잖아." 그러자 에마가 나를 보며 말했다. "여덟 문장을 다 썼는지 확인하려면 어떻게 해야 하는지 아세요? 마침표 개수를 세어야 돼요."

• • •

통제력을 잃어라. 생각하지 마라. 논리는 잊어라. —**나탈리 골드버그**

067 사슬을 이어나가기

해변에서 조깅을 하던 남자가 내 옆을 지나쳐 가면서 자신의 친구에게 말했다. "그냥 매일 앉아서 하라고."

그렇다!

어쩌면 세금을 내라는 얘기였는지도 모른다. 아니면 숙제를 하라는 얘기였을까? 그 사람이 어떤 의도였든, 나는 매일 앉아서 글을 써야 한다는 얘기였다고 생각하고 싶다.

제리 사인펠드는 처음 희극배우가 되었을 때 매일 우스운 농담을 하나씩 썼다. 그는 자신에게 동기부여를 하기 위해 1년 전체를 보여주는 커다란 달력을 벽에 걸고 빨간 펜을 샀다. 그리곤 우스운 농담을 쓸 때마다 해당 날짜에 빨간색으로 '×' 표시를 했다. 며칠을 하고 나자 빨간색 '×'로 이뤄진 사슬이 생겼다. 그는 자신의 일이 그 사슬을 이어나가는 것이라고 생각했다.

...

내가 그 어떤 것보다도 확신을 갖고 자신 있게 말할 수 있는 것은, 매일 방 안에 들어가 작업을 하면 글이 점점 나아진다는 사실이다. 3일이 지나고도 여전히 그 방에 들어간다면 당신은 하루하루가 끔찍하다고 생각할 것이다. 하지만 넷째 날에도 그 방에 들어간다면, 시내로 새거나 마당에 나가지 않는다면, 대개는 무언가가 나타날 것이다. —**존 디디온**

두려움이 있기에

데니스 팔럼보는 와이오밍 주의 그랜드티턴 산을 등반한 후 약 300미터 높이의 암붕에 앉아 두려움에 떨던 일에 대해 글을 썼다. 그가 암벽 등반 강사에게 무섭다고 했을 때 강사는 이렇게 대답했다. "다행이네요. 그렇지 않았다면 제가 함께 올라오지 않았겠죠. 사실 자신을 버티게 해주는 건 바로 두려움입니다."

배우 시절에 나는 브로드웨이에서 첫 공연이 열리기 전날이면 늘 겁에 질리곤 했다. 무대 공포증에 압도된 나머지, 극장에 불이 나서 공연이 취소되거나 내가 버스에 치어 병원에 실려 가는 상상을 하곤 했다. 그러나 두려움은 에너지가 되기도 한다. 가파른 산 정상에 오르는 것, 무대에 나가 두 시간 동안 관객 앞에 서는 것, 책을 쓰는 것. 만약 당신이 내내 느긋하고 태평하다면 이 중 어떤 것도 성공할 수 없다. 지나치게 여유로운 태도는 산을 오르거나 관객을 매료시키거나 책 한 권을 완성하는 데 도움이 되지 않는다.

···

나는 글을 쓰기 전에, 내 영혼이 혼자 도약하려고 준비하고 있을 때 늘 심장과 횡격막 사이의 공간에서 두려움을 느꼈다. —**안드레 듀버스**

069 발가벗은 글

글을 쓰는 일은 스트립쇼에 버금갈 만큼 아주 개인적인 일이다. 우리의 생각과 감정, 기억, 상상, 환상이 만천하에 공개되기 때문이다. 따라서 누군가가 당신의 발가벗은 글이 완전하지 않다고 생각하면 공황에 빠지는 것이 당연하다. 피드백을 받았을 때 그것을 이용해 글을 개선할 수 있다면 더없이 좋다. 그러나 워크숍이나 글쓰기 모임에서 누군가가 그저 잘난 척을 하기 위해 이기적이고 퉁명스러운 논평을 내놓는다면 기회를 봐서 얼른 그곳을 떠나라. 자신의 기대치보다는 당신의 의도를 중심으로 논평을 해주는, 건설적이고 관대한 집단을 찾아가라. 등 뒤에서 누군가가 칼을 갈고 있다는 느낌이 들면 당신의 재능을 마음껏 발휘할 수 없다.

• • •

그녀가 쓰는 단어는 전부 거짓이다. 하다못해 "그리고"와 "그"조차도.

— 메리 매카시(릴리언 헬먼에 대한 비평 중에서)

글을 쓰기에 알맞은 나이

내 블로그 댓글란에 한 독자가 서른다섯 살이면 글을 시작하기에 너무 늦은 것이 아니냐는 질문을 달았다. 그러자 쉰 살의 독자가 자신도 같은 문제로 고민하고 있다고 했다. 이를 계기로 나이에 강박을 갖고 있던 사람들이 엄청난 댓글을 쏟아내기 시작했다.

글을 쓰기에 너무 늦었다는 게 무슨 뜻일까? 스카이다이빙을 배우거나 팀 로핑team roping(로데오에서 2명의 카우보이가 한 팀을 이루어 가능한 한 짧은 시간에 로프로 황소를 움직이지 못하게 하는 경기-옮긴이)을 시도해보기에 너무 늦은 나이는 있을 수 있다. 하지만 글을 쓰기에 너무 늦은 나이가 있을 수 있을까? 펜을 들 수 있다면, 컴퓨터를 사용할 줄 안다면, 혹은 그저 구술할 수만 있어도 나이에 관계없이 글을 쓸 수 있다.

노먼 매클린은 70대에 첫 소설 『흐르는 강물처럼A River Runs through It』을 썼다. 그 소설은 로버트 레드포드가 연출한 영화 못지않게 문학의 고전이 되었다.

해리 번스타인은 평생 작가가 되려고 안간힘을 쓰다가 마침내 96세에 어린 시절에 대한 첫 회고록 『보이지 않는 벽The Invisible Wall』을 출간해 비평가들의 찬사와 문학적 명성을 얻었다. 〈퍼블리셔스 위클리Publishers Weekly〉에 별점 리뷰가 실리기도 했다. 이듬해 그는 97세의 나이로 두 번째 회고록을 발표했다.

...

나는 내 인생의 초창기 25년을 잊고 싶었지만 정반대의 일이 일어났다. 나이를 먹을수록 그 시절은 더욱 생생해졌다. **—해리 번스타인**

자신의 일기장에서는 자신의 어려운 이야기를 모두 들어주는 심리 치료사가 되어도 괜찮다. 하지만 책을 쓰려 한다면 이것은 위험할 수 있다.

나는 이혼 절차를 밟는 동안 너무도 혼란스럽고 화가 나서 일기장에 아침 점심 저녁으로 폭언 말고는 아무것도 쓸 수 없었다. 1년 후 나는 소설 속 인물에 일부를 녹여냈지만 여전히 내 이혼을 허구로 만들어낼 만큼 초연할 수 없었다. 그 소설은 끝을 내지 못했다. 결국 (말하기 힘들 만큼 오랜 시간이 지난 후에) 나는 26년간의 내 첫 결혼 생활의 시작과 끝을 주제로 긴 에세이를 써서 발표했다. 마침내 어느 정도의 거리를 갖게 되었지만 거기엔 시간이 걸렸다.

• • •

자리에 앉아 글을 쓰기 전에 고된 심리 치료를 완전히 끝내야 한다. —**메리 카**

알리고 싶지 않은 글

마침내 완성된 나의 첫 결혼 생활에 대한 긴 에세이는 결과가 좋았다. 충분한 시간이 흘렀으므로 한때는 미칠 것 같았던 사건들 속에서 유머를 찾을 수도 있었다. 그것은 아주 개인적인 에세이였다. 그 결혼 생활에 존재했던 사랑과, 그 사랑이 끝났을 때 뒤따른 고통 그리고 좋지 않은 행동들을 모두 시인했고, 조금은 신랄한 어조로 마무리했다.

하지만 그 에세이가 선집에 실려 출간되었을 때, 나는 방금 전에 전남편과 다정하게 점심을 먹은 터였다. 예쁜 딸들과 손자 손녀를 공유한 우리는 이제 좋은 친구가 되었고, 나는 그 평화를 지키고 싶었다. 원래는 그 주에 한 행사에서 내가 그 에세이를 낭독하고 그것을 유투브에 올리기로 되어 있었지만, 그 에세이가 더 이상 널리 알려지지 않았으면 좋겠다는 생각이 들었다. 나는 그것을 낭독할 수 없었다. 하지만 나는 이렇게 생각했다. 그래, 그 글을 썼을 때 나는 그랬어. 그것은 나의 관점이고 진실이다. 평화를 지키기 위해 자신을 고치기 시작한다면 결국 아무것도 출간할 수 없을 것이다.

나는 수년 동안 내 학생들에게 몇 번이고 이 이야기를 들려주고 있다. 때때로 우리는 자신이 배워야 할 것을 가르치기도 한다.

...

글을 쓰는 것은 압도적인 감정을 자초하는 일이다. 쓰지 않는 것은 회피다. …… 그래서 나는 가능하다면 쓴다. 천천히 다가오는 그러나 결코 막을 수 없는 사건에 처한 사람처럼, 사건을 응시하는 동시에 외면해야 하는 사람처럼, 다가오는 것을 기록한다. —마크 도티

073

언제나 새로운 시작

나는 여섯 살에 처음으로 이야기를 쓰기 시작했다. 글쓰기가 정말 쉽고 재미있게 느껴진 적은 그때뿐이었다. 10대 시절에는 오싹한 시와 고뇌에 찬 이야기를 몇 편 썼고, 유달리 영리한 편은 아니었지만 글을 쓰는 것보다는 연기하는 게 더 쉽다는 것쯤은 알았다. 그래서 나는 배우가 되었다. 그러나 10년 후 나는 다시 글을 쓰려고 시도했고, 갈피를 잡지 못한 채 시작했다 포기하기를 반복했다. 결국 30대 초반에 지역 전문대에서 창작 글쓰기 강좌를 들었고, 그때부터 글쓰기는 내 정체성의 한 부분, 내 직업의 한 부분으로 자리 잡았다. 비록 트럭을 멈춰 세울 만큼 커다란 장벽에 부딪치고 무수한 반대에 시달리긴 했지만 말이다.

그러나 새 출발이 끝난 것은 아니다. 새 에세이, 새로운 장(章), 새 책. 새로운 시작은 항상 존재한다. 작가에겐 빈 페이지 하나하나가 모두 새로운 시작이 된다. 그리고 좀처럼 쉬워지지 않는다.

...

시작이 어려운가? 그야 물론이다. 남들은 시작할 때 무얼 하는지 모르겠지만 나는 책상을 치운다. …… 쓸데없는 약속들을 중요한 것인 양 여러 개 잡는다. …… 피하고 미루고 부인한다. 나는 늘 무얼 해야 할지 모를까 봐 겁이 난다. 그것은 무시무시한 순간이다. —**프랭크 게리**

존 레치는 인터뷰에서 그의 회고록에 나오는 특정 장면이 실화냐는 질문에 이렇게 답했다. "아닙니다! 그보다는 실제로 일어났어야 하는 일이죠. 실제로 일어났어야 하는 일이라서 여기에 넣은 겁니다."

한번은 내가 작가 패널 중 한 명으로 참석한 토론에서, 논픽션에서 반드시 진실만을 다뤄야 하는가를 놓고 논쟁을 벌이다 주먹다짐 직전의 상황까지 간 적이 있었다. 한 작가는 자신의 회고록에서 세 명의 형제를 제외시켰다고 했고, 또 다른 작가는 문학에는 경계가 없다는 인상적인 발언을 했다. 나를 포함한 나머지 사람들은 회고록이든 에세이든 논픽션이라는 꼬리표가 붙으면 독자들은 그것을 실화로 받아들이기 때문에 최대한 사실에 입각해 써야 한다고 주장했다.

물론, 그날 어떤 색의 셔츠를 입었는지, 그날 먹은 계란 요리가 프라이였는지 스크램블이었는지는 추측에 의존할 수도 있다. 하지만 자신의 기억 속에 셔츠가 빨간색으로 남아 있다면, 그리고 갑자기 스크램블드에그가 눈앞에 그려졌다면 그렇게 가야 한다. 최대한 추측해라. 하지만 형제자매를 없애고 싶다면, 혹은 일어났어야 하는 일을 쓰고 싶다면, 그것은 픽션이라고 불러야 하지 않을까.

…

회고록 작가는 최대한 사실에 입각해 글을 쓰겠다고 독자와 약속하는 셈이다. 그러나 진짜 약속 상대는 바로 자기 자신이다. 정직해라. 깊이 파고들어라. 그러지 않을 거라면 굳이 회고록을 쓸 필요가 없다. —애비게일 토머스

긍정적 계시

나는 전조를 믿는다. 그것이 천사에게서 나오는지 신에게서 나오는지, 예수에게서 나오는지 부처에게서 나오는지, 누구로부터 혹은 무엇으로부터 나오는지는 모르지만, 전조는 올바른 방향을 가리키는 계시다. 거기에 주목하느냐 마느냐는 각자의 자유에 달려 있다. 내 컴퓨터 위에는 어떤 여자에게서 받은 이메일이 붙어 있다. 오래전에 절판된 내 소설을 열 번이나 읽었다며 새 소설이 언제 나오느냐고 묻는 내용인데, 그 이메일은 하필 내가 새 소설을 쓰려다가 좌절하여 머리를 움켜쥐고 있던 날 도착했다.

한번은 내 친구 빌리가 나와 함께 해변을 걸으면서 자신의 새 소설 줄거리를 들려주고 있었다. 그런데 갑자기 머리 위에 멋진 무지개가 나타나 있는 것이 아닌가. 무지개라니! 이런 게 바로 계시다. 정말 감동적이었다.

계속 글을 쓰라는 전조를 찾아라. 그리고 부정적인 계시는 전부 무시해라.

• • •

나는 혼자 서 있었고 세상은 흔들거렸다. 나는 도망자이자 방랑자, 전조를 찾는 체류자다. —애니 딜러드

이를 가는 작가들

치과에 갔더니 의사는 내가 이를 갈아서 이가 마모되고 있다고 했다. 나는 이를 갈지 않는다고 했다. 그러자 의사가 말했다. "우리 병원에 작가들이 많이 옵니다. 전부 이를 갈지요."

…

[의사인] 스티븐스는 내 위쪽 앞니 두 개를 금으로 지지하려 한다. 그렇게 하지 않으면 그 이들이 마모되어 못 쓰게 될 거라고 한다. ―**크리스토퍼 이셔우드**

진지하게 묻는다. 왜 글을 쓰는가? 다시 학교에 다닐 수도 있고, 좋은 일을 할 수도 있고, 닭을 키우거나 본업에 집중하거나 토마토를 심을 수도 있는데, 왜 굳이 이 고생을 하는가?

메리 올리버는 자신의 시 「여름날The Summer Day」에서, 풀밭에 무릎을 꿇고 앉아 메뚜기를 뚫어지게 관찰하다가 인생이 얼마나 짧은지 깨달았다고 노래한다. 마지막 행에서 그녀는 독자에게 이렇게 묻는다. "그대, 하나뿐인 험난하고 귀중한 삶에서 무엇을 할 계획인가?"

어쩌면 이것이 내가 글을 쓰는 이유일 것이다. 그것이 하나뿐인 험난하고 귀중한 삶에서 해야 할 일이기 때문에.

• • •

당신은 이것에 목소리를 부여하도록, 당신의 놀라움에 목소리를 부여하도록 정해진 사람이다. 그렇게 운명 지어진 사람이다. —애니 딜러드

기록하지 않으면 사라진다

자신의 가족과 함께한 아침 식사가 어땠는지 (혹은 아침 식사를 하지 않은 것이 어땠는지) 기억하는 사람은 자기 자신뿐이다. 자신의 첫 키스, 부모님이 개를 사줬을 때의 (혹은 사주지 않았을 때의) 기분, 어릴 때 좋아하던 신발, 어릴 때 즐겨 하던 놀이, 즐겨 듣던 음악, 가족끼리의 농담 또는 농담 없는 엄숙한 분위기를 묘사할 수 있는 사람도 오직 자신뿐이다. 과거는 기록하지 않으면 사라져버린다.

내 남동생은 여섯 살 때 아이보리 비누를 파서 그 안에 10센트짜리 동전을 넣어놓는 기발한 아이디어를 생각해냈다. 나는 어느 날 목욕을 하다 처음 동전을 발견하고 기쁘기도 하고 한편으로는 어리둥절하기도 했다. 부모님도 비누 속의 동전을 발견하고 신기해하며 감탄했다. 결국 동생은 자신이 한 일이라고 고백했다. 그 아이는 또한 세 살 때 우리 집 고양이의 꼬리를 주황색으로 칠해놓기도 했다. 이제 우리 부모님은 세상을 떠났으므로 그 이야기를 알고 있는 사람은 남동생과 나뿐이다. 그리고 여기에 썼으니 여러분도 알게 되었다.

...

나의 인생 이야기를 들려주고 그것이 어떤 의미인지 말할 수 있는 사람은 오직 나 자신뿐이다. —도로시 앨리슨

가족에 대해 쓴다는 것

회고록을 쓴 작가가 내 수업에 초빙되면 학생들은 가장 먼저 이렇게 묻는다. "어머니는 그걸 읽고 뭐라고 하셨어요?"

그렇다면 자녀 얘기를 쓴 엄마들은 어떨까? 우리 아이들은 꽤 놀라운 소재를 갖고 있지만 나는 절대 그 애들의 사생활을 글로 침해하지 않는다. 아이들 얘기를 쓰긴 하지만(우스운 얘기 말이다) 절대로 그 아이들의 삶에서 심각한 순간들을 훔치지는 않는다.

그러나 최근에 딸들 중 하나와 그 문제를 논의하는데, 그 애가 어두운 어조로 말했다. "길런의 침대 밑에 있는 스니커즈 초콜릿 바 얘기 쓴 거 기억하세요?" 나는 그게 대체 무슨 얘기냐고 물었다. 그러자 그 애가 말했다. "길런의 지저분한 침실을 주제로 시를 썼었잖아요. 그런 다음, 그걸 길런의 반 애들에게 읽어줬죠."

작가가 되기 위해선 죄책감을 안고 살아가는 법을 배워야 한다.

…

나는 친구나 가족이 글 속에서 침해를 당하거나 벌을 받거나 괴롭힘을 당할 것을 전혀 걱정하지 않는 학생은 한 번도 만나본 적이 없다. (어린 학생들의 글에서는 엄마가 심한 질타의 대상이 된다.) …… 그것 때문에 어린 작가들은 한 글자도 써보지 못하고 고전적인 작가의 장벽에 부딪치는 경우가 많았다. —캐럴 실즈

상상의 스트립 클럽

모드 케이시는 한 에세이에서 자신의 부모님이 쓴 소설을 읽을 때면 부모님의 그림자를 쫓는 기분이 들었다고 말했다. "한 페이지 한 페이지 넘길 때마다 부모님이 휙휙 지나가곤 했다. 부모님이 쓴 책을 읽으면 마치 그분들의 상상의 스트립 클럽으로 들어간 것 같았다."

아아, 우리 아이들이 내 상상의 스트립 클럽을 읽고 있다니! 그런 생각을 하면 더 이상 나아갈 수가 없다. 아이가 없다면 다른 존재가 당신을 멈춰 세울 것이다. 이를테면, 부모님.

모드 케이시는 계속해서 부모님이 자신에게 심오한 재능을 주었다고 썼다. 그 재능은 바로 끊임없는 불만족이었다. 그녀는 이 끊임없는 불만족이 "글로 써내야 하는 내적 고독"으로 자신을 이끌었다고 말한다.

...

사람은 누구나 나름의 방식으로 침묵과 죄책감, 당혹감을 치료해줄 무언가를 찾는다. ― **나탈리아 긴츠부르그**

쉽게 써지는 글

사람들은 늘 작가들에게 무엇으로 글을 쓰냐고 묻는다. 대부분은 원고를 깔끔한 상태로 보내야 하기 때문에 컴퓨터를 사용한다. 하지만 나는 복사용지와 타자기, 수정액을 사용하던 시절에 글을 더 잘 썼던 것 같다. 언제든 나 자신을 수정할 수 있는 삭제 버튼이 없었으므로 더 많이 생각하고 더 열심히 노력해야 했다. 그리고 타자기가 내는 요란한 소리도 좋았다. 사람들이 내가 일하고 있다는 것을 '알' 수 있었으니까 말이다.

애니 딜러드는 인터뷰에서 컴퓨터 때문에 문단들이 버섯구름처럼 거대해진다고 개탄한 적이 있다. 나는 가끔 컴퓨터 자판을 두드리고 있으면 피아노를 치거나 물 위에 글을 쓰는 기분이다. 고치기가 너무 쉽다. 막 써낸 글이 식기도 전에 베어서 태워버리기가 너무 쉽다. 설상가상으로, 끊임없이 주절대며 치명적인 버섯구름을 만들어내기도 너무나 쉽다.

...

힘들게 타자를 치던 시절에는 유쾌한 리듬 같은 것이 있었다. 그때 나는 매일 10~12쪽씩 완성해 깔끔하게 쌓아놓았다. 그렇게 점점 쌓여가는 것이 큰 만족감을 주었다. —T. C. 보일

자신의 장르 찾기

자신의 장르를 어떻게 찾아야 하는지는 나도 잘 모른다. 내 학생들에게는 자신이 즐겨 읽는 장르가 곧 자신이 쓰고 싶은 장르라고 말하지만 운과 타이밍도 배제할 수 없다. 사랑에 빠지는 것처럼 말이다. 내 경우에는 되는 대로 쓴다. 처음에는 소설을 쓰는 게 좋았고 그다음에는 시를 썼으며 그러다 아동물에 빠졌고 그다음에는 에세이에 손을 댔다. 그리고 지금은 논픽션을 쓰고 있다. 사뮈엘 베케트는 장르를 찾으려면 “난잡함을 수용하는 형식을 찾아야” 한다고 말했다.

…

이제 나는 시의 편안함, 시의 간결함을 추구하고 싶다. …… 더 이상 줄거리를 짜내고 싶지 않다. —맥신 홍 킹스턴

베껴 쓰면 보인다

도널드 레이 폴록은 마흔다섯 살이 됐을 때 자신의 인생에서 뭔가 다른 일을 해보기로 결심했다. 그는 글 쓰는 법을 배울 생각이었다. 그는 먼저 자신이 좋아하는 작가들, 즉 존 치버, 리처드 예이츠, 어니스트 헤밍웨이의 글을 타이핑으로 필사한 다음, 그것을 갖고 다니면서 읽고 또 읽었다. 그는 이렇게 말했다. "나는 원래 책을 정독하는 사람이 아니다. 그 책들을 필사하면서 장면 전환은 이렇게 하는구나, 대화는 이렇게 구성하는구나 등을 깨닫게 되었다."

나는 1950년대의 한 글쓰기 교사가 학생들에게 각자 좋아하는 작가의 소설을 처음부터 끝까지 타자로 필사하게 했다는 글을 읽은 적이 있다(그 학생들 가운데 일부는 유명한 작가가 되었다). 그녀가 그것을 시킨 이유 가운데 하나는 책을 구상하고 퇴고를 거듭하는 것은 고사하고 책 한 권을 타자로 치는 데만도 얼마나 오랜 시간이 걸리는지 깨닫게 해주기 위해서였다.

예전에 나는 어떤 문집을 편집하면서 다른 책에 있는 에세이를 넣기 위해 복제 허가를 얻고 그것을 다시 타이핑한 적이 있다. 내가 좋아하는 작가의 문장들을 타이핑하는 것은 어딘지 오싹하고 내밀한 경험이었다.

• • •

나는 필경 그 어떤 작가보다도 지성이 떨어지는 작가일 것이다. 나는 그저 무언가가 올 때까지 계속해서 연거푸 두드리고 있을 뿐이다. —**도널드 레이 폴록**

잠가놓은 방

“앉을 자리를 만들어라.” 웬델 베리의 시 「시인이 되는 법How to Be a Poet」의 첫 행이다. 두 번째 행은 이러하다. “앉아라. 침묵해라.” 이 시는 너무도 단순하고 깊어서 독자는 그것이 마치 연못인 듯 혹은 음악인 듯 그 안에 풍덩 빠지고 싶다. 그는 애정과 독서, 지식, 영감, 마지막으로 인내에 의존하라고 말한다. “인내는 시간과 함께이니까 / 영원히.”

...

가슴속에 풀리지 않은 채 남아 있는 모든 것에 대해 인내를 가져라. 그런 의문 자체를 사랑하려고 노력해라. 그것은 잠가놓은 방과도 같다. 외국어로 쓰인 책과도 같다.

—라이너 마리아 릴케

나의 동기는 무엇인가

배우 시절, 나는 스타니슬랍스키의 『배우 수업An Actor Prepares』을 바이블로 삼았다. 내가 여기저기 밑줄을 쳐놓은 그 책을 다시 읽으면서 나는 그 모든 러시아 금언들이 작가들에게도 적용될 수 있다는 것을 깨달았다. 스타니슬랍스키는 이렇게 말한다. "그저 '일반적으로', 연기 자체를 위해 연기하지 마라. 늘 목적을 갖고 연기해라. 내적인 토대가 없는 연기는 계속해서 집중할 수 없다."

'나의 동기는 무엇인가?' 이것은 스타니슬랍스키 방식으로 연기하는 배우들, 즉 메소드 연기를 하는 배우들이 어떤 장면을 연기하기에 앞서 자신에게 던지는 질문이다. '나는 무엇을 원하고 무엇을 필요로 하는가?' 이것은 픽션을 쓰든 논픽션을 쓰든 모든 작가들에게 아주 중요한 질문이다. 당신이 쓰는 장면이 제각기 무엇에 관한 것인지, 작품 속 인물들이 (논픽션의 경우에는 당신 자신이) 무엇을 추구하는지 생각해라. 이러한 필요, 이러한 욕구가 연극에서나 책에서나 흥미진진한 장면의 숨은 의미가 된다.

...

작가도 살인마와 똑같이 동기를 갖고 있어야 한다. —**재닛 맬컴**

주의 깊은 관찰자

스타니슬랍스키는 이렇게 썼다. "먼저 작은 꽃이나 거기에서 떼어낸 꽃잎, 또는 거미줄 하나를 골라라. …… 그 안에 있는 무엇이 기쁨을 주는지 말로 표현해보아라." 그는 또한, "배우는 무대에서뿐만 아니라 실생활에서도 주의 깊은 관찰자가 되어야 한다"고 말한다.

작가도 마찬가지다.

보는 것과 보이는 것은 당연히 다르다. 진정으로 무언가를 '보려면' 머릿속의 소요를 잠재워야 한다. 익숙함에서 탈피해야 한다.

• • •

주의를 기울여라. …… 주의를 기울여라. 당신이 해야 할 일은 오직 그것뿐이다. 절대, 잠깐이라도, 주의력을 잃지 마라. —**손턴 와일더**

울지 않는 연기

예전에 연기 수업에서 나는 주어진 장면을 '정말 열심히' 연기하고 있었다. 슬퍼하고 두려워하고 혼란스러워했으며, 울음에 목이 메기도 했다! 어디에 나오는 장면인지는 기억나지 않지만 누군가가 떠나거나 죽어서 내가 혼자 '남겨진' 상황이었다. 그 장면이 끝났을 때 나의 연기 선생님은 아무 말도 하지 않았다. 긴 침묵이 흘렀다.

그러다 마침내 그는 수년 전에 본 옛날 영화의 여배우 이야기로 입을 열었다. 전쟁 중에 아들 하나를 잃은 어머니 배역이었는데, 나무 밑에 서서 또 한 명의 아들이 전쟁터로 떠나는 모습을 지켜보는 장면이 인상적이었다고 했다. 그녀는 울거나 감정을 드러내지 않았다. 그러나 관객은 그녀가 조금도 움직이지 않았는데도, 찍 소리 한 번 내지 않았는데도 그녀의 노력을, 그녀의 용기를 엿볼 수 있었다.

나는 극적인 형용사나 심금을 울리는 부사를 쏟아부으며 '정말 열심히' 쓰고 싶을 때마다 이 얘기를 떠올린다.

…

형용사를 어떻게 사용하는지 보면 그 작가의 기술이 어느 정도인지 가장 빠르게 확인할 수 있다. —존 페어팩스와 존 모트의 『글 쓰는 법』 중에서

통제할 수 있는 작은 우주

소설을 쓰는 것은 평행우주에 사는 것과 같다. 그 우주는 현실과 달리 자신이 어느 정도 통제할 수 있는 우주다. 당신의 주인공들은 당신이 그들을 위해 어떤 계획을 세웠을까 궁금해하며 점잖은 손님처럼 매일 둥글게 둘러앉아 기다린다. 잘 풀리는 날에는 그것이 아주 신나는 일이 되기도 하지만 그렇지 않은 날에는 금방이라도 머리가 폭발할 것처럼 어렵고 짜증이 난다. 하지만 당신이 꾸준히 약속을 지킨다면 그들도 대개는 약속 시간에 나타날 것이며, 결국 당신은 그들을 작동시킬 수 있을 것이다.

내 딸아이 하나는 10대 시절에 자신은 나의 소설 속 인물이 아니니 마음대로 주물러선 안 된다고 내게 통보했다. 그해 내 생일에 그 애는 상단에 "발신: 신의 사무국"이라고 찍혀 있고 그 밑에 번개 모양으로 밑줄이 쳐져 있는 메모장 몇 권을 내게 선물했다.

...

작가는 자신의 작은 세상의 신이 되어, 우연히 생겨난 듯 보이지만 사실은 엄청난 노력의 대가인 존재들을 보며 놀란다. —**로버트 맥키**

로빈 롬은 자신의 어머니가 생을 마감하기 전 마지막 3주간을 그린 회고록을 출간할 것인지 말 것인지 고민했다. 그 3주 동안 30쪽을 쓰고 어머니가 돌아가신 후 열흘 동안 90쪽을 더 썼지만, 그녀는 회고록을 써야 하는 이유보다는 쓰지 말아야 하는 이유가 더 많다고 느꼈으므로 많은 작가들이 고민하는 질문을 스스로에게 던져보았다. "사람들이 개인적인 이익을 위해 비극을 이용한다고 생각하지 않을까? 어머니는 당신을 환자로 묘사한 책을 좋아할까? 다른 사람들의 이야기를 공개하는 것이 그들에게 침해가 되지 않을까? 내게 그럴 권한이 있을까? 그들이 나와 의절하는 것은 아닐까? 비평가들이 혹평을 하지 않을까? 생각 없는 블로거들이 '뭐야, 또 암 얘기잖아!' 하고 투덜거리지 않을까? 나는 이런 질문들로 한 페이지를 가득 채울 수도 있었다."

그러다 그녀는 어머니의 일기장을 읽게 되었고, 변호사였던 어머니가 이 세상에서 자신의 영향력의 범위가 너무 좁은 것 같다고 써놓은 일기를 발견했다. 롬은 이렇게 말한다. "한순간 엄마의 이야기, 나의 이야기, 우리의 이야기가 비극을 겪고 있는 사람들 또는 비극에 사로잡힌 이들을 도우려 하는 사람들에게 닿을 거라는 생각이 들었다. 그러면 이 이야기, 그저 어떤 엄마의 죽음에 대한 이 작은 이야기가 좀 더 보편적인 힘을 갖게 될지도 모른다고 생각했다."

• • •

나는 내가 느끼는 것들을 느꼈고 내가 느끼는 것들을 알았으며 내가 느끼는 것들을 글로 썼다. —**로빈 롬**

만족을 모르는 병

어깨 위에 비관적인 새가 올라앉아 넌 재능이 없다고 짹짹거리는가? 머릿속에서 트집 잡는 목소리가 들리는가? 가슴 속에서 운명을 알리는 북소리가 울리는가? 맨 처음에 무작정 앉아 글을 썼을 때 가졌던 확신이나 원동력이 이런 방해물들과 싸움을 벌이고 있다면, 당신만 그런 게 아니라는 사실을 기억해라. 이런 싸움을 겪어보지 않은 작가들은 잘난 체하는 사람일 거라고 나는 믿는다. 브렌다 율랜드가 썼듯이, 말만 번드르르한 작가들의 눈에는 바다가 무릎 깊이로 보인다. 그녀는 이렇게 말했다. "자신의 글에 절대 만족하지 않는다면 그것은 좋은 신호다."

• • •

소설이든, 회고록이든, 에세이든, 단편이든, 평론이든, 내가 지금껏 쓴 모든 글은 전부 다 절망과 다른 자질, 즉, 작가로서 글을 계속 쓰고 싶다면 반드시 갖고 있어야 하는 자질 사이의 한판 레슬링으로 시작되었다. —**다니 샤피로**

이름을 둘러싼 문제들

나는 회고록에서 남편을 "R"이라고 언급했다. 그것은 내가 일기장에서 사용하는 호칭이므로 회고록에서도 그를 이렇게 부르는 게 더 자연스럽다고 생각했다. 그러나 뉴욕의 내 편집자는 그 호칭이 조금 간지럽게 느껴진다고 했다. 나는 남편에게 맡기기로 하고 그에게 회고록에서 로버트와 애칭인 밥 그리고 R 중에서 어떤 호칭을 썼으면 좋겠냐고 물었다. 그는 톰으로 불러달라고 했다. 하지만 그가 너무 즐거워했으므로 나는 그의 이름을 톰으로 바꾸지 않고 그냥 R을 고수했다.

소설을 쓰고 있다면 이름이 큰 문제가 되지 않는다. 그냥 전화번호부를 펼쳐 이름 몇 개를 추려낸 다음, 소설 속 인물들에게 옷을 입혀보듯 하나씩 붙여보면 된다. 앤 라모트는 소설 속 인물이 자신이라고 주장할 만한 남자들이 있다면 소설에서 그 인물의 성기가 아주 작다고 묘사하면 된다고 말한다.

하지만 논픽션에 등장하는 실제 인물들의 경우에는 문제가 좀 더 복잡하다. 한 가지 방법은 변호사를 통해 회고록에 언급된 가족과 친구들에게 소송을 걸지 않겠다는 합법적인 약속을 받아내는 것이다. 어떤 회고록 작가는 전남편에게서 이런 약속을 받아내기 위해 회고록에서 그의 섹스 솜씨에 대해 엄청난 칭찬을 늘어놓았다고 한다. 실제로 그는 소송을 걸지 않겠다고 약속했다.

• • •

나는 오래전부터, 우리 어머니가 내게 트와일라라는 이름을 지어준 순간 나의 창작 생활이 시작되었다고 생각했다. …… 어머니는 나에 대해 거창한 계획을 갖고 있었다. 내가 남다른 사람이 되길 원해서 그렇게 남다른 이름을 지어준 것이다.

—— **트와일라 타프**

자기 단련의 시간

존 그리샴은 처음 글을 쓰기 시작했을 때 "무식하고 혹독하지만 아주 중요한" 의식을 치렀다. 목표는 하루에 한 쪽씩 쓰는 것이었다. 새벽 5시에 알람시계가 울리면 일어나 샤워를 하고 5시 30분쯤에 커피와 노란 괘선 지첩legal pad을 챙겨서 글을 쓰려고 앉았다. 일주일에 5일 동안 이런 생활을 했다. 어떤 날은 겨우 10분 만에 한 쪽을 다 썼고, 또 어떤 날은 두 시간이 걸리기도 했다. 다 쓰고 나면, 생업인 변호사 일을 하러 갔다. "그렇게 나는 자신을 혹독하게 단련했다." 그는 이렇게 말했다.

자기 단련의 좋은 점은 영감이나 재능과 달리 누구나 언제든 이용할 수 있다는 것이다.

• • •

오랜 시간이 지나면 재능, 인내, 엄청난 노력은 좀처럼 구분되지 않는다.

— 데이비드 베일즈와 테드 올랜드의 『예술가여, 무엇이 두려운가!』 중에서

이렇게 얘기하면 김이 새고 흥미가 떨어질 수 있지만, 솔직히 말해서 글쓰기는 습관이 되어야 한다. 습관은 할 것인지 말 것인지 결정할 필요가 없는 일이다. 습관은 그저 생활의 일부이다.

글을 쓰는 삶은 한 페이지 한 페이지 습관으로 지어진다. 여기에 부수적인 특전들이 끼어들기도 한다. 이를테면, 독서가 또 하나의 습관이라서 도서 구입이나 도서관 출입에 탐닉할 수도 있고, 대형 문구점에서 흥청망청 돈을 쓰면서도 죄책감을 갖지 않을 수도 있다.

문고판이나 킨들을 들고 다니면서 줄 서 있을 때나 병원 대기실에서 기다릴 때마다 독서하는 습관을 들일 수도 있고, 집 안의 의자마다 그 옆에 펜과 공책을 놓아둘 수도 있다. 매일 아침 오랫동안 산책을 하면서 오늘은 무엇을 쓸까 생각하는 습관을 들이는 것도 좋다.

나는 습관 하나를 들이거나 깨는 데 3주가 걸린다는 글을 어디선가 읽었다. 어렵게 생각할 필요는 없다. 일단 시작해라.

• • •

작가들은 나날을 채워줄 습관이 절실히 필요한 사람들이다. —**앤 패처트**

혼자만의 의식

습관이라는 개념보다는 '의식'이라는 말로 풀어주는 게 좀 더 기분 좋을 것이다. '습관'이라고 하면 언뜻 양치질 따위가 떠오를 수 있다. 줄리아 알바레스가 집필실에 촛불을 켜는 것이나 앤 리버스 시던스가 새 책을 시작하기 전에 집을 정리하는 것, 또는 게일 고드윈이 향을 피우는 것은 '의식'이라는 말이 더 잘 어울린다. 스티븐 킹은 오전 8시에서 8시 30분 사이에 글을 쓰려고 앉을 때 물 한 컵이나 차 한 잔이 있어야 했다. 늘 똑같은 자리에 앉아야 하며 종이도 똑같이 놓여 있어야 했다. 이고르 스트라빈스키는 매일 아침 작업실에 나갈 때마다 바흐의 푸가를 한 곡씩 연주했다.

...

예전에 나는 촛불을 켜놓고 그 불빛에 의지해 글을 쓰다가 그날의 작업을 끝낼 때 그 촛불을 입으로 불어 끄는 의식을 수행했다. …… 또한, 시작하기 전에 무릎을 꿇고 기도를 올리기도 했다(이 의식은 게오르크 프리드리히 헨델을 소재로 한 프랑스 영화에서 배운 것이다). —잭 케루악

작가들이 개에게 배울 점

1. 모든 것에 대해 궁금해하며 매우 집요하다.
2. 가끔은 기뻐서 어쩔 줄을 모른다.
3. 언제나 자신이 좋아하는 것을 따른다.
4. 흔들림 없이 충성스럽다.
5. 열심히 일하고 잘 잔다.

…

나는 글을 쓰는 거창한 이유를 수없이 댈 수 있다. 하지만 그것은 개의 특정한 행동을 우두머리에 대한 복종 또는 도덕적 선택으로 설명하는 것과 다르지 않다. 개가 그런 행동을 하는 것은 그저 개이기 때문일 것이다. 개는 원래 그렇기 때문일 것이다. — **에이미 헴펠**

작가들의 사무실에 무엇이 있는가를 다룬 〈LA 타임스LA Times〉 기사에는 강력 접착 테이프로 간신히 고정시킨 조너선 프랜즌의 사무실 의자 사진이 실렸다. 이언 랜킨의 사무실에는 "옥스퍼드 바The Oxford Bar"라고 적힌 간판 사진이 있었다. 그는 자신의 작품 속 인물들이 그 술집을 편안하게 느낄 것 같아서 그 사진을 붙여놓았다고 했다. 윌 셀프는 관찰한 것들, 각종 대화 내용, 여러 가지 주제 등이 적힌 포스트잇 수백 장을 벽에 붙여놓았다. A. S. 바이어트의 책상에는 커다란 노란색 눈과 꼬리를 가진, 머리를 열면 잉크통이 되는 가공의 동물이 놓여 있었다.

매들렌 렝글의 책상에는 웃고 있는 작고 하얀 불상이 있었다. 그녀는 그 불상을 보면 너무 진지해지는 것을 막을 수 있다고 했다. 그 불상이 자신에게 "중요한 것은 바로 그 책이다. 그것이 지금 이 순간 네가 쓸 수 있는 최선의 책이라면 그것이 중요한 것이다"라고 말하는 것 같다고 그녀는 말했다.

익숙함에서 탈피해야 한다는 또 하나의 교훈인 셈이다.

• • •

나의 하얀 도자기 불상은 일종의 성상이다. …… 나를 향한 부처의 웃음에는 조롱이 담겨 있지 않다. 그것은 다정한 웃음이다. —**매들렌 렝글**

돌려 말하지 않기

"명확하게, 그리고 명확하게, 또 명확하게 해라"라고 E. B. 화이트는 말했다.

네 살의 그레이스도 이 말을 이해한다. 그 애는 자기 엄마한테 부탁해 내게 전화를 걸어 이렇게 말한다. "할머니 말(馬)이 죽었어요?" 몬태나에 있는 내 말이 죽은 것은 사실이지만 다른 식구들은 일부러 그 얘기를 피하고 있다. 그레이스가 묻는다. "할머니가 죽인 게 사실이에요?" 나는 그 말을 '보내줘야' 했다고, 혹은 '안락사'시켜야 했다고 설명하고 싶지만 그레이스에겐 그런 완곡어법이 통하지 않는다. 결국 나는 대답한다. "응." 그러자 그 애가 말한다. "정말 슬프네요."

1년 후 나의 고양이 샬럿이 눈을 감자 그레이스가 득달같이 전화해서 묻는다. "샬럿이 죽었어요?" 내가 그렇다고 하자 잠깐 정적이 흘렀다가 그 애가 다시 묻는다. "시체는 어떻게 했어요?"

다른 사람은 아무도 내게 이렇게 묻지 않았다. 나는 사실을 파헤치는 그레이스의 직설적인 성격, 완곡어법으로 사실을 감추지 못하는 성격이 좋다. 나는 그 애의 명확성이 좋다.

...

솔직하게 그리고 명확하게 하나의 이야기를 들려주어라. 그러면 할 일을 다한 셈이다. __**엘렌 질크리스트**__

리무진과 비행기에서 찾은 아이디어

아이디어는 언제든, 어디서든 나올 수 있다. 폴 매카트니와 존 레논이 만든 노래 〈일주일에 8일씩Eight Days a Week〉은 이렇게 탄생했다. 어느 날 폴 매카트니는 리무진을 타고 존 레논을 만나러 가면서 운전사에게 그동안 어떻게 지냈냐고 물었다. 운전사가 대답했다. "죽어라 일했어요. 일주일에 8일씩 일했죠." 폴 매카트니는 존 레논에게 그 얘기를 들려주었고, 두 사람은 함께 앉아서 이 노래를 만들었다.

빌리 머닛은 한때 칼리 사이먼의 피아노 반주와 코러스를 맡았었는데, 어느 날 그녀와 함께 뉴욕으로 가는 비행기에서 그녀의 커피 잔에 비친 상을 보고 "당신의 커피 속에 구름"이 있다고 말했다(칼리 사이먼의 21번째 앨범 제목이 '나의 커피 속의 구름Clouds in My Coffee'이다–옮긴이).

• • •

그냥 춤추거나 그리거나 쓰거나 조각할 수는 없다. 그것들은 동사일 뿐이다. 자신을 흥분하게 만들 분명한 아이디어가 있어야 한다. 이런 아이디어는 아무리 하찮은 것이라도 동사를 명사로 바꿔놓는다. —트와일라 타프

내가 사는 작은 모퉁이

세상은 — 어쩌면 세상 가운데 우리 인간이 통제하는 부분은 — 혼돈의 도가니다. 손쓸 수 없을 만큼 완전히 뒤죽박죽이다. 당신은 그것을 바로잡을 수도 없고 그 모든 것을 페이지에 쑤셔 넣어 그 혼돈을 총망라하고 해결해주는 광대한 소설을 창조할 수도 없다. 당신이 할 수 있는 일은 이 세상 가운데 자기가 사는 작은 모퉁이를 글로 쓰는 것이다. 당신 자신이나 당신이 만들어낸 인물들이 그것을 어떻게 보고 느끼는지, 어떻게 영향을 받는지 써라. 그러다 보면 그 엄청난 혼돈 속에서 당신이 바로잡을 수 있는 혹은 폭로할 수 있는 작은 무언가를 찾을 수도 있다.

...

이제 나는, 새로운 무언가를 하는 것이 지구상에서 지금껏 본 적 없는 새로운 형태의 소설을 쓰는 것이라고 생각하지 않는다. 그보다는 한 개인으로서 그리고 시민으로서 지금 세상에서 일어나는 일과 타협하려고 노력하는 것, 다소 분명하고 일관성 있게 그렇게 하는 것이라고 생각한다. —조너선 프랜즌

어쩌면 당신은 작가가 되고픈 마음이 눈곱만큼도 없을지도 모른다. 책이 출간되는 것을 원치 않으며, 그저 자신의 감정과 생각을 글로 쓰면 기분이 나아지기 때문에, 분노와 슬픔, 누군가를 죽이고픈 마음을 해소하기 위해서 글을 쓰는 사람일 수도 있다. 당신은 누가 볼 수도 있다는 생각 때문에 글을 쓰는 게 위험하다고 느낄 것이다. 하지만 그것은 시시한 장애물에 불과하다. 당신이 쓴 글은 언제든 태워버리면 그만이다! 불길이 활활 타오르는 것을 지켜보아라. 혹은 암호로 쓰는 방법도 있다. 아니면 꼭꼭 숨겨놓거나.

게다가 글쓰기는 정신과 치료보다 훨씬 싸게 먹힌다.

하지만 글쓰기가 위험하게 느껴지는 진짜 이유를 아는가? 일단 시작하면 자신에 대해 무엇을 알게 될지 모르기 때문이다.

...

내겐 이것 말고 다른 탈출구가 없는 것 같다. 내가 매일 가까스로 만들어내는 이 깨지기 쉬운 몇 마디의 말이 나의 유일한 탈출구다. 나는 생각해야 한다. 내가 어떤 기분을 느끼고 있는지, 어떤 생각을 하고 있는지 들여다봐야 한다. 나는 그 캄캄한 영역을 들여다볼 필요가 있다. —**샌디 데니스**

별난 집필 과정

데이비드 밴은 소설을 시작했다가 기법상의 문제들을 해결하지 못해서 제쳐놓았다. 그러나 14년 후 다시 그 소설을 손에 잡았을 때 글이 마치 "화물 열차"처럼 순식간에 그를 찾아들었다.

그는 인터뷰에서 이렇게 말했다. "정말 있을 수 없는 일이었어요. 제 집필 과정이 좀 별난 모양입니다. 풍경과 인물들에게로 끊임없이 돌아가다 보니 이야기가 순식간에 발전해나갔죠."

별나지 않은 집필 과정이 있다면 나도 좀 들어보고 싶다.

• • •

나는 아주아주 작은 포스트잇에 아주아주 작게 글을 썼다. 그것들을 벽에 붙여두었다가 아침에 떼어서 모으곤 했다. —**앨리스 W. 플래허티**

작가들이 고양이에게 배울 점

1. 계속 집중한다.
2. 신비주의를 고수한다.
3. 조용히 사냥한다(즉, 기록한다).
4. 독립적이다.
5. 가만히 말 없이 오랜 시간을 버틴다.

...

작가와 고양이에 대해 얘기하자면, 고양이들은 아주 내향적인 구석이 있다. 고양이들은 밖에 나가는 것을 좋아하지만 아주 살금살금 나간다. 작가들은 사교적이고 외향적인 성격이라고 해도 자신의 지하 동굴, 즉 내향적인 기질에 의존해야 한다. 고양이는 이러한 기질을 구현하므로 작가들이 그 기질을 환기하도록 도울 수 있다. — **메리 게이츠킬**

좋은 취향

독서에 관한 한, 나는 좋은 취향을 갖고 있다. 나는 우아하고 영리하며 지혜롭고 조리 있고 솔직한 글을 좋아한다. 책장에 삶을 녹여내며 우리의 세상을 더 넓고 깊게 만들 수 있는 작가들에게 감탄한다.

아이라 글래스는 우리가 창조적인 일을 하는 것은 좋은 취향 때문이라고 말한다. 그러나 우리의 예술과 우리가 동경하는 것 사이에는 간극이 존재한다. 처음에 우리의 예술은 그저 가능성만 갖고 있다. 우리는 그것이 우리의 좋은 취향에 부합하지 않아서 실망한다. 그 간극을 좁히는 방법은 많이 해보는 것뿐이다. 그는 이것을 깨닫는 데 자신만큼 오랜 시간이 걸린 사람은 없다고 말한다. 정말 그럴까? 나는 글을 쓰려고 앉을 때마다 그것을 새롭게 상기해내야 한단 말이다.

• • •

이제 막 시작하는 입장이라면 혹은 아직 시작 단계에 있다면, 그것이 자연스러운 일이라는 점을 명심해라. 가장 중요한 것은 많이 해보는 것이다. 스스로 마감일을 정해라. 매주 이야기를 한 편씩 완성해보아라. —아이라 글래스

앞마당에서 일어나는 일

테드 쿠저는 2년 동안 미국의 계관시인으로서 강연과 인터뷰를 하러 곳곳을 다니면서 매일 일기를 썼다. 그러나 시는 거의 쓰지 못했다. 그는 시를 쓰려면 명상하며 지내는 시간이 필수적인데 그럴 시간이 없었다고 말했다. 그 2년 사이에 그가 처음 쓴 시는 자신의 개와 그 개의 뼈에 관한 시였다. 그는 이렇게 말했다. "중요한 것은 자신의 앞마당에서 일어나는 일이다."

...

나는 평탄한 삶을 산 작가다. 평탄한 삶도 대담한 삶이 될 수 있다. 중요한 대담함은 모두 내부에서 시작되기 때문이다. —**유도라 웰티**

완벽주의

'퍼펙션Perfection'이라는 무시무시한 보드게임이 있다. 나는 그 게임을 끔찍하게 싫어한다. 타이머를 맞춰놓고 60초 안에 여러 가지 모양의 작고 노란 플라스틱 조각 수십 개를 모양이 똑같은 수십 개의 구멍에 끼워 넣는 게임이다. 타이머가 재깍거리는 소리는 마치 뉴스 프로그램 〈60분60 Minutes〉의 오프닝 장면에 스테로이드를 주입한 것 같다. 일곱 살인 액셀은 이 게임을 좋아할 뿐 아니라 아주 잘한다. 나는 잘하지 못한다. 그 애는 이렇게 소리친다. "할머니도 해보세요. 이거 정말 재밌어요!" (액셀은 흥분하면 어조에 힘을 주어 말한다.)

"할머니는 이런 게 재밌지 않은데." 내가 대꾸한다. 왜냐하면 타이머가 꺼지면 딸깍, 하고 무시무시한 소리가 나면서 모든 조각들이 허공으로 튀어 오르기 때문이다. 내게는 그것이 글쓰기와 흡사해 보인다. 시계는 늘 재깍거리고, 조각들은 제자리를 찾지 못하고, 모든 게 금방이라도 폭발할 것 같다. 그럴 때 우리가 원하는 것은 '퍼펙션', 즉 '완성'이다.

...

완벽주의는 대중의 적, 압제자의 목소리이다. 그것은 평생토록 당신을 옥죄어 미치게 만들 것이다. 그것은 당신과 조악한 초고 사이를 가로막고 있는 주요 장애물이다. —앤 라모트

알 수 없는 메모

나는 사무실을 정리할 때마다 이상한 메모들을 발견한다. 대부분이 쓰다 만 것이고 이해하기도 힘들다. "내 어머니는 흰개미 날개들을 모으고 있는데, 그것은……." 그것이 어쨌다는 것일까? '누구의' 어머니일까? 이걸 쓸 때 나는 무슨 생각을 하고 있었던 걸까? 만약 내가 사고로 갑자기 죽는다면 나의 가족은 이런 이상한 메모나 경고들을 읽고 어리둥절해할 것이다. "당신의 소재에서 좌향좌를 해라." "안전이란 무엇인가? '안전하다'는 것은 무슨 뜻인가?" (이 두 가지는 이 책과 관련한 메모인 것 같다.) 이런 것도 나온다. "M이 N이랑 잔 적이 있을까? 만약 그렇다면 그녀는 H에게 말해야 한다." (아직 시작하지도 않은 소설과 관련된 메모이다.) 작가의 메모는 정신 나간 사람의 망상처럼 보일지도 모른다.

하지만 내가 지금까지 쓴 책들은 전부 이상한 메모에서 출발했다.

…

기록을 하는 편이 낫다고 나는 스스로에게 말한다. 가끔은 이런 낙서를 누가 읽을까 싶다. 하지만 언젠가는 그것으로 작은 금괴를 만들 수도 있을 거라고 생각한다. 내 회고록에서 말이다. —버지니아 울프로빈슨 제퍼스는 1920년부터 1924년까지 사랑하는 아내 우나를 위해 직접 돌탑을 지었다. 그녀가 아일랜드의 돌탑들을 흠모했기 때문이다. 제퍼스가 지은 돌탑은 캘리포니아 주 카멜에 있는 그들의 별장 '토르 하우스 Tor House' 옆에 있는데, 그는 매일 오전에 시를 쓰고 오후가 되면 해변에서 직접 돌을 끌고 왔다. 어떤 것은 무게가 130~140킬로미터에 달하는 이 커다란 화강암 표석(漂石)들은 글쓰기에 대한 완벽한 비유인 셈이다. 어쩌면 석공이란 직업은 시인에게 꼭 맞는 본업일 것이다.

"당신이 보통 사람과 어떻게 다르냐"는 질문에 제퍼스는 이렇게 답했다. "본질적인 차이는 없다. 약간의 전문성을 가졌을 뿐."

• • •

내겐 이상적인 상황이다. 나는 농사와 관계된 육체노동, 즉 건초 베는 일이나 마구간 청소하는 일, 헛간 짓는 일 따위를 좋아한다. 가서 그런 일을 한 다음, 다시 와서 글을 써보아라. —**샘 셰퍼드**

카멜에 있는 제퍼스의 별장 토르 하우스는 로빈슨 제퍼스 사후 반세기가 지난 오늘날까지도 건재하며, 접시들과 사진들, 잉크통들, 피아노, 책들, 가구들, 여타 수백 가지의 귀중한 물건들이 온전히 남아 있다. 제퍼스가 눈을 감은 침대도 그대로 있다. 이곳의 관광 안내원들은 그 안에 담긴 사연을 전부 알고 있는데, 이는 우나 제퍼스가 그들의 물건과 그 모든 것의 역사를 꼼꼼히 기록해두었기 때문이다.

나는 여덟 살 때 카멜에 있는 이모 집에서 여름 방학을 보냈다. 그로부터 수년이 지난 후 토르 하우스를 둘러보러 갔다가 산타페 거리에서 예전의 이모 집인 듯한 집을 발견했다. 그것은 부Boo 이모의 집이 '맞았을' 것이다. 마을에서 두 블록 떨어진 오래된 스페인 양식의 집으로, 굴뚝의 모양이 예전에 거실에서 바라다보이던 그 굴뚝과 똑같은 것 같았다. 하지만 그것이 진짜 이모의 집이 맞는지 확인해줄 수 있는 사람들은 이제 모두 세상을 떠났다. 그리고 그들과 함께 그 집 안에 있던 모든 것들에 대한 기억도, 이야기와 역사도 사라졌다. 아무것도 기록되지 않았다.

• • •

작가들은 기억의 관리인이며, 기억은 그 주인과 함께 죽게 마련이다. —— **윌리엄 진서**

그냥 읽기

어릴 때 어른들이 하던 말을 기억하는가? "그 책 내려놓고 밖에 나가 놀아." "책 그만 읽고 숙제 해!" 이제 당신은 어른일 뿐 아니라 작가다. 그러니 아무도 당신에게 책을 내려놓으라고 하지 않을 것이다. 게다가 앉아서 "그냥" 읽기만 해도 당신은 일을 하고 있는 셈이다.

• • •

대부분의 작가들, 아니, 어쩌면 모든 작가들이 그러하듯 나는 직접 글을 써보고 다른 책들을 본보기로 삼으며 글 쓰는 법을 배웠다. ―프랜신 프로즈

작가와 이메일 주고받기

가끔은 내가 작가들을 진짜 친구처럼 알고 지내는 것인지 아니면 그들의 책을 읽고 통했기 때문에 그렇게 느끼는 것인지 헷갈릴 때가 있다. 어떤 책들은 우리의 삶을 깊이 있게 만들어주고, 이전까지 분명하게 표현한 적 없는 우리의 느낌을 말로 분명하게 집어준다. 그런 책을 만나면 그래, 맞아, 정말 그래, 하면서 연신 고개를 끄덕이게 되고 진짜 친구를 찾은 기분이 들기도 한다.

나는 예전에 러시아를 여행하면서 책 한 권을 읽었는데, 그 책이 너무 좋아서 작가에게 곧바로 이메일을 썼다. "저는 모스크바에서 『일기 쓰는 사람The Journal Keeper』을 읽고 있어요." 필리스 서루의 이메일 주소는 페이스북에서 찾았다. 그 회고록을 전자책으로 읽었지만 책이 너무 좋아서 방금 종이책을 주문했다고, 그렇게 깊이 있고 즐거운 책을 써줘서 고맙다고 덧붙였다. 다음 날 그녀에게서 답장이 왔다. 러시아에서 책을 읽다가 동경하는 작가와 이메일을 주고받아 친구가 되다니, 얼마나 놀라운 일인가.

...

보라. 책을 능가하는 것은 없다. 책을 그대의 어머니보다 더 사랑하게 만들 수만 있다면……. 책의 아름다움을 면전에 대줄 수만 있다면. 책은 어떤 의식보다도 위대하다. 책을 갈망해야 한다. **—기원전 2150년 아무개**

존경받는 작가들도 겪는 일

내가 좋아하는 작가 마크 살즈먼은 10년 동안 작가의 장벽을 겪었던 자신의 경험을 주제로 로스앤젤레스 공공도서관에서 일인극을 선보였다. 그는 딸들이 태어나고 자신이 집안일을 전담하기로 했을 때 이렇게 생각했다고 했다. "아이들이 낮잠 자는 동안 글을 쓰는 거야! 아빠의 역할이 자극제가 되겠지." 아빠의 역할은 확실히 자극제가 되었지만 글을 위한 자극제는 아니었다. 그는 너무 지쳐서 아이들이 낮잠을 잘 때 자신도 낮잠을 잤다. 그러나 그 공연을 기획하면서 작가의 장벽을 돌파하고 마침내 『빈 배에 탄 남자The Man in the Empty Boat』라는 회고록을 쓸 수 있었다. 그는 이렇게 말했다. "누군가가 읽을 만한 글을 쓴다고 생각하지 않았습니다. 그 덕분에 아주 자유로워졌지요."

그의 일인극이 끝난 후 그의 책에 사인을 받으면서 나는 내 딸들이 그와 같은 동네에 산다고 말하고 그 애들의 성을 말해주었다. 그러자 그가 말했다. "액셀네군요! 바로 근처에 살죠." 나중에 딸들에게 그 얘기를 하자 그 애들은 살즈먼이 그렇게 유명한 사람인 줄 몰랐다면서 그가 자기 딸들을 데리러 학교에 오는 것을 자주 봤다고 했다.

우아한 글을 쏟아내어 〈뉴욕타임스New York Times〉 베스트셀러 목록에 오른 인기 작가들도 슬럼프를 겪고 장벽에 부딪치며, 아기 기저귀를 갈고 아이들을 통학시키고 가끔은 놀랍게도 옆집에 살기도 한다.

• • •

당신이 토끼라면 글쓰기는 아주 이상적인 직업이다. 하루 종일 자신의 굴 속에 틀어박힐 수 있는 구실이 생길 테니까. 그리고 글을 쓰면 문제를 해결할 필요 없이 그저 그것을 고통과 불안처럼 탐구할 수 있다. 작가가 되기 위해 마음의 평화를 유지할 필요는 없다. 사실, 괴로울수록 쓸 얘기는 많아진다. —마크 살즈먼

미루는 습관

작가들은 마법을 부릴 수도 있고 변신을 할 수도 있지만 내키지 않는데도 진득하게 앉아 일을 할 수 있을 만큼 전문적이진 않다. 외과 의사를 생각해보아라. 그들은 내키지 않아도 아침 7시에 관상동맥 우회술을 해야 한다. 트럭 운전사는 정말 하기 싫어도 새벽 4시까지 덴버에 가야 할 때가 있으며, 목장 주인은 원하든 원치 않든 얼음장 같은 12월의 아침에 소들을 먹일 건초를 끌어내야 한다. 우리도 내키든 안 내키든 앉아서 글을 써야 한다.

…

미루겠다는 것은 쓰지 않겠다는 것이다.

—테드 쿠저와 스티브 콕스의 「용감하게 그리고 자유롭게 써라」 중에서

일단 항복하기

당신의 자아에게 항복해라. 당신의 글 때문에 당신이 멍청하게 보일 거라는 두려움, 둔하게 보일 거라는 두려움, 지나치게 열성적으로 보일 거라는 두려움, 그 밖의 모든 두려움을 버려라. 일단 항복해라. 그런 다음, 퇴고해라.

...

시는 항복을 요구한다. 진실이 무엇인지 말해주는 언어, 범인(凡人)들을 위해 성스러운 일을 해주는 언어를 요구한다. —패멀라 스파이로 와그너

사라지지 않는 소재

사라지지 않는 소재는 써야 한다. 킴 에드워즈는 교회에서 『메모리 키퍼The Memory Keeper's Daughter』의 기본 줄거리가 되는 이야기를 듣고 훌륭한 소설감이라고 생각했다. 다만, 자신이 그것을 쓰게 될 줄은 몰랐다.

그러나 수년이 지나도 그녀는 그 이야기를 머릿속에서 떠나보낼 수 없었다. 그리고 몇 가지 계기를 통해 결국 그것을 소재로 글을 쓸 수도 있겠다는 생각이 들었다.

지금까지 그 책은 410만 부가 팔렸다.

내가 이 얘기를 하는 것은 돈과 명예에 대한 희망을 심어주기 위해서가 아니라 수백만 명을 감동시킬 수 있는 좋은 소재가 너무도 쉽게 사라질 수 있다는 점을 지적하기 위해서이다.

...

모든 이야기는 제각기 그 나름의 이야기를 갖고 있다. —**퍼트리샤 햄플**

나무에 대해 쓰다가

윌리엄 사로얀은 초창기 작품들 가운데 하나를 시작할 때 왜 자신이 "프레즈노 샌베니토 거리 2226번지의 낡은 목조 가옥 뒷마당에 있는 오래된 호두나무"에 대해 쓰고 있는지 자문했다.

그 나무(그는 이 나무의 단단한 열매를, 우리가 어떻게 글을 쓰며 어떻게 글을 읽는지에 대한 비유로 활용했다)에 대해 쓰다 보니 그는 결국 응접실의 피아노로 옮겨가게 되었고, 거기에는 전쟁 때 죽은 그의 남동생 사진이 있었다.

• • •

정해진 방법은 없다. 글 쓰는 방법도, 사는 방법도, 죽는 방법도 정해진 것은 없다. …… 영속에 이바지하는 것은 행위 자체이다. 행위가 어떻게 이뤄지는지 아는 것은 도움이 되지 않는다. — **윌리엄 사로얀**

나는 아홉 살짜리 에마의 관심을 끌어보려고 내가 어느 출판 기념행사에서 에세이를 낭독하는 유튜브 영상을 보여주었다. 처음에 그 애는 내가 유튜브에 나온다는 사실만으로 관심을 보였다. 그러나 내가 낭독하는 에세이를 듣더니 갑자기 소리쳤다. "할머니, 자기 비밀을 전부 털어놓고 있잖아요!"

"작가들이 하는 일이 그거야." 내가 말했다.

에마는 관심 있어 하기는커녕 질겁했다. "난 절대 그런 건 하지 않을래요." 그 애가 말했다.

대부분의 사람들은 하지 않는다. 영원히 하지 않을 것이다. 작가들에게 글쓰기가 두려운 이유는 바로 그거다. 아홉 살짜리 아이들에게 충격을 줄 수 있다는 점.

• • •

나는 달리 쓸 만한 소재가 없었으므로 나 자신을 주제로 삼았다. —**미셸 드 몽테뉴**

외로움과 동거하기

글을 쓰는 것은 외로운 일이 되기도 한다. 하지만 작품 속 인물이나 자신의 과거 인물들 또는 장면들이 점점 주위를 감싸기 시작하면, 자신이 글을 통해 외로움에서 빠져나오고 있음을 깨닫게 된다. 글을 통해 친구가 생긴 것을 말이다. 그러다 어느 저녁, 식사를 하면서 가족이나 친구들에게 이렇게 말하는 자신을 발견할 것이다. "오늘 나탈리는 완전히 엉망이었어." "존이 캐스린의 개에 대해 그렇게 말했다니 믿을 수가 없어." 그러면 모두가 어리둥절한 얼굴로 당신을 쳐다볼 것이다. 나탈리와 존과 캐스린은 (그리고 그 개도) 당신의 머릿속에서만 살고 있기 때문이다. 그들은 당신이 만들어낸 존재들이다.

...

나는 외로움을 일종의 씨앗으로 여기는 법을 터득하고 있다. 충분히 깊이 심으면 글로 자라나 다시 세상으로 나올 수 있는, 그런 씨앗 말이다. —**캐슬린 노리스**

줄리아 알바레스는 서른네 살 때 아이도 없이 이혼한 상태로 패배감에 젖어 있는 작가였다. 어느 날 그녀는 일하러 갈 때 매일 지나면서도 한 번도 들어가본 적 없는 어느 미술관에서 용기를 찾았다. 그곳은 워싱턴 DC에 있는 필립스 컬렉션Phillips Collection이었다. 마침내 그곳에 들어갔을 때 그녀는 피에르 보나르의 〈곡마사The Circus Rider〉라는 그림과 사랑에 빠졌다. 수년 후 알바레스는, 당시 힘센 말의 등에 딱 달라붙어 매달려 있는 그 작은 여인을 자신과 동일시했다고 말했다. 배경에 있는 구경꾼들은 검정색 옷을 빼입고 마치 심판처럼 그 여자가 넘어가길 기다리고 있었다.

알바레스는 이렇게 말했다. "그 여자는 무섭게 집중하고 있었다. 아래를 내려다보지도 않았다. 겁을 먹고 떨어질까 봐 그랬을 것이다. 심판하는 사람들을 올려다보지도 않았다. 그들이 자신을 평가하고 있다는 걸 알면 두려움이 밀려들까 봐 그랬을 것이다. 그저 무섭게 집중하고 있었다. 그것을 보고 나는 그 여자가 내게, 이렇게 하는 거야, 하고 말하고 있다는 생각이 들었다. 그래서 그해 내내 글을 써야 하거나 워크숍에서 강의를 해야 할 때면 그곳에 들러 희망을 충전하곤 했다. 내가 그해를 무사히 넘길 수 있었던 것은 그 여자 덕분이었다고 정말 생각한다."

...

거기엔 커다란 교훈이 담겨 있다. 전적으로 글쓰기와 관련해서 말이다. 사람들이 뭐라고 할 것인지 혹은 그것이 얼마나 위험할지는 중요하지 않다. 중요한 것은 자신이 하는 일에 집중하는 것, 그리고 자신이 사랑하는 일을 하는 것이다. —**줄리아 알바레스**

독서나 글쓰기에 집중하는 일, 자신의 내면의 삶에 접속하는 일은 벨소리와 경적 소리로 가득한 현대 생활을 완전히 거스르는 일이다. 이 시끄럽고 소란스러운 세상에서 고요하게 침묵하는 것은 오싹하게 느껴질 수도 있다. 하지만 그저 그 사실을 받아들이면 두려움이 어느 정도 사라진다.

• • •

글을 쓸 때뿐만 아니라 진지하게 독서를 할 때에도 고요한 곳으로 가야 한다. 그곳은 실제로 분별 있는 결정을 내릴 수 있는 곳, 통제할 수 없는 무서운 세상에 적극적으로 참여할 수 있는 곳이다. —**조너선 프랜즌**

헨리 데이비드 소로는 두 종류의 글이 있다고 말했다. 하나는 사건을 보고하는 글이고 다른 하나는 사건 자체인 글이다. 즉, '말로 하지 않고 직접 보여주는' 글인 셈이다. 전자는 어느 정도 떨어져 있고, 후자는 당신의 코앞에, 가슴속에, 감각 속에 있다. 사건 자체를 읽을 때는 자신이 무언가를 읽고 있다는 사실을 잊는다. 그것을 직접 경험하기 때문이다. 우리는 모든 이야기를 이렇게 만드는 법을 알아내기 위해 쓰고 또 쓴다.

• • •

무언가를 쓸 때 가장 감동적인 순간은 자신이 방금 만든 전대미문의 놀라운 사건이, 삶이라는 이미 존재하는 놀라운 사건의 일부라는 사실을 깨달을 때이다.

—로저 로젠블랫

내 서가에 꽂힌 몇몇 책들은 내가 내 글 속에 빠져 죽어갈 때 구명보트의 역할을 한다. 나는 거절당한 소설을 붙잡고 수년 동안 고군분투하고 있을 때 앤 라모트의 『글쓰기 수업Bird by Bird』 한 장을 다시 읽었다. 거기서 그녀는 소설의 완성 원고가 출판사에 팔려 선금을 대부분 써버린 '후에' 갑자기 거절당한 이야기를 들려준다.

그녀는 마음을 다잡고 거실 바닥에 300쪽의 원고를 펼쳐놓은 다음, 장면들을 다시 배열하고 다시 상상해서 다시 썼다. 글이 훨씬 나아지자 그녀는 행복감에 도취되었다. 그녀는 돈을 빌려 비행기를 타고 뉴욕으로 편집자를 만나러 갔다. 그것을 읽어본 편집자는 그녀에게 이렇게 말했다.

"정말 죄송하지만 아직도 안 되겠네요."

극심한 실망감과 굴욕감, 분노에 휩싸여 절규를 해대던 그녀는 결국 마음을 가라앉히고 장별 사건과 인물들에 대해 매일 500~1,000단어씩 썼다. 그렇게 해서 그 책의 플롯 구성 40쪽을 편집자에게 보여준 다음, 다시 퇴고를 했다. 그 책은 이듬해 가을에 출간되었다.

···

나는 하나의 장(章)이 시작되는 지점 A와 그것이 끝나는 지점 B에 대해, 그리고 인물들을 A에서 B로 옮겨놓기 위해 어떤 일이 일어나야 하는가에 대해 거듭 생각했다. 그런 다음, 이전 장의 B가 다음 장의 A로 유기적으로 이어지려면 어떻게 해

야 하는지 고심해보았다. 그 책은 알파벳처럼, 생생하고 연속적인 꿈처럼 이어져나 갔다. —**앤 라모트**

"픽션을 쓰는 것은 내게 아주 힘든 일이다. 적어도 전반부를 쓰는 동안은 매일 두려움에 시달린다. 가끔은 완전히 끝낼 때까지 그렇다. 픽션의 집필 과정은 논픽션과는 완전히 다르다. 매일 앉아서 만들어내야 한다." 존 디디온의 말이다.

로빈 롬은 이렇게 말한다. "픽션은 회고록보다 더 어려운 것 같다. 그 안의 세상과 복잡한 인물들을 상세하게 설명하는 동시에 무슨 일이 일어날 것인지도 생각해야 한다. 회고록의 경우, 무슨 일이 일어날 것인지 이미 알고 있다."

하지만 리 스미스의 입장은 이러하다. "에세이를 쓰는 것은 픽션을 쓰는 일에 비하면 이를 뽑는 것과 같다."

게이 탤리스는 논픽션 작가들을 2류 시민, 즉 "문학계의 엘리스 섬"(옛 이민국이 있던 뉴욕 항의 작은 섬으로, 과거 미국의 주요 이민 정류지-옮긴이)이라고 생각한다. 그는 이렇게 말한다. "우리는 진입하기가 힘들다. 그렇다. 나는 그 점이 화난다."

• • •

논픽션을 쓸 때는 적어도 자신이 최소한 합리적 판단을 할 줄 아는 냉정한 정상인인 척해야 한다. 반면 픽션을 쓸 때는 좀 더 과격하고 유약하고 솔직해져도 괜찮다.

— **니컬슨 베이커**

빈 수영장에서 다이빙하기

세바스찬 융거는 벌목회사에서 벌목 기술자로 일하다 체인톱에 부상을 당한 후 언론계로 이직했다. 이제 그는 위험한 직업군의 사람들, 즉 군인이나 소방관, 어부 등을 소재로 논픽션 책을 쓰고 있다(어부를 소재로 한 책은 영화 〈퍼펙트 스톰The Perfect Storm〉으로 만들어졌다). 그가 유일하게 두려워하는 일은 픽션을 쓰는 일인 것 같다. 그는 이렇게 말한다. "픽션을 쓰는 일은 다이빙대에서 물 없는 수영장으로 뛰어내리는 일처럼 느껴진다."

하지만 소설가들이 하는 일은 바로 물을 창조해 수영장을 채우는 것이 아닌가?

...

나쁜 소설은 쓰기가 몹시 힘들다. 훌륭한 소설은 어떻게 썼는지조차 모른다.

—세바스찬 융거

깨진 유리 다시 보기

지난 2년 동안 우리 집 창문과 내 차의 창문, 내 오두막의 창문이 깨졌다. 그게 무슨 의미일까? 한번은 우연찮게도 바람이 발코니의 두짝 유리문을 열어젖혔는데, 그 문이 옥외등에 부딪치면서 유리판이 산산조각 났다. 내 차의 경우, 내가 차고 문의 여닫는 시간을 제대로 맞추지 못해서 뒤쪽 창문이 깨졌다. 내 오두막은 누군가가 창문에 돌멩이를 던졌다. 나는 깨진 유리를 치우고 보험회사에 연락했지만 깨진 유리의 은유를 어떻게 활용할 수 있는지는 모르겠다. 그러나 반복해서 생각하다 보면, 머릿속에 계속 갖고 있으면, 결국 다른 무언가와 연결될 것이다. 은유의 핵심은 연결이고, 그것은 또한 글쓰기의 핵심이기도 하다. 점들을 연결시키는 것. 깨진 유리 조각들 속에서도 연결을 파악하고 패턴을 찾는 것. 이 깨진 유리들은 그저 덧없음을, 무엇도 안전하지 않다는 것을 상징할 수도 있다. 어쩌면 창문이 핵심이 될 수도 있다.

...

나는 은유를 만들려고 애쓰지 않는다. 나는 직설법을 고수한다. 사람들은 삶의 직설적인 것을 토대로 은유를 만든다. 은유는 추상이다. 서로 전혀 공통점이 없는 두 가지를 통합하는 언어 표현이다. —**리처드 포드**

절실히 필요한 것

레이 브래드버리는 1953년 〈네이션Nation〉지에 공상과학 작가로서 자신의 직업을 옹호하는 기사를 쓰고서 몇 주 후에 버나드 베런슨에게서 "89년 인생에서 처음 써본 팬레터"라는 편지를 받았다. 브래드버리는 이 위대한 미술사가에게 편지를 받았다는 사실이 믿기지 않았다(게다가 이탈리아에 오면 피렌체로 자신을 만나러 와달라는 초대의 말도 적혀 있었다). 당시 서른세 살이었던 브래드버리에겐 이러한 인정이 절실하게 필요했다. 우리는 모두 인정과 수락을 필요로 한다. 일정한 수입이나 동료도 없이 혼자 일하는 우리 작가들은 어쩌면 그 어떤 사람보다도 더 절실하게 인정을 원할 것이다.

···

우리는 모두 자신보다 더 대단하고 더 지혜로우며 더 나이 많은 사람이, 우리가 어쨌든 미친 것은 아니라고, 우리가 하는 일은 전적으로 옳다고 말해주길 간절히 바란다. **—레이 브래드버리**

나오미 시하브 나이는 「사라짐의 미학The Art of Disappearing」이라는 시에서 시간의 귀중함을 노래한다. 파티 초대에 응하기 전에 혹은 사람들이 자신의 시간을 잡아먹으려 할 때 무엇을 생각해야 하는지, 왜 고독을 잃지 않아야 하며 어떻게 그럴 수 있는지 들려주고, "나무들, 새벽에 울려 퍼지는 수도원의 종소리"를 잊지 않으려 노력해야 한다고 말한다.

고독은 우물을 채운다.

"예술은 고독의 극치"라고 사뮈엘 베케트는 말했다.

마지 피어시는 월요일 저녁마다 혼자 시간을 보낸다. 7시부터 10시까지 전화기와 컴퓨터를 끄고 혼자 자신의 삶에 대해 "오랫동안 열심히" 생각한 다음, "거룩하고 치유 효과가 있는 듯 느껴진다"는 깊은 명상에 빠진다. "어느 정도는 이러한 습관 덕분에 제정신과 생산성을 유지하고 다른 사람들과 소통할 수 있는 것"이라고 그녀는 말한다.

...

창조적인 일은 고독을 필요로 한다. 방해 없는 집중을 필요로 한다. 날아오를 수 있는 온전한 하늘을 필요로 하며, 원하는 만큼 확실해지기 전까지 지켜보는 눈이 없어야 한다. 그러나 이 모든 것이 한꺼번에 갖춰지는 것은 아니다. 일단 사생활을 확보해라. 동떨어진 곳을 마련해라. —**메리 올리버**

진실한 한 문장

『파리는 날마다 축제A Moveable Feast』에서 어니스트 헤밍웨이는 이렇게 말한다. "나는 창가에 서서 파리의 지붕들을 내다보며 이렇게 생각하곤 했다. '걱정하지 마. 넌 지금까지도 잘 써왔으니 앞으로도 잘 쓸 거야. 일단 진실한 문장 하나를 쓰면 돼. 네가 아는 가장 진실한 문장을 써봐.' 그렇게 해서 마침내 진실한 문장 하나를 쓰고 나면 거기서부터 글을 써나갈 수 있었다. 그것은 어렵지 않았다. 내가 알고 있거나 어디선가 읽었거나 누군가에게 들은 진실한 문장 하나쯤은 늘 있었기 때문이다."

헤밍웨이는 미사여구에 치중하기 시작하면 언제든 자신이 맨 처음 써놓은 그 간결한 서술문으로 돌아가 다시 시작할 수 있다고 믿었다.

지금 헤밍웨이의 글을 읽어보면 야릇한 기분이 든다. 그의 간결한 문장들은 그가 헤밍웨이라는 사람을 흉내 내려 하는 것 같다. 자신도 모르게 스타일의 속임수에 걸린 게 아닐까 싶다. 하지만 진실한 문장 하나를 써야 한다는 그의 조언은 여전히 먹힌다.

...

진실을 위한 노력이 아니라면 무엇 때문에 글을 쓴단 말인가? 그리고 진실은 실패로 둘러싸인 삶이 아니라면 무엇이란 말인가? —린 프리드

가라앉지 않는다는 믿음

나는 여덟 살 때 읽은 잡지 기사에서 수영하는 법을 배웠다. 물속에서 두 무릎을 잡고 머리를 숙여 몸을 작은 공 모양으로 만들면 뜬다고 했다. 그 다음 단계는 몸을 편 상태로 계속해서 떠 있는 것이었다. 나는 그대로 해 봤다. 하, 이것 봐라. 정말 효과가 있었다. 어느 순간부터 팔을 움직이기 시작했고, 진짜 수영을 하게 되었다.

글 쓰는 것도 비슷하다. 종이 한 장과 펜 한 자루를 놓고 즉흥 글쓰기 훈련으로 시작해라. 그러면 어느새 당신은 글을 쓰고 있을 것이다. 자신이 떠 있을 거라는, 가라앉지 않을 거라는 믿음이 중요하다.

• • •

나는 글쓰기의 비결이 태도라고 생각한다. 희망, 즉 모험에 대한 확고한 신념 말이다. —바버라 킹솔버

지독한 상상력

우리 작가들은 워낙 생생한 상상력을 가진 덕분에 실패의 가능성에 대해서도 지독하리만치 생생하게 상상할 수 있다. 엄청난 거절에 부딪치는 상상, 노숙자가 되는 상상, 소중하고 가까운 가족이 고소를 하는 상상……. 게다가 항공기 사고나 자동차 사고, 열차 사고와 불치병, 자연 재해 등도 걱정하지 않을 수 없다.

그것은 그저 끝도 없는 당신의 상상일 뿐이다. 집어치우고 당신의 이야기에 집중해라.

…

나의 상상력이 왜 나를 그런 곳으로 데려가는지는 모르겠다. 나는 그저 소설로 쓸 수 있는 소재가 하나라도 있다는 게 다행스러울 뿐이다. —**조지프 헬러**

오감을 기록하기

왜 글을 쓰는가? 왜냐하면 우리는 살아 숨 쉬고 있으며, 자연계는 사랑하고 찬양하고 기억할 필요가 있는 기적 같은 곳이기 때문이다. 그것을 행하려면 눈에 보이는 것, 귀에 들리는 것, 코로 냄새 맡는 것, 손으로 만져지는 것, 입으로 맛보는 것에 주의를 기울이고 기록해야 한다.

때로 그것은 그렇게 간단하다.

…

왜 우리는 태어날 때부터 세상을 사랑하는 법을 알고 있어야 했을까? 우리는 끊임없이 이것을 증명해야 한다. —**마크 도티**

수전 손택은 규칙적으로 글을 쓰지 않았다. 여행이나 밤 문화 즐기기, 친구 만나기 등 좋아하는 일이 너무 많았기 때문이다. 하지만 글을 쓸 때에는 시간을 비우고 식욕 감퇴제로 끼니를 대신하며 쉬지 않고 썼다. 손택의 아들 데이비드 리프의 동거녀인 시그리드 누네즈는, 손택의 타이핑 소리를 들으며 잠이 들었고 다음 날 아침에도 역시 그 소리를 들으며 잠에서 깼다고 했다. 손택 자신도 그렇게 자기 파괴적인 방식으로 글을 쓰고 싶진 않았지만 "오랫동안 전력을 다해 매진해야만 마음이 딸깍 하고 열리며 최고의 아이디어들을 쏟아낼 수 있다고 믿었다".

...

내가 쓰는 글은 처음 볼 땐 내게 전부 허튼소리처럼 느껴진다. —**수전 손택**

물론, 작가들에게 인터넷은 축복이다. 손가락만 움직이면 수많은 정보를 얻을 수 있고, 책을 낼 때에는 이메일을 통해 몇 초 만에 에이전트나 편집자와 소통할 수 있으니까 말이다. 그러나 한편으로 인터넷은 저주이기도 하다. 이메일이나 페이스북, 그 밖에 당신이 이용하는 모든 온라인 커뮤니티를 통해 아는 사람뿐만 아니라 모르는 사람과도 몇 초 만에 소통할 수 있으니까 말이다.

조너선 프랜즌은 인터넷을 연결하지 않은 낡은 델Dell 노트북 컴퓨터로 글을 쓴다. 무선 랜카드를 제거하고 랜선을 꽂는 포트도 영구적으로 막아버렸다. 그는 이렇게 말한다. "랜선을 포트에 꽂아 초강력 접착제로 고정시킨 다음, 그 대가리를 잘라버리면 된다."

...

이메일 중독을 고치기로 결심하고 인터넷 카페를 찾은 작가는 이제 인터넷 카페에서 채팅하는 일이 자신의 글 쓰는 시간을 점점 좀먹고 있다는 사실을 깨달을 것이다. 처음에는 이메일에 집착했다가 그다음에는 인터넷 카페를 찾게 된 원인이 그저 집필 활동의 외로움 때문이라면, 실제 카페에서 다른 손님들의 편안한 말소리를 들으며 글을 써보는 단순한 변화만으로도 중독을 해결할 수 있을 것이다.

— 앨리스 플래허티

조너선 프랜즌은 이런 식으로 인터넷을 끊었는데도 그가 쓰고 있던 소설 『자유Freedom』가 잘 풀리지 않았다. 자신의 글이 마음에 들지 않았고 더 이상 나아갈 수도 없었다. 2008년경 그는 7년 동안 그 소설에 매달린 상태였지만, 그가 얻은 성과는 하나뿐이었다. 바로 목소리를 정한 것이었다. "교외에 살고 있으며 특별한 웃음과 특별한 냉소와 특별한 분노를 가진 불만에 가득 찬 엄마"라고 그는 말했다.

책에 사용할 자신의 목소리 또는 등장인물의 목소리를 찾는 것은 어느 날 문득 기적처럼 이뤄질 수도 있지만 때로는 7년이 걸리기도 한다.

• • •

독자를 완전히 사로잡을 수 있는 …… 적절한 목소리를 (혹은 목소리들을) 찾아야 한다. 때로는 이야기를 풀어내는 목소리의 톤을 찾는 데 수년이 걸리기도 한다.

— 에리카 종

작가가 되는 열쇠는 바로 역설이다. 자신이 글을 쓰는 것, 자신의 이야기가 중요하다고, 극히 중대하며 신성한 일이라고 믿어야 하는 동시에, 전혀 그렇지 않다는 확신이 들 때에도 그리고 자신이 글쓰기에 크게 소질이 없다고 느낄 때에도 글을 쓸 수 있어야 한다.

결혼 생활이나 자녀 양육과 크게 다르지 않다.

• • •

기준을 낮추고 계속 써라. — **윌리엄 스태퍼드**

글쓰기 멘토

우리 모두에겐 멘토가 필요하다. 우리를 믿어줄 사람, 무엇보다도 우리에게 영감을 주고 작가가 되는 본보기가 되어줄, 그런 사람이 필요하다.

마이클 코다는 친척의 연줄 덕분에 그레이엄 그린이 글 쓰는 모습을 엿볼 수 있었다. 그레이엄 그린은 새벽에 일어나서 정확히 500단어를 쓴 다음(한 문단이 끝나지 않아도 500단어를 쓰고 나면 펜을 놓았다), 바깥세상으로 나가 남은 하루 동안 멋진 삶을 이어갔다. 이것은 10대의 코다에게 깊은 인상을 남겼고, 코다는 결국 자라서 그린의 책을 출판하는 출판업자가 되었다.

코다의 책상에 도착하는 그린의 원고에는 다음과 같은 메모가 붙어 있었다. "그린 씨의 구두법이나 철자법은 하나도 바꾸지 말아주십시오!"

…

내가 글을 쓰는 이유는? 내가 동경하던 사람이 찾아와 이따금씩 우리와 함께 앉아서 자신의 글을 보여주었기 때문이다. 마치 우리도 자신과 똑같은 일을 하고 있다는 듯이 말이다. …… 멘토를 얻기란 극도로 어려운 일이다. **— 앤 패처트**

나는 지역 전문대학에서 들은 나의 첫 글쓰기 강좌에서 멘토를 찾았다. 나는 6개월간 붙잡고 있던 형편없는 소설을 갖고 죽도록 겁을 먹은 채로 수업에 들어갔으므로, 나의 선생님인 노마 암퀴스트가 그렇게 상냥하고 현명하며 기운을 북돋워주는 사람이 아니었다면 절대 용기를 내어 글을 계속 써나가지 못했을 것이다.

반면 프랜신 뒤 플레시스 그레이에겐 정반대의 접근법이 먹힌 것 같다. 그녀에게 시를 가르친 찰스 올슨은 이렇게 소리쳤다. "학생, 이건 완전히 엉터리야! 1년 동안 다른 건 아무것도 하지 말고 일기만 꾸준히 써요! 최소한 하루에 한 시간씩!" 그녀는 그렇게 했지만, 1년 후에 올슨에게 일기를 보여주었을 때 올슨은 그것을 보수적인 허섭스레기라고 부르며 다시 소리를 지르기 시작했다. 그는 앞으로 '10년' 동안 출판은 꿈도 꾸지 말라고 했다. 그녀는 또다시 그의 조언을 따랐고, 그 기한을 정확히 1년 넘겨 〈뉴요커〉에 첫 소설을 발표했다.

...

(애니 딜러드로부터) 과제물을 돌려받으면 마치 댄스플로어에 나갔을 때 나이트클럽의 흑광 속에서 내가 좋아하는 검은 셔츠가 보이는 기분이었다. 항상 그곳에 있지만 보이지 않았던 머리카락과 먼지가 이제야 보이는 것 같았다. —알렉산더 지

어린 시절의 두려움을 활용하는 법

모리스 센닥의 『괴물들이 사는 나라Where the Wild Things Are』는 원래 『말들이 사는 나라Where the Wild Horses Are』였지만 그가 말을 그릴 수 없어서 괴물로 바꾸었다. 그가 그린 괴물들은 어린 시절 브루클린에 살 때 일요일마다 그의 집을 방문한 친척들을 캐리커처로 그린 것이었다. 그 시절 그는 어머니가 저녁을 준비하고 있을 때 친척 어른들이 그에게 "참 건강해 보이는구나. 잡아먹어도 되겠어!" 하고 말하지 않을까 겁이 났다. 먹을 것이 귀한 시절이었으므로 그는 정말 어른들이 자신을 잡아먹을 수도 있다고 생각했다.

그는 또한 어릴 때 진공청소기도 무서워했다. 그래서 (겨우 385단어로 이뤄진) 『괴물들이 사는 나라』가 오페라로 만들어지면서 몇 장면을 추가해야 했을 때 그는 오프닝 장면으로 맥스의 엄마가 오래된 후버 진공청소기를 들고 들어오자 맥스가 칼로 그것을 공격하는 내용을 넣었다.

센닥은 어릴 때 무서워했던 것들이 자신을 예술가가 되도록 위협한 것 같다고 말한 적이 있다.

...

사람들은 내가 어린 시절과 연결되는 마법의 고리를 갖고 있는 줄 안다. 정말 그런 연결 고리가 있다고 해도 나의 의식에서는 자각할 수 없다. 실제로 기억하는 것이 거의 없기 때문이다. 내가 왜 특정한 사건들을 글과 그림으로 표현하는지는 설명할 수가 없다. 그것들은 기억을 수행하는 어떤 내면의 원천에서 나온다. —**모리스 센닥**

일기장과 계산기

간헐적인 공황 발작은 아무런 문제가 되지 않는다. 그것은 오히려 꼭 필요한 아드레날린을 분비시키고 마음을 다시 가다듬게 해준다. 나는 공황에 빠지면 먼저 일기장을, 그다음엔 계산기를 찾는다. 일기장에는 극심한 자기 연민을 드러내며 앞날의 실패에 대해 격렬한 저주를 쏟아붓는다. 그런 다음, 몇 가지 목표를 적는다.

계산기로는 나의 목표를 달성하기 위해 몇 쪽의 글을 써야 하며 며칠이 걸릴 것인지를 계산한다. 이런 일은 수없이 반복된다. 나는 미친 듯이 호들갑을 떨다가 금세 회계사로 변한다.

• • •

나의 말이 곧 기록되었으면! 나의 말이 책에 씌었으면! —**욥기 19장 23절**

여정 속의 글쓰기

글 쓰는 일을 여행에 비유해보자. 어떤 길로 갈지, 얼마나 빨리 가야 할지, 어디로 향할지는 오직 자신만이 안다. 그리고 글을 쓰는 것은 그 여정의 일부에 불과하다. 여행의 한 요소일 뿐이라는 얘기다. 당신이 뒷마당에서 닭을 키우는 일에 열의를 갖고 있거나 요가의 태양 경배 자세를 매일 108번 해야만 행복해진다고 믿고 그에 대해 책을 쓰고 있다면, 기본적으로 당신은 닭이나 요가와 관련된 길을 갈 것이다. 어쩌면 당신의 전체 여정, 즉 당신 앞에 놓인 길이 대하소설을 쓰기 위한 것일 수도 있다. 혹은 일주일에 한 편씩 에세이를 써서 보내거나 아동 도서를 쓰기 위한 것일 수도 있다. 무엇이 됐든 그것에 열정을 갖고 있다면 절대 그 길에서 눈을 떼선 안 된다. 꾸준히 그 길을 걸어 반드시 가야 할 곳에 당도해라.

...

지금 나의 가슴을 뛰게 하는 것은 지나온 길이 아니라 앞으로 나아갈 길이다. 내가 지나온 길을 철저하게 파헤치는 가장 큰 이유는 앞으로 나아갈 방향에 대해 단서를 얻기 위해서이다. 과거의 내 모습을 탐구하는 것은 내가 어떤 사람이 될 것인지 혹은 되지 못할 것인지에 대해 힌트를 얻기 위해서이다. —**프레더릭 뷰크너**

수프 끓이기

더 이상 진도가 나가지 않고 초조하다면, 글쓰기가 맨발로 히말라야 산을 오르는 일처럼 느껴진다면, 그저 수프를 만들고 있다고 생각해라. 당신은 냉장고를 열고 이렇게 중얼거린다. '어머, 당근이 있었네.' '저 닭뼈로 만들 만한 게 없을까?' '저 오래된 감자는?' 그것들을 전부 한 냄비에 넣고 한참 동안 끓이면 어떻게 될지 모른다.

당신은 지금 당근과 닭뼈를 만지고 있다. 당신의 잠재의식이 요리를 하고 있다고 믿어라. 모든 재료를 넣고 끓일 거라고 믿어라. 계속 하다 보면 — 기억하고 상상하며 자판을 두드리거나 펜을 움직여 세부 사항들을 써 내려가면 — 맛있는 무언가가 나올 것이다.

…

당신이 일단 자판을 두드리기 시작해야만 이야기가 모습을 드러낸다.

—래리 맥머트리

141 단어 놀이

어느 크리스마스에 딸아이가 말 그대로 단어를 선물로 주었다. V자 모양의 목제 스탠드에 여덟 개의 블록이 올라앉아 있는 물건으로, 각 블록의 여섯 면에는 단어가 하나씩 적혀 있다. '사악한', '절규', '신뢰', '섹스', '사랑'. 멋진 단어들이다. 나는 그것을 거실 탁자에 놓았다. 내 손자 손녀들을 포함해 모두가 그것을 갖고 노는 것을 좋아한다.

하지만 나의 작가 친구들은 그것을 편하게 대하지 못한다. 우리 집에서 모임을 가졌을 때 한 친구는 내내 그 블록들을 갖고 씨름했지만 결국 그것으로 만든 글귀는 보여주지 않았다. 그저 "건방지고 따분한 시구절"이라고만 했다.

아이들은 늘 그것을 원래의 용도로, 즉 장난감으로 다룬다.

···

나는 열두 살 무렵부터 수첩을 갖고 다니면서 맛좋게 느껴지는 단어들을 적곤 했다. 이를테면 '진달래'나 이유는 모르겠지만 '물총새' 같은 단어들 말이다. …… 나는 특이한 단어들을 모으는 수집가였다. —**콜먼 바크스**

치마만다 응고지 아디치에는 나이지리아 라고스에서 자신의 시각은 그리 특별한 것이 아닌데, 그곳에 워낙 사람들이 가득 차 있어서 광경 자체가 "이야기로 빽빽이 차 있는" 것이라고 말한다. "전화 카드를 파는 세련된 젊은 여성도 있고 …… 플라스틱 용기에 담긴 물을 파는 하우사 족 소년도 있으며 …… 아침마다 머리에 커다란 그릇을 이고 돌아다니는 콩 행상인도 있다."

아마도 모든 광경은 충분히 오랫동안 바라보면 평범해져버릴 것이다. 그러나 그런 일을 방치하지 않는 것이 바로 작가의 일이다. 자신의 창밖에서 일어나는 일을 마치 먼 휴양지에서 일어난 일처럼, 완전히 새로운 풍경처럼 바라보는 것이 작가의 일이라는 얘기다.

하지만 내 창밖의 풍경은 이미 벽지가 되어버렸다. 빨간 타일 지붕과 두 개의 하얀 굴뚝, 해변의 대부분을 가리고 있는 높다란 나무들, 야자수들. 나는 더 이상 창밖을 보지도 않는다. 그런데 지금 벽을 마주한 채 컴퓨터로 일을 하다 창밖으로 고개를 돌려보니, 노란 재킷을 입은 남자가 자전거를 타고 천천히 북쪽으로 가고 있다. 파도에는 은빛이 감돌고 한 남자가 큰 개를 데리고 조깅하는 게 보인다. 이것이 내 머리 밖에서 일어나는 삶이다.

...

글이 잘 풀리지 않을 때 나는 단어들을 다시 유혹해보려고 두 가지를 시도한다.

한 가지는 좋아하는 책을 몇 쪽 읽는 것이고 다른 한 가지는 세상을 지켜보는 것이다. —치마만다 응고지 아디치에 자신의 책에 깊이 빠져 있다 보면 글이 잘 안 풀릴 때가 있다. 때로는 완전히 막혀서 금방이라도 머리가 폭발할 것 같은 느낌이 들기도 한다. 책 한 권을 쓰는 것은 아주 긴 결혼 생활과도 같다. 결혼 생활의 경우, 섹스와 농담을 나누며 좋은 시간을 보낼 때도 있지만 쓰레기를 내다놓는 일로 싸울 때도 있고 청구서가 쌓여갈 때도 있으며 식사 준비를 서로 미룰 때도 있다. 결혼 생활 역시 잘 안 풀릴 때가 많다.

시나 짧은 에세이를 쓰는 것은 결혼 생활보다는 데이트에 가깝다. 데이트에는 책임과 의무가 따르지 않는다. 잘 안 풀리면 다른 상대를 고르면 된다. 책을 쓰는 일이 결혼 생활과 다른 점이 있다면, 훨씬 더 쉽고 간단하게 잠시 거기에서 벗어나 시 한 편이나 에세이 한 편과 바람을 피울 수 있다는 것이다.

• • •

소설을 시작하는 것은 결혼 생활을 시작하는 것과 크게 다르지 않다. 당신은 주인공들에게 엄청난 꿈을 건다. —**앤 패처트**

다른 작가의 일기

가끔은 유명한 작가의 일기를 읽는 것도 좋다. 특히 애초에 출간을 염두에 두지 않고 쓴 일기를 읽다 보면 대부분의 작가들이 건강과 체중, 날씨, 그리고 순탄치 않은 집필 과정에 대해 고민했음을 알게 될 것이다. 크리스토퍼 이셔우드는 1960년 9월 17일에 과음과 붓기, 체중(68킬로그램), 그리고 새 책을 쓰는 일을 걱정했다. 그는 일기에 이렇게 썼다. "술을 끊고 소설에 매진해야 한다." 1962년 3월 5일에는 이렇게 썼다. "아직도 글을 이어나가지 못하고 있다. 이 말을 몇 번이나 쓰는지 모르겠다. 나 자신을 들볶아봐야 도움이 되지 않는 것 같다. 하지만 왜 계속 글을 쓰지 못하는지 도무지 이해가 되지 않는다."

1963년 가을에 그는 『싱글맨A Single Man』의 세 번째이자 마지막 원고를 끝마친 후 일기에 이렇게 썼다. "나중에 『싱글맨』이 걸작으로 평가받게 되면 나는 그 책을 읽는 게 너무나 지루하다고 말해도 될까? 그 책을 검토하는 일은 정말 따분하다." 그리고 당연히 날씨에 대해서도 썼다. "믿을 수 없게 덥다. 열기가 발코니의 마루청 사이로 올라온다." 건강 얘기도 빼놓지 않았다. "목 상태가 나아지지 않아서 걱정이다."

이 모든 게 도움이 될 것이다. 유명한 작가들을 높은 산 정상에서 끌어내려 그들도 우리와 똑같은 인간이라는 점을 깨닫는 것도 좋고, 동병상련이라는 속담을 확인하는 것도 좋다. 남의 불행을 보며 조금 고소해하는 것도 나쁘지 않다.

…

나는 여기 앉아서 〈라이프Life〉지에 기고할 글과 씨름하고 있다. 미국의 19세기 그림 및 가구 등을 주제로 메트로폴리탄 미술관에서 열린 전시회에 대해 정확히 650단어로 써야 한다. …… 주말 내내 식중독으로 죽다 살아났다. —로버트 펠프스

재능을 가질 수 있는 재능

물론, 어떤 사람들은 재능을 갖고 있다. 노래나 탭댄스, 저글링, 글쓰기 등의 능력을 타고났다는 얘기다. 하지만 내가 글쓰기 강사로서 그리고 편집자로서 깨달은 것이 있다면 성공한 작가들은 결코 포기하지 않는 사람들이라는 점이다. 나는 어떤 학생이 책을 내고 끝까지 나아가게 될지 예측할 수 있는데, 그것이 항상 번지르르한 재능과 직결되지는 않는다.

…

재능을 가진 사람은 많다. 하지만 얼마나 많은 이들이 재능을 허비하는지 모른다. 중요한 사실은 재능을 갖는 것만으로는 충분하지 않다는 점이다. 재능을 가질 수 있는 재능도 가져야 한다. —**루스 고든**

그레이엄 그린은, 모든 작가는 가슴속에 얼음 조각을 갖고 있어야 한다고 말한 것으로 유명하다. 린 프리드는 작가들이 암살자의 심장을 가져야 한다고 믿는다. 수전 스템버그는 필립 로스와의 인터뷰에서 어머니에게 고소당한 어떤 작가의 이야기를 했다. 그러자 필립 로스는 이렇게 반응했다. "끝내주는 이야기네요! 그런 이야기라면 글로 써야지요!"

이야기나 플롯, 주제를 찾기 위해 자신의 삶을 뒤져 기쁜 일이든 슬픈 일이든 파헤쳐내는 이러한 이기심은 작가가 되는 데 꼭 필요한 요건이다. 얼음 조각이든, 암살자든, 부육을 먹는 청소 동물이든, 무어라 불러도 좋다. 그것이 없으면 우리는 진실을 쓸 수 없다. 하지만 그것을 꼭 어머니에게 보여줘야 하는 것은 아니다.

...

나는 기본적으로 의리라곤 찾아볼 수 없는 배신자이다. 나는 예술을 위해 성인군자 같은 내 어머니의 성생활을 숨김없이 까발렸다. —**수전 브로디**

숨어 있는 주제

자신의 주제를 아는 사람도 있고 그렇지 않은 사람도 있다. 당장은 몰라도 된다. (예전에 내가 이 말을 했더니 학생 하나가 교실을 박차고 나가려 했다. 그 학생은 주제를 당장 알아야 한다고, 따라서 내가 주제 찾는 법을 가르쳐줘야 한다고 믿었던 것이다.) 지금 쓰고 있는 소설의 핵심, 기본적인 주안점, 지금 쓰고 있는 회고록이나 시 또는 단편소설의 집필 동기, 즉 메시지. 출판업자나 편집자라면 "결론"이라고 부를 것이다. 지금 당장은 그것이 무엇인지 감이 잡히지 않을 것이다. 걱정하지 마라. 우리의 삶은 본질적인 주제와 심오한 가치를 갖고 있으며, 우리가 글을 쓰는 이유 가운데 하나는 그것이 무엇인지 알아내기 위해서니까.

...

일반적인 주제를 경계하라. 일상생활이 제공하는 것들에 매달려라.

—— 라이너 마리아 릴케

나는 독자가 자신의 삶 속으로 들어오는 것을 허용할 만큼 용기 있는 작가, 그렇게 개방적이고 친밀한 작가의 글을 원한다. 책이나 에세이를 쓰는 일은 고된 일이다. 어차피 그런 고된 길을 선택했다면 그것이 감정적 진실을 담고 있기를 바란다. 내가 원하는 것은 디테일, 핵심, 즉 표면의 이면에 자리한 그 무엇이다. 책장으로 '쏟아져 나온' 그들의 삶을 읽고 싶다는 얘기가 아니라, 예술로 승화된 그들의 경험, 감정, 디테일을 읽고 싶다는 얘기다.

메이 사튼은 이렇게 썼다. "나는 우리가 자신의 경험뿐 아니라 타인의 경험을 통해서도 교훈을 얻는다고 믿는다. 지속적으로 그에 대해 숙고하고 거기에서 인간의 진실의 실체를 이끌어내는 방식으로 말이다."

진실이 없으면 친밀함도 없다. 그리고 가끔은 진실을 쓰는 것이 너무도 위험하게 느껴진다.

...

우리는 우리의 주관성의 악령들에게서 탈출하기를 갈망한다. 우리는 자신에게서 탈출해 친밀함으로 들어가기를 갈망한다. — **윌리엄 키트레지**

내 머릿속의 DVD

어쩌면 지금 당신의 내적 삶에는 당신이 쓰고 있는 에세이나 회고록, 소설이 커다란 자리를 차지하고 있을지도 모른다. 마치 머릿속에서 한 편의 DVD가 재생되고 있는 것처럼. 잠자리에 들 때에도 계속 그 이야기를 상상하다 결국 꿈을 꾼다. 아침에 이를 닦을 때에도 그 생각에 몰두한다. 자신의 과거의 삶이나 작품 속의 인물들이 등 뒤에서 둥둥 떠다닌다. 신문이나 인터넷에서 읽은 기사들, 라디오나 TV에서 보고 들은 것들, 모든 게 당신의 글과 연결되기 시작한다.

어쩌면 에세이나 단편소설의 초고를 끝낸 후, 조금 거리를 두기 위해 잠시 보류해두고 다음 작품의 주제를 찾고 있을지도 모른다. 당신은 어렵지 않게 다음 주제를 찾아낸다. 어쩌면 교착 상태에 빠졌을지도 모른다. 그러나 거기에서 벗어나는 유일한 방법은 꾸준히 쓰는 것뿐이다. 당신의 잠재의식 속에서 무언가가 재생되고 있을 거라고 믿어라.

...

컴퓨터 앞에 앉아서 글을 써 내려가는 물리적인 행위도 물론 중요하지만, 잠재의식도 많은 일을 하고 있다는 것을 잊어선 안 된다. 단, 당신이 약속을 지킨다면, 머릿속에서 작품 속 인물들을 떠나보내지 않는다면, 책에 사용할 소재를 위해 끊임없이 세상을 둘러본다면 말이다. —— **월터 모슬리**

이것은 춤을 추다 리듬을 잃거나 노래를 부르다 멜로디를 까먹는 것과 같다. 단어들이 당신에게 반항한다. 문장들이 지나치게 복잡해지면서 불안하게 절뚝거린다. 당신의 글이 갑자기 훈계하는 어조가 된다. 심지어 도대체 무슨 말인지 알 수가 없다. 내 경우, 이런 일이 일어날 때마다 몇몇 작가들에게 도움을 요청한다. 그들의 글을 읽으면 글쓰기는 아주 산만하고 변덕스러운 춤사위가 될 수 있으며 여유를 가져야 한다는 점을 상기하게 된다. 1인칭 시점, 2인칭 시점, 3인칭 시점을 태연하게 넘나들며 때로는 한 장(章) 전체가 하나의 문단으로 이뤄져 있는 애비게일 토머스의 회고록을 읽으면, 나는 해방감을 느낀다.

요컨대, 당신에게 이런 일을 해줄 수 있는 작가를 찾아서 그들의 책을 가까이 두라는 것이다. 열심히 찾아보면 어딘가에 자신만의 구명보트가 있을 것이다.

• • •

프루스트가 표현에 대한 나의 열망을 너무나 자극해서, 나는 문장을 시작할 수도 없을 지경이다. 아, 내가 그렇게 쓸 수만 있다면! 프루스트에 관해 한 가지 분명한 사실은, 그가 극도의 감수성을 극도의 끈기와 조합시켰다는 것이다. 나는 그를 미친 듯이 질투한다. —**버지니아 울프**

151 끝내 완성하지 못한 소설

제인 스마일리는 자신이 쓰던 소설을 3분의 2쯤 끝냈을 때 컴컴한 숲으로 들어와버린 기분이었다고 했다. 퓰리처상을 받고 놀랍도록 다양한 문체와 장르를 아우르며 열한 권의 소설과 논픽션 세 권을 발표한 그녀였지만 그 소설은 도무지 어떻게 해야 할지 감이 잡히지 않았다. 125쪽을 더 써야 했다. 그녀는 끝내 완성하지 못했다.

대신, 그녀는 자리에 앉아 100권의 소설을 읽은 다음, 자신이 읽은 책들을 주제로 569쪽짜리 책을 써서 발표했다.

···

대체 내가 무얼 하고 있는지 알 수 없었고, 새삼 그것을 파악하기엔 너무 늦은 것 같았다. 심장이 내려앉았다. 몸이 얼음처럼 차가워졌다. 눈이 튀어나왔다. 속이 메스꺼웠다. 나는 그저 컴퓨터 파일을 닫고 도망쳐버렸다. 하지만 그것은 정말 나쁜 일이었다. —— **제인 스마일리**

조르주 심농은 훌륭한 소설을 11일에 한 권씩 써냈다. 하루에 한 장(章)씩 쓴 것이다. 글을 쓰는 동안 그는 수도승처럼 살았다. 말도 하지 않았고 아무도 만나지 않았으며 전화 통화도 하지 않았다. 소설 한 편을 시작할 때마다 주치의를 만나 마라톤을 하듯 집중적으로 글을 써도 괜찮은 상태인지 확인했다.

그의 소설들은 늘 똑같이 시작했다. 항상 어떤 배경 속에 한 남자와 한 여자가 있었다. 무엇이 그들을 극한으로 내몰 것인가? 그는 소설 속 배경에 대해서는 지도를 꼼꼼히 살펴봐서 상세하게 알고 있었지만 내용은 늘 1장만 결정한 상태로 글을 쓰기 시작했다.

...

나는 소설을 쓰는 일이 — 육체적으로나 정신적으로나 — 엄청난 집중을 요하는 경험이라는 것을 깨달았다. 그래서 집중력을 잃지 않기 위해, 리듬을 유지하기 위해 매일 쓰지 않을 수가 없다. 가능하다면 일요일에도 말이다. …… 여행을 하게 되면 모든 것을 완전히 놓아버린다. 2주쯤 떠나 있다 돌아오면 작업 리듬을 되찾는 데 족히 일주일이 걸린다. —**폴 오스터**

글쓰기 마라톤

우리는 수업 시간에 우리 식의 마라톤을 벌인다. 즉흥 글쓰기 주제로 5분에 한 편씩 연이어 글을 쓰는 것이다. 마라톤을 하는 동안에는 지치게 마련인데, 글을 쓰는 사람에게는 이것이 항상 나쁘게 작용하지만은 않는다. 지치기 시작하면, 경계를 풀고 과도하게 노력하는 것을 중단한다. 영감을 기다릴 새가 없다. 그냥 써야 한다. 한 판이 끝날 때마다 아무런 논평 없이 그저 각자의 글을 소리 내어 읽으면, 모든 이들의 인생 장면들과 감정들을 통해 글쓰기에 대한 공감, 즉 우리 모두가 글을 쓰고 있다는 공감이 형성되고 이야기들이 서로 뒤섞여 한데 어우러진다.

함께 글을 쓰는 친구나 소규모 작가 모임과 함께 또는 혼자서도 글쓰기 마라톤을 할 수 있다. 글을 쓰다 막혔을 때 그 상황을 벗어날 수 있는 좋은 방법이 되기도 한다. 즉흥 글쓰기 주제들을 직접 써놓거나 신문에서 오려내어 바구니에 넣고 하나씩 뽑아서 활용해라.

···

나는 완전히 지쳤을 때, 내 영혼이 종잇장처럼 얄팍해졌다고 느끼고 있을 때 억지로 글을 쓰기 시작했다. …… 어쨌든 글쓰기 행위는 모든 것을 변화시킨다.

—조이스 캐럴 오츠

85년이 걸린 시

1947년 싱클레어 루이스는 자신의 개인 비서인 스물다섯 살의 바나비 콘래드에게, 존 윌크스 부스가 에이브러햄 링컨을 암살한 후 포위망을 빠져나간 일을 소재로 소설을 쓰라고 했다. 심지어 수익금의 30퍼센트는 자신이 가져가겠다는 계약서를 써서 거기에 서명하게 했다. 콘래드는 그로부터 60년 후 수많은 책을 낸 뒤에야 『존 윌크스 부스의 제2의 인생The Second Life of John Wilkes Booth』을 썼다.

스탠리 쿠니츠는 1910년 핼리 혜성이 매사추세츠 주 우스터에 출현했을 때 겨우 다섯 살이었다. 그날 밤의 기억은 85년 동안 그의 가슴속에서 끓어오르다 결국 그가 아흔 살이 다 되었을 때 「핼리 혜성Halley's Comet」이라는 시로 표출되었다.

• • •

천부적인 사람이 자리에 앉아 골몰한 끝에 글을 써내거나 작곡을 하거나 무언가를 그려내는 것이 창조의 전부는 아니다. 창조의 과정에는 수동성이나 의존, 심지어는 겸손의 요소도 존재한다. —**앤서니 스토**

집안의 비밀

맥신 홍 킹스턴은 마을 사람들의 압박에 못 이겨 사생아를 데리고 자살한 고모의 이야기를 처음 들었을 때 몹시 괴롭고 혼란스러웠다. 결국, 그녀는 글로 쓰면서 이렇게 생각했다. "이 글은 절대 발표하지 않을 거야. 집안의 비밀을 누설하는 거잖아. 절대 출판하지 않을 거야." 그렇게 다짐하고 나자 오히려 더욱 자유롭게 이야기를 쓰고 예술로 승화시키는 시도를 할 수 있었다. 열두 번쯤 퇴고하고 나자 아름다운 이야기가 탄생했고 확고한 결심이 섰다. 그 이야기는 그녀의 책 『여전사The Woman Warrior』의 도입부가 되었다.

…

무엇보다도 나는 그 여인의 삶에 의미를 부여했다. 그때 생각했다. 그래, 출판해도 되겠어. —**맥신 홍 킹스턴**

한때 마야 안젤루는 자신이 미쳐가고 있다고 생각했다. 자신뿐만 아니라 어린 아들까지 해칠까 봐 겁이 난 그녀는 결국 정신병원을 찾았다. 젊은 의사를 마주하고 앉아 대화를 하려 했지만 울음밖에 나오지 않았다. "혜택받고 살아온 이 젊은 백인 의사가 어떻게 흑인 여자의 마음을 이해하겠어?" 이런 생각이 들었기 때문이다. 그래서 그녀는 병원을 나와 유일하게 자신을 이해해줄 것 같은 사람, 즉 자신의 멘토이자 발성 선생님을 찾아갔다. 그녀가 자신의 감정을 털어놓자, 그가 말했다. "이 탁자 앞에 앉아요. 여기 노란 괘선지와 볼펜이 있어요. 여기다 자신이 누리고 있는 축복들을 적어봐요." 그녀가 그런 게 어디 있느냐고 따지자, 그는 청각과 시각, 글 쓰는 능력을 쓰라고 했다. 결국 그녀는 그의 지시를 따랐고 그 목록의 마지막 줄을 썼을 때 "광기의 힘은 궤멸되었다."

그로부터 50년이 지난 지금, 그 사이 25권의 책과 여러 편의 시, 기사, 희곡을 발표하고 수많은 강연을 했지만 그녀는 여전히 노란 괘선지에 볼펜으로 글을 쓴다.

…

모든 아름다운 예술, 모든 위대한 예술의 핵심은 감사하는 마음이다.

—— **프리드리히 니체**

속옷 차림으로 쓴 소설

윌리엄 맥스웰은 낮 12시 반까지 잠옷 위에 가운을 걸치고 일을 했다. 그는 그것이 "내가 바지를 입기 전까진 아무도 나를 만날 수 없다"는 메시지라고 생각했다.

존 치버는 글을 쓰기 시작했을 때 양복이 한 벌뿐이었다. 그는 매일 아침 그 양복을 입고 엘리베이터로 지하에 있는 자신의 작업실로 내려가 양복을 벗어 걸어둔 다음, 속옷 차림으로 글을 썼다. 그날의 일과가 끝나면 다시 양복을 입고 엘리베이터를 타고 자신의 아파트로 올라왔다.

캐럴라인 리비트는 글을 쓸 때 빨간 귀고리를 한다. 앨리슨 에스패치는 첫 소설을 쓸 때 주로 플란넬 소재를 걸치고 손가락이 없는 보라색 장갑과 에콰도르산 모직 양말을 착용했다. 프랜신 프로즈도 글을 쓸 때 플란넬 소재를 입는데, 그녀의 플란넬은 빨간색과 검은색 체크무늬가 들어간 남편의 잠옷 바지다. 그녀는 잠옷 바지를 티셔츠와 함께 입는다.

누구보다도 열정적이고 낭만적이었던 시인 파블로 네루다는 한 사진 속에서 사무용 책상 앞에 앉아 양복과 넥타이 차림으로 글을 쓰고 있다. 성공한 기업의 CEO 같은 모습이다.

...

내 단편들 중 상당수는 속옷 차림으로 쓴 것이지만, 그래도 미국 작가로서 60대 후반에 단편 모음집을 내는 것은 어딘가 전통적이고 고귀한 일처럼 느껴진다. —**존 치버**

자기 최면

우리가 살면서 임기응변으로 해내는 일이 얼마나 많은지 생각해보아라. 아기가 태어났을 때 부모가 되는 법을 진정으로 알고 있는 사람이 어디 있겠는가? 그저 직관에 의존하며 엄마나 아빠의 역할을 완벽하게 알고 있는 척한다. 그러다 보면 결국 요령을 터득한다. 아침 식사 만드는 법, 컴퓨터 사용법, 페인트칠하는 법, 구애하는 법을 처음부터 아는 사람은 없다. 하다 보면 이런저런 방식으로 저절로 알게 되는 것이다.

작가가 되는 법을 아는 사람이 어디 있겠는가? 그저 자신을 설득해라. 자신의 길을 확실히 알고 있는 척해라. 계속 나아가다 보면 결국 당신의 길을 확실하게 알게 될 것이다. 어느 정도는.

...

글을 쓸 때 중요한 것은 나 자신을 믿으라고, 무언가가 이뤄질 거라고 자기 최면을 거는 것이다. __앤 라모트

더 자주 실패하기

딸이 선물한 새 커피 잔이 내 책상 위에 놓여 있다. 검은 바탕에 하얀 글씨로 이렇게 적혀 있다. "실패하지 않을 게 확실하다면 당신은 무엇을 해볼 것인가?"

나는 매번 실패 가능성이 엄청난 일만 하기 때문에 이 질문에 어떻게 답해야 할지 모르겠다. 하지만 그것을 보고 깨달은 사실이 있다. 실패가 두려워 글을 쓰지 않고 작품을 내놓지 않는다면, 끝까지 글을 쓸 수 없다는 사실, 끝까지 책을 낼 수 없다는 사실이다. 실패할 가능성이 전혀 없는 일을 해본 적이 있는가?

게다가 실패할 때마다 자신이 성취하고자 하는 것으로 한 발짝 더 다가간 셈이다.

...

실패할 때마다 내 명성은 점점 높아진다. —**조지 버나드 쇼**

뜨겁게 데우기

가끔 작가의 장벽이 아니라 '화가의 장벽'에 부딪치는 애리조나 주의 내 화가 친구 로라가 납화 워크숍을 다녀왔다는 이메일을 보냈다. 납화는 풍부한 색소를 섞은 밀랍을 재료로 하여, 토치와 열선총, 전열판, 가우징 기법(표면에 홈이 생기도록 파내는 기법-옮긴이), 용해 기법을 사용해 열을 가하면서 만드는 그림이다. 그 전까지 그녀는 성상화(聖像畵)를 그렸는데, 이 새로운 재료는 놀랍도록 자유로워서 성상화를 그릴 때와 완전히 대조된다고 그녀는 말한다. "가느다랗고 정교한 붓을 쓸 필요가 없어!"

만약 지금 가느다랗고 정교한 붓으로 그림을 그리듯 글을 쓰고 있다면 이제 불을 사용해볼 시간이다. 토치와 가우징 기법, 용해 기법을 사용해보아라. 모든 것을 풀어내고 어질러보아라. 당신의 글을 뜨겁게 데워보아라.

• • •

테크닉만으로는 충분하지 않다. 열정이 있어야 한다. 테크닉만 있다면 그것은 수를 놓은 냄비 받침에 불과하다. —레이먼드 챈들러 앨런 거개너스는 그의 작품 속 인물들이 꿈속에 카메오로 출연하곤 한다. 존 니컬스는 자신의 글에 자신이 꾼 꿈을 거의 그대로 사용해왔다. 이사벨 아옌데는 집이 어질러져 있는 악몽을 자주 꾼다. 방을 전부 치워야 하는데, 그런 방들이 끝없이 이어져 있다. "어쩌면 나는 뒤죽박죽인 나 자신을 필사적으로 정돈하려 하다 보니 작가가 된 것일지도 모른다." 그녀는 이렇게 썼다.

앤 라이스는 『뱀파이어와의 인터뷰Interview with the Vampire』가 출간되고 6년 후에 그 소설을 쓸 때 사용하던 타자기가 미쳐 날뛰는 꿈을 꿨다. "끊임없이 타자기가 두드려지고 또 두드려지면서 도무지 멈추려 하지 않았다." 그 꿈을 꾼 후 그녀는 새로운 작품을 시작했다. 그녀는 이렇게 말한다. "그것은 '고통과 전념, 두려움이 있는 곳으로 가라'고 말하는 꿈이었다. 내가 글을 쓸 때 우려하는 것은 바로 안전한 결정이기 때문이다. 나는 모든 책이 제각기 위험을 안고 있길 바란다."

• • •

나는 프로이트의 '꿈 작업'이라는 말이 좋다. 거기에는 꿈도 이야기처럼 만들어내는 작업이 필요하다는 의미가 담겨 있기 때문이다. —존 바스 우리들 전부는 아니더라도 대부분은, 일기장을 누군가가 훔쳐본 경험이 있거나 그런 경험담을 들은 적이 있다. 나는 일찍이 그런 일을 당했다. 있으나 마나 한 작은 열쇠가 달린 내 분홍색 일기장을 엄마가 읽고 내게 거의 백만 년간의 외출 금지령을 내린 것이다. 내 남동생도 일기를 읽고 발췌를 해서 학교에서 팔아먹었다. 덕분에 나는 일찍이 나름의 교훈을 터득했다.

아무도 읽지 않는다는 전제하에서 쓰는 것, 그것이 일기의 본질이다. 따라서 당신이 직접 발췌를 해주거나 통째로 내주지 않는 한, 절대로 누군가가 읽게 해선 안 된다. 엄마나 다른 가족이 당신의 일기장을 찾으려고 집을 뒤진다면 좀 더 평온하고 안정적인 관계를 모색해야 할 것이다.

...

누군가가 일기를 읽을 수도 있다는 두려움이 그 일기를 훔쳐보는 사람에겐 비장의 수가 된다. …… 반드시 사생활을 사수해라. —**알렉산드라 존슨**

163 작가에게 정규교육이란

어쩌면 당신은 대학 졸업장이 없을지도 모른다. 어쩌면 하버드에서 MBA를 받았을지도 모른다. 어쩌면 고등학교를 간신히 수료했을지도 모른다.

(MBA를 포함해) 이 중 어떤 것도 글을 쓸 수 없는 구실이 되지 않는다. 작가가 되는 경로는 혼란스럽고 예측 불가하며, 정규교육과는 무관한 경우가 많다.

...

작가에게 필요한 것은 세 가지다. 경험, 관찰력, 상상력. 이 중 두 가지만 있으면, 때로는 하나만 있어도, 나머지를 메울 수 있다. —**윌리엄 포크너**

잠시 멈추기

어느 날 당신은 아드레날린이 넘쳐흘러 열심히 글을 써내면서 〈뉴욕타임스〉 '북 리뷰'에 오르는 상상을 한다. 그러다 갑자기 당신의 글이 끼익 멈춰 서더니 로드킬, 즉 차에 치어 죽은 동물처럼 느껴진다. 당신의 글을 평가해줄 사람을 잘못 선정해서 그렇게 될 수도 있고(「018. 당신의 평가단」 참고) 그저 기운이 빠져서 그런 것일 수도 있다. 엘렌 질크리스트는, 글을 쓸 때 우리는 자기 자신에게 중요한 이야기를 하려 하는 것이므로 끝까지 가서 시작한 것을 끝내야 한다고 말한다.

잠시 손을 떼라. 로드킬과 달리, 글은 다시 살릴 수 있다.

...

나는 글쓰기가 일종의 보고 행위라고 생각한다. …… 우리의 삶에는 우리가 지금껏 알아낸 것보다 훨씬 더 많은 경험이 존재한다. 글을 쓰는 것은 그러한 경험을 더 많이 알아내려는 시도이다. —**존 제롬**

소리 내어 읽기

자신의 글을 소리 내어 읽어보면 리듬이 매끄럽지 않은 부분을 귀로 찾아낼 수 있다. 때로는 소리 내어 읽다가 몇몇 단어에서 더듬거리고 나서야 비로소 불필요한 문장이 눈에 들어오기도 한다.

...

소리 내어 읽어라. 문장들의 리듬이 괜찮은지 확인하는 길은 그 방법뿐이다. 산문의 리듬은 너무 복잡하고 미묘해서 머리로는 알아낼 수 없다. 귀로 들어야만 바로 잡을 수 있다는 얘기다. —다이애나 애실

브라이언 안드레아스는 그의 시 「웨이트 트레이닝Weight Training」에서 가장 들기 힘든 거대한 바벨도 열심히 들다 보면 바벨 드는 것이 자신이 정말 원하는 일처럼 느껴진다고, "그러고 나면 더 이상 무게가 느껴지지 않을 것"이라고 말한다.

이 시의 의미는 삶의 어떤 부분에든 적용할 수 있지만, 작가들에게는 명확한 한 가지를 가리킨다. 나는 그 시를 읽을 때마다 더 이상 글쓰기가 힘들다며 징징거리지 않겠다고 맹세한다.

...

어느 날 아침 책상 앞에 앉자, 내가 생각하고 있던 에세이가 마치 새턴 리본처럼 저절로 풀어지기 시작한다. 여섯 시간 후 나는 고개를 들고 내가 편안하게 글을 쓰고 있었다는 것을 깨닫는다. —**메리 카**

한때 내겐 각본을 쓰면서 유명한 배우 남편과 함께 베벌리힐스의 커다란 집에 살고 있는 친구가 있었다. 그녀는 글 작업에 필요한 시간과 공간을 확보하는 데 늘 애를 먹긴 했지만 어쨌든 꾸준히 글을 썼다. 어느 날 나는 그녀의 침대 옆 탁자에 놓여 있는 아주 작은 타자기를 발견했다. 그녀는 정말 거기서 작업을 한다고, 침대 끝에 걸터앉아 가급적 공간을 잡아먹지 않으려고 애쓰면서 작업을 한다고 고백했다.

...

여자는 소설을 쓰려면 자기만의 방과 돈이 있어야 한다. —**버지니아 울프**

레이놀즈 프라이스는 쉰한 살 때 척추에 25센티미터의 악성 종양이 있다는 것을 알게 되자 자신의 행복한 집필 인생과 강연 인생이 끝났다고 믿었다. 수술과 방사선 치료 때문에 하반신이 마비되면서 그는 말할 수 없는 고통에 빠졌고 생존 가능성도 확실하지 않았다. 그러나 그는 결국 살아났고 최면을 통해 고통을 이겨낼 수 있었다. 그 후 그는 쓰던 소설을 끝내고(그 책은 전미도서상을 수상했다) 강연을 계속했으며 생애 마지막 20년 동안 시와 소설, 회고록을 아우르며 이전보다 훨씬 더 다양하고 많은 작품을 발표했다.

어떤 직업군에서든 극적인 영웅담은 필요한 법이다.

...

글을 쓰는 것은 두렵지만 숭고한 직업이다. 치유의 효과를 갖고 있지만 한편으로는 치명적이다. 나는 세상을 다 준다고 해도 내 인생을 맞바꾸지 않을 것이다.

—레이놀즈 프라이스

당신의 삶과 가족, 친구들, 본업, 글쓰기, 이것들을 어떻게 조율하고 있는가? 그것은 결코 끝나지 않는 문제이다. 마감은 이 모든 것을 단순하게 만들어 준다. 마감이 있으면 무조건 매진해야 하기 때문이다.

마감이 없는가? 그렇다면 1년간의 위험한 글쓰기를 절반쯤 지나왔으니 6개월 후를 마감일로 잡아라.

글쓰기 강좌에 등록해 과제를 받는 것도 좋다. 오후 내내 이야기나 시를 쓰겠다고 선언한다면 가족과 친구들은 쉽게 이해하지 못할 것이다. 하지만 수업 과제를 끝내야 한다고 말하면 얘기가 달라진다.

물론, 스스로 마감일을 정해도 된다.

…

시골에 있는 나의 집은 늘 사람들이 북적거린다. 그들은 나를 가만 내버려두지 않는다. 그들만 없다면 나는 훌륭한 작가가 될 수 있을 것이다. —안톤 체호프

방에 머물 수 있는 시간

마이클 벤투라는 유명한 에세이 「방의 재능The Talent of the Room」에서 이렇게 묻는다. "그 방에 얼마나 머물 수 있는가? 하루에 몇 시간 머물 수 있는가? 그 방에서 어떻게 행동하는가? 얼마나 자주 들어갈 수 있는가? 혼자 견딜 수 있는 두려움은 (혹은 자만심은) 어느 정도인가? 어떤 방에서 몇 '년' 동안 혼자 있을 수 있는가?"

그는 혼자 방에서 긴 시간을 보낼 수 있는 재능이 글재주나 문체, 기교, 예술성보다 더 중요하다고 전제하는 셈이다. 방을 제대로 다루지 못하면 나머지도 다룰 수 없다.

...

집필 생활은 본래 고독한 감금 생활이다. 이것을 제대로 다룰 수 없다면 시작할 필요도 없다. —**윌 셀프**

정해진 시간에 기다리기

워커 퍼시는 작가의 장벽을 겪은 적이 있느냐는 질문을 받았을 때, 프란츠 카프카는 자신의 침대 위에 한 마디의 좌우명을 붙여놓았다고 답했다. "바르테Warte." '기다리라'는 뜻이다. 퍼시는 계속해서 말을 이었다. "오해하지 마십시오. 당신한테 기다리라고 한 건 아닙니다. 저는 글이 막혔을 때는 그저 앉아 있어야 한다고 생각합니다. 확고한 믿음을 갖고 '기다려야' 하지요. …… 시간을 정해놓고 매일 그에 따라 생활하면서 희망을 버리지 말아야 한다고 생각합니다."

• • •

글 쓰는 과정의 대부분은, 수족관이 안정되어 다시 물고기가 보이기를 기다리는 일이다. —**애비게일 토머스**

벽에 부딪쳤을 때

1970년, 패티 스미스는 벽에 부딪쳤다. 그녀는 회고록에 이렇게 썼다. "주위엔 온통 미완성 노래들과 쓰다 만 시들뿐이었다. 몹시 혼란스럽고 산만했다. 최대한 나아가려 했지만 벽에 부딪쳤다. 그것은 내가 스스로 만들어낸 한계였다. 그때 누군가를 만났는데, 그 사람이 자신의 비결을 알려주었다. 아주 간단했다. 벽에 부딪치면 그 벽을 차 부수라는 것이었다."

그 조언을 해준 사람은 당시 브로드웨이에서 가장 잘나가던 극작가 샘 셰퍼드였다.

• • •

가끔은 내가 범퍼카인 것 같다. 벽에 부딪치면 후진해서 다른 쪽으로 가기 때문이다. 게다가 나는 그동안 일하면서 엄청나게 많은 벽에 부딪쳤다. 하지만 멈추지 않을 것이다. 어쩌면 그것이 내가 가진 최고의 자질일 것이다. 멈추지 않는 것. —**셰어**

극본 쓰는 법

샘 셰퍼드는 어느 날 밤 패티 스미스에게 이렇게 말했다. "극본을 씁시다." 패티 스미스가 극본 쓰는 법은 모른다고 하자, 샘 셰퍼드는 어렵지 않다고 말했다. 그는 먼저 뉴욕 23번가에 있는 그녀의 방을 묘사한 다음, 자신의 성격을 소개했다. 그러고는 그녀에게 타자기를 주고 이제 그녀의 차례라고 했다. 패티 스미스는 자신의 성격에 대해 썼다. 그녀는 이렇게 말했다. "샘의 말이 옳았다. 극본을 쓰는 것은 전혀 어렵지 않았다. 우리는 그저 서로에게 이야기를 들려주었다."

뭐, 그럴 수도 있다. 어쨌든 샘 셰퍼드와 패티 스미스니까. 하지만 그녀가 그 대화의 리듬을 망칠까 봐 초조해했을 때 그는 그녀에게 또 한 번 유용한 조언을 해주었다. "즉흥으로 무언가를 할 때는 실수란 게 없어요. …… 드럼 연주와 똑같죠. 한 박자를 놓치면 다른 박자를 만들면 돼요."

• • •

그것은 재즈의 즉흥연주와도 같다. 재즈 뮤지션에게 "그런데 무슨 곡을 연주할 겁니까?"라고 묻는 사람은 없다. — **훌리오 코르타사르**

샘 셰퍼드가 패티 스미스에게 "극본을 쓰자"고 제안하기 몇 년 전에 테네시 윌리엄스도 카슨 매컬러스에게 비슷한 말을 했다. 카슨 매컬러스는 테네시 윌리엄스에게서 한번 방문해달라고 초청하는 팬레터를 받고 낸터킷으로 그를 찾아갔다. 그는 그녀의 작품들, 그중에서도 특히 『고딕 소녀The Member of the Wedding』가 훌륭한 연극이 될 수 있다고 확신하며 그녀에게 극본을 써보라고 권했다. 그런 다음, 그는 휴대용 타자기 한 대를 가져왔고, 그들은 긴 탁자의 양 끝에 서로를 마주보고 앉아서 매일 글을 쓰며 위스키 한 병을 주거니 받거니 했다.

• • •

관객을 지루하게 만들지 마라! 어떤 식으로든 계속 나아가게 만들어라.

—— 테네시 윌리엄스

대신 말해주기

섀런 올즈는 자신의 부모님이 대학에서 처음 만났을 때 찍은 사진을 주제로 시 한 편을 썼다. 시에서 그녀는 그 아름다운 연인에게 결혼하지 말라고 경고한다. 그들이 앞으로 서로에게 얼마나 끔찍한 짓을 하게 될지, 앞으로 어떤 고생을 하게 될지 경고하다가 결국 "나는 살아 있고 싶다"고 마무리 짓는다. 이 시의 마지막 행은 특히 작가들에게 울림을 준다. "하려고 하는 것을 하세요. 내가 그것에 대해 말해줄게요."

...

우리는, 한때 소중했지만 지금은 변했거나 세상을 떠난 사람들을 보고 우리의 덧없음을 새삼 상기한다. 사진은 과거와 과거의 이야기로 들어가는 문 역할을 하며, 아울러 경고성 예언의 역할을 한다. —— **윌리엄 키트레지**

줄 위의 글쓰기

글쓰기는 가끔 줄타기가 되기도 한다. 당신은 자신을 믿어야 하고, 자신이 밟고 서 있는 줄을 믿어야 하며, 애초에 자신이 그 위에 올라간 이유를 믿어야 한다.

…

모든 상상의 산물은 모종의 위험 요소를 갖고 있어야 한다. —폴 호건

우울증이 빚어낸 시

앤 섹스턴은 TV에서 소네트 쓰기에 관한 교육 프로그램을 보다가 영감을 받아 시를 쓰기 시작했다. 당시 그녀는 어린 두 딸을 둔 가정주부였고 감정적으로 매우 불안정한 상태였다. 그녀가 자신이 쓴 시를 자신의 정신과 의사에게 보여주자 그 의사는 계속 쓰라고 격려해주었다. 훗날 그녀는, 시를 쓰고 있으면 자신이 "목적을, 약간의 대의를, [자신의] 삶에서 무언가 할 일을" 가졌다는 느낌이 들었다고 말했다.

그녀는 광기와 보기 드문 재능을 결합시켜 스스로 시인의 삶을 개척했고, 10년도 안 되어 시집 『사느냐 죽느냐Live or Die』로 퓰리처상을 받았다.

...

시의 역할 가운데 하나는 거짓을 통해서가 아니라 간결하고 명확한 정면 돌파를 통해 참을 수 없는 것을 참을 수 있게 만드는 것이다. — **리처드 윌버**

시인의 의무

윌리엄 포크너는 1950년 노벨문학상 수상 연설에서 이렇게 말했다. "인간은 단지 버티기만 하는 게 아니라 승리할 거라고 저는 믿습니다. 인간은 불멸의 존재입니다. 그것은 수많은 피조물들 가운데 오직 인간만이 지칠 줄 모르는 목소리를 가졌기 때문이 아니라, 영혼을, 즉 연민과 희생과 인내를 아우르는 정신을 가졌기 때문입니다. 시인의 의무, 그러니까 글을 쓰는 사람의 의무는 이러한 것들에 대해 쓰는 것입니다. 희망을 안겨줌으로써, 과거에 인간의 영광이었던 용기와 명예, 희망, 자부심, 동정심, 연민, 희생을 상기시킴으로써 동포들이 버텨내도록 돕는 것은 시인의 특권입니다. 시인의 목소리는 인간에 대한 기록에 그치는 것이 아니라, 인간이 영속하도록, 승리하도록 돕는 버팀목이자 기둥이 될 수 있습니다."

• • •

분명히 도덕은 작가들과 비평가들, 그 외 모든 이들에게 최우선이 되어야 한다. 타이어를 바꾸는 사람들. 공장에 있는 사람들. 그들은 항상 '이게 팔릴까?'가 아니라 '이것이 도덕적인가?'를 물어야 한다. —존 가드너

쓰다 보면 알게 되는 것

수년 전 그림책 수업을 듣는 내 학생 하나가 "집시들이 찾아온 해The Year the Gypsies Came"라는 제목의 12쪽짜리 이야기를 내게 건네며 읽어봐 달라고 했다. 그 이야기를 갖고 무얼 해야 할지 모르겠다는 것이었다. 나는 그것을 읽고 너무 좋아서 소설로 내보라고 말해주었다. (그것은 천재가 아니라도 알 수 있었다. 주인공, 배경, 상황, 훌륭하고 재치 있는 필력을 모두 갖춘 이야기였다.) 그녀는 소설을 어떻게 쓰는지 모른다고 했다. 나는 쓰다 보면 알게 될 것이라고 했다. 2, 3년 후 그녀에게서 연락이 왔다. 정말 소설을 썼더니 관심을 보이는 출판사들이 있다는 것이었다. 그러나 그게 끝이었다. 아무도 계약하지 않았고, 그녀는 결국 포기했다.

몇 년 후 그녀는 다시 그 소설을 붙잡고 퇴고해서 결국 어느 출판사에 팔았다. 『집시들이 찾아온 해』는 미국과 영국에서 출간되었고, 린지 글래스는 그 후 두 권의 소설을 더 발표했다.

...

나는 내가 소설을 쓸 수 있다고 생각하지 않았다. 하지만 1년 후 자리에 앉자 10개월 만에 소설이 내게서 쏟아져 나왔다. —**린지 글래스**

당신의 삶의 권위자는 누구인가? 누가 힘을 쥐고 있는가?

샘 킨은 'authority(권위자)'라는 말과 'authorship(저자)'이라는 말의 어원이 같다고 지적한다. "당신의 이야기를 쓰는author 사람은 당신의 행위들을 허락하는authorize 사람"이라고 그는 썼다.

당신이 쓰는 것은 당신의 삶, 당신의 이야기다. 당신만의 신화를 만들어라. 당신은 권한을 가진 사람이자 저자이다.

…

이야기에 만족하지 마라. 다른 사람들에게 펼쳐진 일에 만족하지 마라. 자신의 신화를 펼쳐라. —루미 이상한 얘기 같지만, 실제 인물이든 허구의 인물이든 연민과 호기심과 관용으로 다루는 최고의 방법을 제안한 사람은 바로 에이브러햄 링컨이다. 그는 방금 만난 사람에 대해 이렇게 말했다. "저 사람이 마음에 안 드는군. 저 사람을 좀 더 알아야겠어."

...

자신의 작품 속 인물에 대해서는 아무리 알아도 부족하다. —서머싯 몸

빈둥거리기

내 이혼에 관한 에세이를 쓰려고 머리를 짜내고 있을 때, 그 시절에 쓴 일기를 읽어보면 도움이 될지도 모른다는 생각이 들었다. 나는 힘든 시기에는 꾸준히 일기를 쓰는 편이라 읽을 분량이 꽤 많았다. 수년 만에 처음 들춰보는 일기라 꼭 교통사고를 구경하는 것처럼 흥미진진했다. 나는 그날 오후 내내 앉아서 남편과 나의 못된 행동들에 대해 읽었다. 그 하루가 끝날 무렵, 나는 여전히 에세이의 윤곽이나 주제를 잡지 못한 상태였다. 도무지 감이 오지 않았다. 난잡하게 몇 단락 적어놓긴 했지만 분명한 가닥을 잡을 수 없었다. 거의 하루를 빈둥거리며 통째로 날려버린 기분이었다. 하지만 나는 심호흡을 하면서 편하게 생각하려고 노력했다. 아무것도 쓰지 않아서 빈둥거렸다는 느낌이 들긴 했지만 당연히 하루를 그냥 날린 것은 아니었다.

이것은 작가가 되는 과정에서 가장 어려운 부분에 속한다. 당신은 창의성을 위해 노닥거릴 필요가 있으며, 그에 대해 조바심을 내선 안 된다. 자신에게 여유를 허용해라. 당신이 쓰고자 하는 글의 기본 가닥과 의미가 존재하며, 여러 번 심호흡을 하면서 책상 앞을 떠나지 않으면 그것을 발견할 거라고 믿어라.

…

오늘은 빈둥거리는 날이다. —**존 스타인벡**

어둠 속에서 달리기

예전에 나는 어둠 속에서 달리는 것을 좋아했다. 얼마나 가야 하는지도 알 수 없었고 사람들도 보이지 않았으므로 남의 눈을 의식하며 위축될 필요가 없었다. 마치 투명인간이 된 것처럼 자유로운 기분이었다. 초고를 쓸 때는 바로 이런 기분으로 써야 한다.

...

그것은 오히려 눈을 가리면 보인다는 옛말을 이용한 것이다. …… 나는 안경을 벗고 원뿔 모양의 털모자를 눈까지 내려 쓴 채 감은 눈 속의 진짜 어둠과 비유적인 어둠 속에서 황색 용지에 행갈이 없이 초고를 타자했다. —**켄트 해러프**

달리다 엎어졌을 때

나는 얼마간에 한 번씩 글을 쓰다 비유적으로 엎어지기도 하지만 정말 말 그대로 엎어지기도 한다. 1년 전, 나는 어둠 속을 달리다 발이 걸려 엎어진 적이 있다. 그냥 발을 헛디딘 정도가 아니라 정말 얼굴을 처박고 엎어진 것이다. 양쪽 무릎과 두 손에서 피가 났다. 그때 나는 생각했다. '그래, 됐어. 달리는 데 완전히 실패했으니까 더 이상 달릴 필요가 없어. 걸으면 돼.' 갑자기 그 사실이 너무도 편안하고 기분 좋게 느껴졌다.

하지만 어쨌든 나는 어둠 속에서 넘어진 것이었다. 1~2센티미터의 균열이 여기저기 생긴 시멘트 길을 동트기 전에 달린 것은 정말 멍청한 짓이었다. 그래서 그 모든 것을 다시 시도하지 않을 수 없었다. 나는 1년 동안 현명하게 걷다가 다시 달리기 시작했다.

글쓰기에서도 이런 일은 끊임없이 일어난다.

• • •

작가로서 나의 내적 삶은, 넌 할 수 없다고 자그맣게 속삭이는 (가끔은 큰 소리로 외치는) 목소리와의 지속적인 투쟁이었다. 이번에는 그 목소리가 나를 비웃고 있다. 넌 완전히 엎어지고 말 거라고. —다니 샤피로

영혼 산책시키기

가끔은 글을 쓰기 위해서 그저 책상 앞에 앉는 것 이외의 무언가를 해야 한다. 꿈을 꾸고 상상하고 창조하는 자아를 돌봐야 한다. 작가들은 주로 독서를 통해 이것을 해결하지만 때로는 영화를 보거나 음악을 듣거나 미술관에 가거나 연극을 보는 것도 필요하다. 혹은 그저 밖에 나가서 하늘을 감상하며 앉아 있는 것도 좋다.

...

작가의 일에서 가장 중요하고 어려운 부분은 아마도 매일 일을 하는 시간 동안 상상력을 되살리는 일일 것이다. —폴 호건

• 독서에 대한 사랑 186

책을 읽지 않는 건 진공 상태에서 글을 쓰는 것이다. 독서는 영감을 얻기 위해, 자료를 얻기 위해, 기분 전환을 위해, 본보기로 삼기 위해, 자신이 글을 쓰는 본질적인 이유를 상기하기 위해 반드시 필요하다. 작가는 책을 사랑해야 한다. (그렇지 않다면 왜 글을 쓰겠는가?) 내가 아는 작가들은 모두 넘쳐나는 책을 주체하지 못해 심각한 고민에 빠져 있다.

나는 진짜 책의 냄새와 느낌을 좋아한다. 감사의 말에 혹시 내가 아는 사람의 이름이 나오는지 살펴보는 것도 좋다. 헌사와 추천의 말, 작가의 예전 저서들, 심지어는 찾아보기도 즐겨 읽는다. 나는 실제로 책을 읽기 전에 한동안 그 주위를 맴돈다. 수업을 할 때에는 메모가 적혀 있고 포스트잇이 화려하게 붙어 있는 종이책이 내 손안에 있어야 한다.

하지만 여행할 때는 전자책도 좋다. 인도에 갈 때 열네 권의 책을 전자책으로 가져간 덕분에 내 짐도 이번만큼은 감당할 수 있는 무게였다.

...

대개는 책을 읽다가 글을 쓰기 시작한다. 글을 쓰겠다는 충동을 자극하는 것은 대개 독서이다. 독서, 독서에 대한 사랑이 바로 작가의 꿈을 키워주는 것이다.

—수전 손택

실화든 지어낸 것이든 당신은 당신의 이야기를 소유해야 한다. 당신은 그 대가를 지불했다(정말이다). 그것은 온전히 당신의 것이다. 그것을 사용해라. 뒤집고 자르고 원하는 대로 늘려라. 당신이 주인이라는 것을 잊지 마라. 그 소유자는 당신이다. 그것은 어떤 사건 혹은 상황에 대한 당신만의 해석이다.

수잔 피내모어는 자신의 이혼에 대해, 분노를 토대로 유쾌하고 솔직한 회고록을 써서 "400번의 수정"을 거친 후 7년 만에 완성했다. 그녀의 남편은 집을 떠나면서 그녀에게 이 얘기를 글로 써보라고, 그러면 많은 돈을 벌 수 있을 거라고 빈정거렸다. 그가 떠나고 얼마 안 된 어느 날 밤, 피내모어는 울면서 지인인 앤 라모트에게 전화해 남편이 이혼 얘기를 글로 쓰라고 하면서 떠났다고 말했다. 라모트는 이렇게 말했다. "정말 그러면 되겠네요."

...

작가의 의무는 이 세상을 사는 일이 자신에게 어떻게 느껴지는지 기록하는 것이다. —제이디 스미스

의심이 몰려올 때

의심과 두려움이 군대처럼 당신에게 몰려올 수도 있다. 제복을 빼입고 무기를 휘두르며 요란하게 당신을 위협할 것이다. 그것은 당신의 어깨 위에 올라앉아 시끄럽게 지저귀는 새나 머릿속에서 들려오는 비난의 목소리와 다르지 않다. 몸을 숨기고 심호흡을 해라. 연기가 사라지면 글쓰기를 재개해라.

…

글을 더 많이 썼으면 좋겠다. 좀 더 다작하는 작가였으면 좋겠다. 글쓰기에 대한 두려움이 덜했으면, 좀 더 자신감을 갖고 글쓰기를 두려워하지 않았으면 좋겠다.

— **신시아 오지크**

기온과 풍향을 기록하기

누구든 인생을 살면서 한 해를 큰 혼란 없이 보내는 경우는 드물다. 이혼이나 죽음을 겪을 수도 있고 병에 걸릴 수도 있으며, 이사를 할 수도 있고 일자리를 잃을 수도 있다. 결혼이나 출산, 졸업, 특별한 생일 등의 경사조차도 혼란을 야기하는 사건이 될 수 있다. 그럴 때마다 작가가 할 수 있는 일은 오직 기록하는 것뿐이다.

나는 R이 관상동맥 우회술을 받고 중환자실에 있을 때 그 중환자실을 여러 장의 메모지에 묘사한 기록을 갖고 있다. 그것이 주는 혜택은 두 가지다. 하나는 내가 기록을 하면서 불안감으로 미쳐가는 것을 막을 수 있었다는 점, 또 하나는 나중에 중환자실의 상황을 묘사할 일이 생길 때 그 기록을 유용하게 써먹을 수 있다는 점이다.

…

그것은 꼭 누군가가 그저 기온과 풍향을 기록하기 위해 폭풍의 한가운데서 몇몇 순간을 빼낸 것 같다. …… 당시 상황의 사실만을 서술하는, 아주 실질적이고 무미건조하며 굴곡 없는 글이다. —**앨리스 세볼드**

강력한 디테일

내 우편함에 광고지 한 장이 들어 있다. "'겁 많은' 치와와 피피를 잃어버렸습니다. 아래 번호로 타냐에게 연락 주세요." 그리고 이런 말도 있었다. "청록색 스웨터를 입고 있음."

...

디테일을, 그 거룩한 디테일을 애무해라. __**블라디미르 나보코프**

제인 케니언은 "종잇장 같은 벌집으로 올라가" 그 앞에서 서투르게 안으로 들어가려 애를 쓰지만 "자기 집에 들어갈 수 없는" 듯 보이는 말벌에 대해 아주 짧은 시를 썼다. 내가 학생들에게 제목을 빼고 그 시를 읽어주면 학생들은 그저 예의 바르게 듣는다. 그런 다음에 제목을 말해주고 다시 읽어주면, 그들은 술렁거리면서 눈을 반짝반짝 빛낸다. 그 시의 제목은 "글을 쓰지 않는 것Not Writing"이다.

...

대부분의 사람들이 생각하는 것과 달리, 문필업에도 단점은 꽤 있다. 그 가운데 으뜸은 빈번히 앉아서 써야 한다는 불쾌한 사실이다. —프랜 레보위츠

픽션과 논픽션에 대한 지침을 알려주는 것은 가능하다. 아름다운 글쓰기의 방향을 제시해주는 것도 가능하다. 이를 통해 말로 표현할 수 없는 방식으로 영감을 얻고 기술을 이해하게 될 수도 있다. 하지만 나뿐만 아니라 다른 어떤 글쓰기 선생님도 글 쓰는 법을 명확하게 정리해줄 수는 없다.

기술은 퇴고, 즉 거친 글을 다듬어 이야기와 감정으로 탈바꿈시키는 것과 관련된다. 기술의 핵심은 시선을 자신의 배꼽에서 넓은 세상으로 옮기는 것이다. 그것은 목수의 일과도 비슷하다. 자르고 샌드페이퍼로 닦고 광을 내야 한다. 무엇보다도 기술을 배우는 일은 영원히 중단해선 안 된다는 점을 깨달아야 한다.

• • •

아무도 내게 기술에 대해 가르쳐주지 않았다. 기술은 나의 작품뿐 아니라 다른 사람의 작품에 대해서도 좋은 독자가 되는 법을 터득함으로써 얻게 되는 것이다.

—토바이어스 울프

마크 도티는 우리가 눈에 보이는 것들의 이름을 댈 수 있고 그에 대해 더 많이 얘기할수록 눈에 보이는 것들을 더 많이 신경 쓰게 되고 파괴하는 일이 더 적어진다고 말한다. 그는 '초원'이라는 일반 명사를 예로 든다. 만약 "잎이 고르고 키가 큰 저 식물들이, 모나크나비들이 약 3킬로미터를 날아와 먹는 아스클레피아스라는 것"을 안다면 그 초원을 밀고 쇼핑센터를 짓는다는 소문에 더 관심을 갖게 된다는 것이다. 나탈리 골드버그는 이렇게 말한다. "무언가의 이름을 알게 되면 우리는 땅과 더 가까워진다. 내가 이 길을 걸으면서 '층층나무'와 '개나리'를 보게 되면 나는 주변 환경을 좀 더 친밀하게 느끼게 된다."

이렇게 하려면 정신적으로나 감정적으로나 더 많은 에너지를 소모해야 한다. 그러나 이러한 구체성을 확보하면 더 나은 작가가 될 수 있다.

...

나는 사물의 이름을 부르는 것이 강력하고 신비로운 일이라고 믿는다. 언어는 우리의 세포를 바꾸고 이미 습득한 행동 양식을 다시 만들며 사고의 방향을 바꾸는 능력을 지녔다. 나는 우리 눈앞에 있는 것들의 이름을 불러줘야 한다고 믿는다. 눈앞에 있는 것이 가장 보이지 않는 것이기 때문이다. — **이브 엔슬러**

내 학생들은 종종 구조에 대해 묻곤 한다. 마치 내가 그에 대해 확실한 청사진이나 레시피를 갖고 있기라도 한 것처럼 알려고 든다. "좋아요, 이제 이걸 해봐요. 반드시 'x'를 포함시키고 'y'도 조금 추가해서 'z'로 끝내야 해요. 그러면 짜잔! 한 편의 시가, 한 편의 에세이가, 한 편의 소설이 나온답니다." 이것은 건물을 짓거나 케이크를 만드는 데는 효과적인 방법이지만, 시나 이야기를 쓰는 데는 먹히지 않는다.

다른 작가들이 쓴 책의 구성 방식을 보여주며 예를 제시할 수는 있다. 시는 반드시 전후 관계를 따져야 하는 것은 아니라고, 때로는 약간의 도약과 공중제비를 추가해도 좋다고 제안할 수도 있다. 에세이는 먼 길을 돌아서 결국 첫 단락에서 제시한 주제로 돌아오는 것이 어떻겠느냐고 제안할 수도 있다. 소설의 경우에는 시제와 시점에 대해 온갖 종류의 제안을 해줄 수 있다. 하지만 중요한 것은 그 모든 게 그저 제안일 뿐이라는 점이다. 당신의 구조는 당신이 찾아야 한다. 그리고 결국 그렇게 될 것이다.

...

나는 더 이상 이야기가 A에서 Z까지 순서대로 구성되어야 한다고 생각하지 않는다. 만약 그렇다면 몹시 지루한 이야기가 될 것이다. —**마이클 온다체**

마음에 들지 않는다는 이유로 자신의 에세이나 소설이나 회고록을 폐기하려 한다면 한 번 더 생각해보기 바란다. 컴퓨터로 썼다면 그 파일을 숨겨놓으면 되고 종이에 썼다면 장롱 속에 넣어두면 된다. 그러나 폐기하진 마라. 때로는 자신의 작품을 스스로 평가할 수 없는 경우도 있다. 때로는 그저 시간이 필요한 경우도 있다. 폐휴지함이 언제나 작가의 가장 좋은 친구가 되는 것은 아니다.

열세 권의 인기 저서를 가진 작가 존 밴빌은 인터뷰에서 자신의 책을 좋아하느냐는 질문에 이렇게 답했다. "아뇨. 아주 싫어합니다. 끈질기게 그리고 심하게 증오하지요. 창피하기도 하고요. 가끔은 서점 앞을 지나면서 손가락을 한 번 딱 튕기면 서점 안에 있는 내 책들이 전부 지워졌으면 좋겠다는 상상을 합니다. 표지는 그대로 있고 속지가 전부 백지로 변하는 거죠. 그러면 처음으로 돌아가 제대로 다시 쓸 수 있을 테니까요." (부커 상을 수상하고, 그 후 또 한 번 부커 상 최종 후보에 올랐으며 프란츠 카프카 상과 아일랜드 도서상을 수상한 바로 그 존 밴빌이 이런 얘기를 했단 말이다.)

• • •

마침내 인쇄가 되면 해방이다. 그것을 다시 볼 필요는 없다. 결함을 걱정하기엔 너무 늦었으니까. —**유도라 웰티**

나는 책의 초고를 한 번 끝낼 때마다 어수선하고 엉망진창인 사무실을 정리한다. 두 번째 초고를 쓰다 보면 사무실은 다시 어지러워진다. 그것은 살아 있는 은유이다. 나는 또한 어수선하고 엉망진창인 나의 생각들 그리고 나의 글을 마주하고 있으니까 말이다.

처음 글을 쓰기 시작했을 때, 나는 쓰던 글을 작은 파일 상자에 가득 넣어놓았다가 매일 오후 1시에 아이들이 낮잠을 자면 다시 꺼내어 식탁에서 한 시간 동안 글을 썼다. 그런 다음, 다시 그 파일 상자에 넣고 상자를 숨겨놓았다. 이것도 하나의 은유인 셈이다.

···

당신의 삶에서 은유의 가치를 목격하는 것, 은유의 가치에 대해 이야기하는 것, 그것이 중요하다. —클라이브 바커

가지치기

윌리엄 진서의 저서 『글쓰기 생각쓰기On Writing Well』에는 난잡함에 관한 단원이 있다. 이것은 모든 작가가 읽어야 할 부분이다. 그 책이 나온 것은 1976년이지만 말의 난잡함에 관해 진서가 제시한 예들은 지금도 빈번히 사용된다("내 개인적인 친구", "~라는 점에 주목하는 것은 흥미롭다", "~라는 이유 때문에" 등등). 그 후로 인터넷 때문에 말의 난잡함은 급속도로 심해졌고, 1976년에 그가 말했듯이 "하룻밤 사이에 새로운 변형들이 생겨나서 정오쯤 되면 그것들이 미국 연설에 사용"되기도 한다.

퇴고를 할 때 이러한 난잡함을 제거해라. 간소화해라. 친구는 누구에게나 개인적이다. '~라는 점에 주목하는 것은 흥미롭다'는 사족은 빼고 그냥 할 얘기를 해라. '~ 때문에'라는 단어 하나로 단어 세 개를 대신할 수 있다.

• • •

가차 없이 쳐내라. 쳐낼 것이 보일 때마다 감사해라. …… 좀 더 경제적으로 표현할 수 없는가? 미사여구나 과시를 위한 말, 유행을 좇는 말은 없는가? 그저 아름답다는 이유로 불필요한 말에 집착하고 있지는 않은가? — **윌리엄 진서**

스티븐 킹처럼 열두 살 때 어머니가 출판사에 원고를 보내라고 식비를 아껴 돈을 마련해준 작가가 있는가 하면, 크리스 애버니처럼 아버지가 아들이 글 쓰는 것을 싫어해서 첫 원고의 초고를 불태워버린 작가도 있다.

한편, 강단 있는 작가 프랜신 뒤 플레시스 그레이(스승인 찰스 올슨에게 들볶인 바로 그 작가)는 여덟 살 때 아버지로부터 그렇게 찔끔찔끔 쓸 거면 다시는 글을 쓰지 말라는 얘기를 들었다. (그녀는 30년이 넘도록 소설을 시도하지 않았다.) 부모가 자식의 글을 헐뜯는 것은 위험한 일이다. 토바이어스 울프는 『이 소년의 삶This Boy's Life』 감사의 말에서, 자신의 의붓아버지가 '넌 모르는 게 너무 많아서 그걸로 책 한 권은 채울 수 있겠다'고 말하곤 했다고 밝혔다. 울프는 이렇게 썼다. "이게 바로 그 책입니다."

• • •

내가 포기하지 않은 가장 큰 이유는 아버지가 나를 믿어주었기 때문이다.

—앤 라모트

대리석 안의 천사

월리 램은 교도소 재소자들에게 글쓰기를 가르치는 일에 대해 논하면서 "나는 대리석 안에서 천사를 목격하고 그를 해방시킬 때까지 팠다"는 미켈란젤로의 말을 인용한다. 그는 자신과 재소자 학생들이 손상된 상태로 기다리고 있는, "종이와 펜의 도움을 받아 최고의 자아를 조각할 잠재력을 가진" 천사들이라고 말한다.

사람은 누구나, 정말 '누구나', 대리석 안에서 기다리고 있는 천사를 하나씩 갖고 있다. 나는 암과 싸우는 사람들을 상대한 경험을 통해 이 사실을 배웠다. 수년 동안 나는 암 환자들을 위한 글쓰기 워크숍을 진행했는데, 나의 워크숍에 온 사람들은 치유를 위해 글을 쓰고 싶어 했다. 그들은 작가가 되려고 온 것은 아니었지만 모두 자신의 천사에 대해 글을 쓰면서 종이 위에서 자신을 발견했다.

...

우리들 가운데, 자판에 손을 올려놓고 자신의 삶을 돌아보는데도 스스로를 더 깊이 드러낼 수 없을 만큼 자의식이 강한 사람이 있을까? —**월리 램**

탐정 소설을 즐겨 읽고 좋아하는 사람이라면 탐정 소설을 써야 할 것이다. 로맨스 소설을 즐겨 읽는다면 로맨스 소설이 당신의 장르가 될 수 있다. 내 딸아이 하나는 대학 때 남몰래 로맨스 소설을 즐겨 읽었다(그 애는 그것을 "정신의 군것질"이라고 불렀다). 나는 로맨스 소설을 한 번도 읽어보지 않았지만 딸아이는 그 장르가 워낙 인기가 좋아서 매달 수많은 작품이 쏟아져 나온다고 했다. 그래서 우리는 그 유명한 '모녀 로맨스 작가'가 되어보기로 했다. 함께 로맨스 소설을 써서 돈을 쓸어 모으는 동시에 재밌는 시간을 보내보자고 의기투합한 것이다.

당시 그 애는 봄방학이었으므로 우리는 집에서 함께 뒹굴며 일주일만에 3장까지 끝마치고 대략적인 줄거리도 완성했다. 게다가 작업 과정도 아주 즐거웠다. 나는 자동차 여행 줄거리를 생각해냈고 여기에 엄청난 유머를 가미했다. (솔직히 말하면 우리의 여주인공이 펜실베이니아 주 인터코스Intercourse['성교'를 뜻하기도 함-옮긴이]를 경유하게 했다. 우리는 그것이 아주 우습다고 생각했기 때문이다.) 물론, 문제는 로맨스 소설은 대개 유머가 많이 들어가지 않는다는 점이었다. 로맨스 소설에는 아주 우스운 장면이 나와선 안 된다. 그리고 틀림없이 이런 점 때문에 내가 로맨스 장르를 한 번도 읽어보지 않았다는 사실이 드러났을 것이다. 우리는 출판사에 보내는 족족 거절을 당했고 부유한 로맨스의 여왕이 되려 했던 우리의 꿈은 순식간에 물거품이 되었다.

• • •

간단히 말해서, 우리가 원하는 사람은 로맨스 장르와 그 독자층에 정통한 재능 있고 헌신적인 작가다. **—할리퀸 웹사이트, 「어떻게 하면 완벽한 로맨스를 쓸 수 있는가!」에서**

토바이어스 울프는 수업 시간에 학생들에게 글쓰기 훈련을 시키지 않는다. 그는 이렇게 말한다. "나는 매번 글을 쓸 때마다 홈런을 위해 사력을 다해 배트를 휘둘러야 한다고 생각한다." 주루 연습은 각자 알아서 하면 된다는 얘기다. 그가 중요하게 여기는 것, 그리하여 학생들에게 묻는 것은 다음과 같다. "이 인물의 곤궁 속에 존재하는 무엇이 이런 이야기를 만들어내는 것일까? 이 이야기를 쓸 때 이 작가에게 중요했던 것은 무엇일까?"

나는 수업 시간에 5분 즉흥 글쓰기 훈련을 시키면서 학생들에게 그것을 각자의 목적에 맞게 활용하라고 말한다. 워밍업으로 활용해도 좋고 자신의 이야기나 에세이에 사용할 새로운 소재를 찾는 목적으로 활용해도 좋다고 말이다.

• • •

나는 내 글의 주인공들을 걱정하곤 한다. 그들이 결국엔 모두 잘 풀릴 것인지 알고 싶다. 나는 우리가 그릇된 일을 했을 때 그리고 "올바른 일을 했을 때" 어떤 일이 벌어질 수 있는지 보여주길 원한다. 사람들이 말하듯, 옳게 행동하든 그르게 행동하든 때로는 "개똥 같은 일이 일어나기" 때문이다. — **테리 맥밀런**

최초의 구상

우리가 계획을 세울 때 신은 웃음을 터트린다는 속담을 아는가? 특히 작가들에겐 정말 그렇다. 나는 책을 시작하기 전에 개요를 꼼꼼하게 계획하는 작가들을 몇 명 알고 있는데, 그들에겐 그런 방법이 놀랍도록 잘 먹힌다. 하지만 우리 같은 대다수 작가들에게 그것은 대수 방정식만큼이나 불가해하고 어렵다. 우리는 무작정 뛰어들어 무슨 일이 벌어지는지 확인하는 수밖에 없다.

…

내가 뭐라고 말하는지 확인하기 전까지는 내가 무슨 생각을 하는지 알 길이 없다.

—**E. M. 포스터**

기를 꺾는 말

어느 유력 간행물에서 한 작가가 회고록을 출간하는 사람이 너무 많다고 에둘러 말하며 활달한 반려견이나 다이어트, 우울증, 암, 입양 등에 관한 이야기를 누가 또 읽고 싶어 하겠냐고 물었다.

이런 괴팍한 글은 무시해라. 어려운 일을 헤치고 극복해낸 사람이 그 경험을 명확하고 구체적으로 써낼 수 있다면, 게다가 약간의 유머까지 곁들인다면, 우리는 그 사람과 그 여정을 같이하며 교훈을 얻을 수 있다. 그러니 겁내지 말고 책이나 에세이를 써라.

그런 글을 쓰는 괴팍한 사람들은 심기가 뒤틀려 있으며 잘난 체를 하려는 것뿐이다. 그런 것에 기가 꺾여선 안 된다. 계속 써라.

...

이것들은 사실이다, 나의 친구여. 나는 그것들을 믿어야 한다. —**키케로**

어느 작가의 한탄

"이번에도 나는 할 얘기가 없다. …… 일주일 넘게 아무것도 쓰지 못했다. 오, 뮤즈여, 저의 무단결근을 용서하소서. 프로작(우울증 치료제-옮긴이) 때문일 수도 있다. 비 때문일 수도 있다. 어쩌면 내가 너무 허영에 차 있어서일 수도 있다. 그냥 단순한 말을 써서 문 밖으로 내보낼 수는 없을까? 그것이 어떤 옷을 입는지가 그렇게 중요한가? 그것이 가난하다는 게 그렇게 중요한가?"

이것은 사이 새프런스키Sy Safransky가 편집인으로 있는 문예지 〈선Sun〉에 실린 새프런스키의 칼럼 일부이다. 하지만 그런 다음, 그는 언제나처럼 불안에서 벗어났다. 가끔 그는 독자에게서 여유를 갖고 마음을 가라앉히라는 편지를 받기도 한다. 그러나 솔직히 나는 성공적인 문예지를 발행하면서 세상에 자신의 속내를 드러내는 사람이 말을 문 밖에 내놓을 때 나와 똑같은 문제를 겪는다는 글을 읽으면 흡족한 기분이 든다.

…

나는 집필의 신이 나를 펜트하우스 스위트룸으로 초대해 책상 위에 있는 쓰레기를 전부 쓸어버리고 내게 자리를 권하길 기대하기라도 한 것일까? —사이 새프런스키

내 친구 하나는 나무를 살려야 하는데 왜 나는 사람들한테 글을 쓰라고 해서 종이를 낭비하게 하느냐고 묻는다. 나는 누구나 '무언가'를 쓸 수 있기 때문이라고 대답한다. 게다가 누구나 무엇이든 쓸 '필요가' 있다. 러브레터나 조리법 모음집을 자가 출판해 자식들에게 물려줄 수도 있고, 문학계를 뒤엎을 위대한 소설이나 회고록을 쓸 수도 있다. 혹은 짧은 시나 에세이를 쓸 수도 있다. 어쨌든 무언가를 써야 한다.

브렌다 율랜드는 창의력을 발산해야 하는 이유에 대해 이렇게 말했다. "사람들을 그토록 관대하고 기쁘게, 활발하게, 대담하게, 동정적으로 만드는 것, 싸움이나 재물과 돈의 축적에 무관심하게 만드는 것은 없기 때문이다."

• • •

나는 여기에 앉아서 내 생각이 나를 세상과 내 안의 곳곳으로 데리고 다니는 항해에 대해 기록하려고 한다. …… 나는 좋은 순간이든 나쁜 순간이든 내가 선물로 여기는 순간들에 대해 쓰고 싶다. —**리브 울만**

미하이 칙센트미하이는 '의미meaning'의 여러 가지 뜻 가운데 하나는 "의의significance"라고 말한다. "의의"는 사건들이 서로 연결되어 하나의 궁극적인 목표를 지향하고 있다는 가정, 즉 우리에게 일어나는 일에는 순서와 연관성이 존재한다는 가정이다. 우리의 뒤죽박죽인 일상을 보면 꼭 그렇다고 할 수는 없다. 바로 그래서 우리는 소설과 회고록의 플롯을 사랑하는 것이다. 그것은 삶이 원래는 어떻게 돌아가야 하는지, 무의미함과 광란의 뒤범벅에 빠져 있지 않은 삶은 어떤 모습인지 가르쳐주니까 말이다.

• • •

자신의 삶이 의미 있다고 생각하는 사람들은 대개 에너지를 전부 소진할 만큼 도전적인 목표, 삶에 의의를 부여할 수 있는 목표를 갖고 있다. —미하이 칙센트미하이

나라고 말할 수 있는 힘

내 학생들 가운데는 초등학교 국어 시간에 배운 온갖 규칙을 여전히 끌고 들어오는 사람들이 있다. 그 규칙들 가운데 하나는 "나"라는 말로 문단을 시작해선 안 된다는 것이다. 나는 그 이유가 무엇인지 모르겠다. 겸손한 척하려는 것일까? "나"라는 단어를 사용하지 않는다면, "나"를 소유하여 원하는 대로 그것을 사용하지 않는다면 어떻게 개인적인 논픽션을 쓸 수 있는지 나는 정말 모르겠다.

• • •

이 지구상에서 우리가 진정으로 소유하고 있는 것은 '나'라고 말할 수 있는 힘뿐이다. —— **시몬 베이유**

한 편의 이야기에 필요한 것들

자신의 감정에 너무 몰두하다 보면 이야기에 필요한 어려운 요건들, 즉 장면 설정이나 사건과 결과, 속도, 긴장, 단계적 행위 등은 제쳐둔 채 곧바로 절정에, 아리아aria에 도달하고 싶어진다. 인내심과 세부 묘사는 허구든 실화든 이야기를 서술하는 데 반드시 필요한 요소이다. 이야기를 듣고 싶은 욕망은 근본적이고 원시적이지만 이야기를 만드는 데에는 시간이 걸린다.

...

때로는 한 편의 이야기가 당신을 데리고 탐색과 추구, 대면의 전 과정을 지나고 갈등을 통과해 해결에 이르게 한다. 우리는 화자이자 청자로서 함께 한 편의 이야기를 헤쳐나간다. —**맥신 홍 킹스턴**

눈앞의 감시인

어느 특집 기사란에 실린 게일 고드윈의 에세이 「눈앞의 감시인The Watcher at the Gates」은 당신의 어깨 위에 올라앉아 트집을 잡아대는 새를 그녀 식으로 표현한 것이다. 그녀는 이 감시인을 속이라고 제안했다. 그저 가벼운 편지 한 통을 쓰는 척하면서, 아주 피곤할 때에도 글을 쓰고, 신용카드 명세서 위에도 보라색 잉크로 글을 쓰고, 주전자 물이 끓기를 기다리면서도 머릿속에 떠오르는 것을 뭐든 쓰라고 했다.

글이 전혀 안 풀리던 어느 날, 그녀는 자신의 감시인에게, 대체 그녀가 무얼 할까 봐 그렇게 걱정하는 것이냐고 편지를 썼다. 그런 다음, 그가 대답할 수 있도록 그를 대신해 펜을 들었다. 그러자 그는 이렇게 썼다. "실패."

...

감시인은 당신이 상상력의 흐름을 쫓는 것을 강력하게 막을 것이다. 그 힘은 놀라울 정도다. __**게일 고드윈**

나의 천직

때로 우리는 지나치게 과민하게 생각하기도 한다. 다시 한 번 (그리고 또 한 번) 말하지만, 글을 쓰고 있다면 당신은 작가다. 두 주먹을 움켜쥐고 앉아서 작가가 되길 바라고 있으면 절망에 빠지기 십상이고, 초콜릿이나 와인 생각만 간절해질 것이다. 나탈리아 긴츠부르그의 멋진 에세이 「나의 천직 My Vocation」은 이렇게 시작한다. "나의 천직은 글을 쓰는 것이다. 나는 이것을 오래전부터 알고 있었다. 오해하지 않았으면 좋겠다. 나는 내가 능력껏 쓸 수 있는 글의 가치에 대해선 아무것도 모르니까. 내가 아는 것은 그저 글쓰기가 나의 천직이라는 사실이다."

자신을 평가하지 마라. 그저 자신의 천직에 따라 글을 써라.

• • •

내가 그 일을 선택한 만큼 그 일도 나를 선택하는 것, 그런 게 천직이라면, 나는 나의 천직이 좋든 싫든 비밀들을 찾아서 보관해두었다가 꺼내놓는 일이라는 것을 그때부터 줄곧 알고 있었다. 그것은 전적으로 언어와 관련된 일이다. —**프레더릭 뷰크너**

출력해서 다시 읽기

컴퓨터로 글을 쓰고 있다면 주기적으로 출력을 해라. 그러면 기술적인 문제로 원고를 날리는 일을 피할 수 있을 뿐 아니라 자신의 원고에 메모를 할 수도 있다. 진짜 종이에 메모를 해보면 다른 관점을 갖게 된다. 삭제 버튼을 누르는 건 너무 쉽다.

...

작가가 되려면 불완전성을 안고 살 수 있어야 한다. 특히 한 편의 소설이 처음 모양을 갖춰갈 때는 더욱 그렇다. —토머스 파버

절대 변하지 않는 네 가지

나는 창작 글쓰기 수업이나 연수회 또는 워크숍에서 강의를 할 때마다 다음 네 가지를 새삼 깨닫는다.

1. 글쓰기 워크숍에 오는 사람들 가운데 99.9퍼센트는 자신의 글에 확신이 없다.
2. 5분 즉흥 글쓰기 훈련은 저마다 글쓰기에 대해 갖고 있는 불안감 속으로 뛰어들게 하는 최고의 방법이다.
3. 누구나 이야기를 갖고 있다.
4. 진지하게 글을 쓰는 사람들은 아주 짧은 시간 안에 경계를 푼다.

• • •

예술은 생산과 관계된 것이다. —아리스토텔레스

정답이 아닌 이야기

한 학생이 내게 중국 속담이 적힌 카드를 보낸다. "새는 답을 갖고 있기 때문에 노래하는 것이 아니라 노래를 갖고 있기 때문에 노래하는 것이다."

답을 쓸 필요는 없다. 그저 자신의 이야기를 쓰면 된다.

...

글을 쓰는 시간은 보통의 시간이 갖지 못하는 모양과 풍부함과 견고함을 갖고 있었다. 그 시간들은 둥근 모양으로 속이 가득 차 있었다. 과일처럼.

—— **캐서린 버틀러 해서웨이**

캐럴라인 냅의 회고록은 술을 끊고 양친을 잃고 개를 사랑하게 된 후 자신의 세계를 재정의하게 된 내용을 담고 있다. 그 책의 마지막 문단은 결론을 제시하지 않고 몇 가지 질문을 던진다. "당신에게 공허감을 주는 것은 무엇이며 충만감을 주는 것은 무엇인가? 연결된 느낌이나 위로받는 느낌 혹은 기쁨을 주는 것은 무엇인가, 혹은 누구인가? 친구는 얼마만큼 필요하며 고독은 얼마만큼 필요한가? 무엇이 옳다고 느껴지고 무엇이 충분하다고 느껴지는가?" 냅의 개 루실은 이러한 질문들에 답해주지 못하지만, 냅은 루실이 자신을 그 답이 있는 곳으로 조금씩 끌어당기고 있다는 것을 깨달았다.

작가들에게 질문은 언제나 출발점이 된다.

...

모든 책이 내겐 질문이다. 나는 모르는 것이 있어서 책을 쓴다. —**토니 모리슨**

픽션의 역설

도로시 앨리슨의 『내가 확실하게 아는 두세 가지Two or Three Things I Know for Sure』는 원래 일인극을 위해 쓴 원고를 수정해서 출판한 것이다. 이 책에서 그녀는 이야기를 가면 또는 면도칼, 즉 "사용할 때마다 바뀌고 때로는 의도한 것과 다른 것이 되는 도구"에 비유한다. 또한 그녀는 "견고한 진실의 세계에서" 픽션은 "더 견고한 진실이 될 수 있다"고 말한다.

픽션의 역설은 때로는 그것이 "실화"보다 더 진실일 수 있다는 점이다.

• • •

내가 확실하게 아는 것은 두세 가지이다. 그중 하나는, 자신의 인생에 대해 오직 자신이 만들어낸 판본 외에는 사랑받는 판본이 없다는 것이 어떤 의미인가이다.

—도로시 앨리슨

따분하게, 어리석게, 감상적으로

손톱으로 벽에 매달려 제대로 해내려고 애쓰는 일은 중단해라(정말 글쓰기가 이렇게 느껴진다면 말이다). 때로 우리는 우리가 가장 두려워하는 방향으로 글을 몰고 나갈 필요가 있다. 즉, 독자를 따분하게 만들거나, 어리석게 보이거나, 너무 많이 드러내거나, 지나치게 감정적으로, 지나치게 감상적으로, 혹은 그저 멍청해 보이도록 써봐야 한다는 얘기다. 한번 해보아라. 어리석게 굴어라. 멍청해 보이는 글을 써라. 마음껏 발설해라. 나는 내 글이 따분하지 않을까 걱정하다 가끔 스스로에게 세상에서 가장 따분한 글을 써보는 숙제를 낸다. 그러고 나면 나의 걱정과 따분함을 극복하고 다시 이야기를 이어나갈 수 있다.

...

예를 들어, 너무 감상적인 글이 될까 봐 걱정된다면, 부디 최대한 감상적인 글을 써보거나 감상적인 기분을 느껴보아라! 그러고 나면 그것을 극복하고 다른 쪽으로 나아갈 수 있을 것이다. —브렌다 울랜드

영광스럽게도 나는 아동 도서 출판의 '전설'로 알려진 편집자와 함께 일해 보았다. 편집자 마거릿 K. 매켈더리가 만든 책들 가운데 다수가 콜더컷 상(미국에서 매년 뛰어난 어린이 그림책의 삽화가에게 수여하는 문학상–옮긴이)과 뉴베리 상(미국의 최우수 아동 도서에 수여하는 상–옮긴이)을 수상했다. 내가 이 얘기를 꺼낸 것은 그런 전설 같은 그녀도 경력 초기에, 심지어는 중반까지도 크게 인정을 받지 못했다는 점 때문이다.

그녀는 대학 4학년 때 출판 쪽에 소질이 없다는 얘기를 들었다. 몇 년 후 하코트 브레이스Harcourt, Brace의 아동문학 책임자로 근무하던 그녀는 상사에게 "미래의 물결이 당신을 지나쳐 갔다"는 말을 듣고 해고당했다. 마거릿은 다른 곳에 취직했고, 이후 여러 차례 상을 받기 시작했다. 그 후로 그녀는 30년이 넘게 엄청난 에너지와 열정을 발산하며 편집과 출판에 매진해 아흔 살이 넘어서까지 성공적인 경력을 이어가고 있다.

• • •

어린 독자를 붙잡지 못하면 그들이 어른이 되어도 결코 붙잡지 못할 것이다.

— 마거릿 K. 매켈더리

어떤 작가들은 글 쓰는 일을 창 없는 방으로 묘사하거나 어둠 속에서 무언가를 찾는 일에 비유한다. 1970년 3월 제임스 설터는 친구인 로버트 펠프스에게 편지를 썼다. "일주일 내내 이야기를 쓰려고 시도했다네. 모든 걸 구상해놓았지. 책이 거의 눈앞에 보이는 것 같았어. 하지만 흥미로운 글을 한 문단도 쓸 수가 없다네. 마치 어둠 속에서 무언가를 찾고 있는 것 같아. 전부 다 글이 될 수 있을 것 같은데 내가 찾는 건 도무지 없다는 얘기지."

며칠 후 로버트 펠프스는 이렇게 답장을 보낸다. "난 두 달 동안 아무것도 쓰지 못했다네. 난 내가 하는 말을 믿을 수가 없다네. …… 글이 나올 만큼 오랫동안 나 자신을 망각할 수가 없는 것 같아."

하지만 몇 달 후 설터는 다시 페이스를 되찾는다. "우리는 단 하나의 문장을 쓰기 위해 온 세상을 소비해야 하지만, 이용 가능한 것의 일부조차 제대로 활용하지 못하고 있지. 나는 이런 무한성, 이런 끝없음을 사랑한다네."

…

초고를 쓰는 것은 손으로 더듬어가며 컴컴한 방에 들어가는 것, 또는 어렴풋한 대화를 엿듣는 것, 또는 어떤 농담을 하다 그 결정타를 잊어버리는 것과 같다.

—— 테드 솔로타로프

바네사 레드그레이브는 자신이 출연하는 연극을 보러 온 관객들에 대해 이렇게 말했다. "사람들은 모두 짐을 갖고 극장에 온다. 일상생활의 짐, 각종 문제의 짐, 비극적 사건의 짐, 피곤함의 짐 말이다. 나이가 몇 살인지는 중요하지 않다. 그보다는 마음이 열리고 해방되느냐가 중요하다. 연극이 해줄 수 있는 일은 바로 그것이다."

우리의 독자들도 짐을 갖고 온다. 그들의 마음을 열어주는 것이 우리 작가들이 할 일이다.

...

위대한 화가들의 그림은 모두 똑같은 원천에서 나온다. 바로 인간의 마음이다. 인간의 마음은 우리 모두에게, 우리가 서로 다르기보다는 똑같다고 말해준다.

—마야 안젤루

채소 키우기

토마토 키우는 일을 상상해보자. 어떤 사람들은 밭을 아주 깔끔하게 유지할 것이다. 버팀목을 대고 작은 철사를 감아 고정시키고 정기적으로 비료와 물을 주며 해충의 피해가 없도록 주의한다. 그리고 마침내 어느 더운 여름날 맛 좋은 토마토를 수확한다.

또 어떤 사람들은 밭을 깔끔하게 관리하지 못하고 엉망진창으로 만들 것이다. 덩굴은 엉뚱한 곳으로 기어 올라가고 버팀목은 쓰러지고 못된 녹색 벌레 몇 마리가 나타나 주인을 기겁하게 만든다. 토마토 밭은 어느새 토마토 정글로 변한다. 하지만 토마토는 생명력이 강해서, 이런 사람들도 어느 더운 여름날 역시 맛 좋은 토마토를 수확할 것이다.

이야기를 쓰는 것도 크게 다르지 않다. 이야기는 쉽게 죽지 않기 때문에 우리 모두는 결국 나름의 방식으로 이야기를 쓰기 시작한다.

···

나는 채소를 키우는 사람처럼 살고 싶다. 채소를 키우는 사람은 밖으로 달려 나가 지나가는 사람에게 내 양파가 얼마나 좋은지 보여줄 필요가 없다. …… 양파는 자라면 그뿐이다. …… 특별히 인상적인 양파는 없다. — 윌리엄 스태퍼드

다른 각도로 보기

나는 사진을 잘 찍지 못한다. 사진을 잘 찍는 R은 내가 만약 암살자였다면 옆에 서 있는 구경꾼을 쏘았을 거라고 말한다. 그러다 작년에 카메라가 달린 전화기가 생겼는데, 그 폰카메라는 내가 아무리 서투르게 찍어도 사진이 멋지게 나온다. 그것이 생기고 처음 몇 주 동안 나는 글을 거의 쓰지 않은 채 사진만 찍고 다녔다.

카메라의 좋은 점은 '내가 보고 있는 것을 묘사할 말을 생각할 필요가 없다'는 것이다. 나는 어느새 나무와 소, 고양이, 하늘, 방, 행동, 얼굴 따위를 묘사하려고 애쓰는 일에 지쳐 있었던 것이다. 나는 잠시 그 모든 것을 눈으로 보면서 언어를 잃었다.

R은 내게 사진작가들은 잠시 눈을 잃기도 한다고 말한다.

때로는 다른 각도가 필요한 법이다. 글을 쓰는 데 지치면 사진을 찍거나 그림을 그리면서 세상을 다르게 바라보는 것도 좋다. 사진작가라면 눈에 보이는 것을 글로 표현해보면 된다.

...

카메라는 카메라 없이 보는 법을 배우기 위한 도구이다. —**도로시 랭**

어떤 베스트셀러의 기원

움베르토 에코는 문화가 기호 및 상징과 어떻게 소통하는가를 주제로 학술적인 책을 쓰고 있었다. 그때 출판계에서 일하는 친구가 이러저러한 탐정 소설 모음집을 출판하고 싶다고 그에게 말했다. 에코는 친구에게 이렇게 말했다. "난 탐정 소설은 절대 쓸 수 없어. 만에 하나 쓴다고 해도 중세의 수도사들이 등장하는 500쪽짜리 탐정 소설을 쓸 거야." 그날 밤 에코는 가상의 중세 수도사 명단을 만들었고, 결국 수도사들이 등장하는 살인 미스터리를 쓰기 시작했다. 몇 년 후 『장미의 이름The Name of the Rose』은 세계적인 베스트셀러가 되었다.

...

우리가 이론화할 수 없는 것들, 그것들은 이야기로 풀어야 한다. —**움베르토 에코**

너무나 사적인 유머

유머는 위트가 될 수도 있고, 아이러니가 될 수도 있으며, 날카로운 진실 규명, 슬랩스틱, 풍자, 과장, 모순이 될 수도 있다. 12세 미만의 아이에게는 방귀에 관한 농담이 유머이다.

어느 날 아침, 나는 해변에 나갔다가 새로 짓고 있는 공중화장실의 철조망에 붙어 있던 표지판을 발견했다. 거기에는 이렇게 적혀 있었다. "참아주셔서 감사합니다." 나는 그것이 미치도록 우스웠지만 어떤 사람들은 조금도 재미있지 않을 것이다. 왜냐하면 유머는 아주 개인적이기 때문이다. 하지만 독자에게 웃음을, 하다못해 미소라도 안겨줄 수 있다면 그것은 아주 진귀하고 놀라운 재주이다.

니컬슨 베이커는 자신의 어머니가 존 업다이크의 골프에 관한 에세이를 읽다 소리 내어 웃는 것을 보고 작가가 되고 싶었다. 그는 이렇게 말했다. "평소에 아주 복잡한 사람이 진지한 책이나 간행물을 읽다가 갑자기 웃음을 터트리는 것만큼 인상적인 광경은 없다. …… 존 업다이크는 사람들을 행복하게 만들었다. 그것은 분명히 자랑스러운 자질이었다."

...

유머는 가장 정의하기 힘든 것, 아주 어려운 것에 속한다. …… 유머는 있거나 없거나 둘 중 하나다. —**하인리히 뵐**

로리 무어는 한 친구에게서 그동안 그녀의 작품을 지켜봤는데 "점점 좋아지고 있으며 더욱 깊어지고 더욱 풍부해졌다"는 편지를 받았다. 하지만 자세히 보니 "더욱 풍부해졌다richer"가 아니라 "더욱 병적으로 변했다sicker"였다. 그것을 알고 나자 작가들과 예술가들이 해야 할 일이 무엇인지, 예술의 핵심은 무엇이 되어야 하는지, "예술에 병적임의 미학이 포함될 수 있는지" 의문이 들었다. 그녀는 이에 대한 에세이에서 자신이 어린 시절에 집착한 것들을 열거한다. 자신의 옷에서 작은 리본이나 레이스로 된 꽃 등을 오려낸 일, 잡동사니 수집가처럼 반짝거리는 물건들을 모은 일, 노래를 들으면서 그 노래를 그림으로 표현한 일, 빌 빅스비에게 이상하게 빠졌던 일이 그것이다.

그 에세이의 끝부분에서 그녀는 윌리엄 칼로스 윌리엄스의 말을 인용한다. "그는 의사였다. 그러니 어쩌면 '더욱 병적으로 변하는' 것, 즉 병세가 깊어지는 것과 '점점 좋아지는' 것에 대해 잘 알았을 것이다. 그 두 가지가 때로는 아주 가깝다는 것을 말이다."

...

우리가 글로 이야기를 만들어낼 때에는 좋든 싫든 모든 인간의 깊은 저변에 놓여 있는 모종의 독소가 표면으로 올라온다. __**무라카미 하루키**

마치 작가인 것처럼

스스로 자신을 진지하게 작가로 받아들이지 않는다면 아무도 (정말 '아무도') 당신을 작가로 진지하게 받아들이지 않을 것이다. 설사 작가로 인정받았다 해도, 당신의 주위에는 그렇게 오랫동안 컴퓨터 앞에 앉아 있어야 하느냐고 노골적으로 묻는 심술쟁이가 한두 명은 있을 것이다.

당신이 쓴 책이 출판되면 잠시나마 자신감이 오르겠지만(희망이 생기는 것은 확실하다) 출판이 되었다고 해서 '당신은 작가'라는 인식이 확실하게 보장되는 것은 아니다.

때로는 회의를 이겨내기 위해 '마치' 자신이 작가인 '것처럼' 나아가야 한다.

글 쓰는 시간을 정했다면 그 시간을 온전히 소유해라. 문을 닫고 바깥세상과 교류를 끊어라. 그래봐야 빈 컴퓨터 화면을 바라보며 도대체 무얼 써야 하나 고민할 뿐이라도 괜찮다. 그게 바로 작가들이 하는 일이다.

• • •

오직 그 방에서만, 문이 닫혀 있고 커튼이 바깥세상의 유혹을 차단하고 있으며 전화기가 꺼져 있는 그 방에서만 적절한 것 혹은 유용한 것이 당신을 찾아올 것이다.

—도리스 그룹바크

목소리를 되찾으려면

한동안 당신은 자신의 목소리를 갖고 글을 쓴다. 그 목소리가 어떤 것이든, 즉, 재미있는 목소리든, 사려 깊은 목소리든, 뻔뻔한 목소리든, 거친 목소리든, 부드러운 목소리든, 그 목소리가 페이지 위에서 생생하게 살아서 당신의 이야기와 적절하게 어우러진다. 그러다 어느 날 갑자기 목소리가 재미없는 교과서처럼 무미건조해지거나 위선적이고 부자연스럽게 변한다. 당신의 목소리를 되찾는 유일한 방법은 계속 쓰는 것이다. 믿음을 가져라. 목소리는 돌아올 것이다.

...

나는 이 회고록에서 진실하게 말하고 싶다면, 즉, 냉소와 감정을 배제하고 싶다면 평소와는 다른 목소리를 찾아야 한다는 것을 곧 깨달았다. 내가 습관적으로 갖고 산 목소리로는 어림도 없었다. 그 목소리는 징징거리고 신경질 내고 책망하기 일쑤였다. 무엇보다 책망하는 것이 가장 문제였다. —**비비언 고닉**

휴식 취하기

나름대로 지혜로운 넬슨은 작고 환한 모니터 앞에 꼼짝도 없이 몇 시간 동안 등을 굽히고 앉아 있는 것이 좋지 않다는 사실을 안다. 그래서 내 무릎에 발을 올리고 휴식을 취하자고 조른다.

물론, 휴식은 반드시 필요하다. 우리는 움직여야 한다. 운동을 해야 한다.

아무리 짧은 책이라도 책 한 권을 집중해서 쓰고 있다면 일주일 이상씩 휴식을 가져야 한다. 자신의 글에 대해 균형감을 갖는 것은 캔버스에 코를 박고 그림을 연구하는 것과 다르지 않다. 때로는 다른 글을 시도하면서 잠시 거리를 두는 것이 도움이 된다.

• • •

글쓰기는 사용하지 않는 근육을 사용하게 하고 고독과 부동의 상태를 요구한다.

—도러시아 브랜디

나는 토머스 에디슨이 성공을 위해 거친 천 개의 단계(실패가 아니라 '단계')를 생각하면 한 편의 소설을 완성하는 데 거치는 그 수많은 단계, 즉 그 모든 초고들이 떠오른다. 예전에 나는 초고를 모두 보관하고 있었는데, 어느 날 수업 시간에 학생들을 격려한답시고 방금 출판된 내 두 번째 소설의 초고를 전부 싣고 들어갔다. ('나는 이렇게 고군분투를 했답니다! 하지만 결국엔 책을 출판했지요!' 이런 메시지를 전할 생각이었다.) 그러나 학생들은 기운을 얻지 못했다. 오히려 1.5미터에 달하는 내 실패 더미를 보고 몹시 침울해졌다.

어떤 것들은 상상으로 남겨두는 게 가장 좋은 법이다.

...

폐휴지함은 작가의 가장 좋은 친구다. —아이작 바셰비스 싱어 프랜 레보위츠는 이제 작가의 장벽을 겪은 대표적인 인물이 되었지만(마감 기한을 한참 넘긴 두 권의 책을 아직도 끝내지 못했다), 어쨌든 글을 쓸 때는 노란 괘선지첩과 펜을 사용한다. 한번은 그녀의 친구가 아이패드를 보여주며 아주 쉽게 사용할 수 있다고 알려주었다. 그녀는 생각했다. "그게 정말 잘 돌아갈 때까지 기다리겠어. 정말 잘 돌아갈 때가 되면 종이첩이 될 테니까. 아이패드가 노란 괘선지첩이 되면 그때 사용할 거야."

…

나는 손으로 글을 쓴다. 아주 예쁜 공책에 아주 예쁜 펜으로 글을 쓴다. 하루에 한 쪽을 쓰면 운이 좋은 셈이다. —**에드먼드 화이트**

집필 활동 선언

나는 처음 글을 쓰기 시작했을 때 멋있는 일 한 가지를 실천에 옮겼다. 바로 나만의 직통 전화를 신청한 것이다. 당시 내 형편상 개인 전화를 설치하는 것은 사치였지만 덕분에 나는 글을 쓸 때 (하루 종일 울려대는) 집 전화를 받지 않을 수 있었다. 내겐 매일 고속도로를 타고 출퇴근하는 남편과, 학교에 다니는 어린 자녀들, 다른 주(州)에 사는 부모님이 있었으므로, 급한 일이 생겼을 때 연락이 닿아야 했다. 그런 문제를 해결해준 것이 바로 전화번호부에 올라가지 않은 개인 전화이다.

물론, 요즘은 발신번호 표시 서비스와 휴대전화가 있어서 더 이상 그런 문제로 고민할 필요가 없다. 당신의 집필 활동을 위해 뭔가 멋있는 일을 하고 싶다면 다른 방법을 찾아야 할 것이다. 그러나 나의 직통 전화는 일종의 성명이었다. 나는 직통 전화로 나의 사생활을 한 겹 더 보호함으로써 나의 집필 활동이 중요하다고 선언한 셈이다. 그것은 나의 가족과 딸들의 학교 선생님만 아는 나의 업무용 전화였다. 그 직통 전화 덕분에 나는 전문 직업인이 된 기분이었다.

...

우리는 우리의 삶에서 신화를 만들어야 한다. —**메이 사튼**

영감을 받지 못한 채 꾸준히 책상 앞에 앉아 시간을 들여 글을 쓰다가도, 갑자기 요란한 사이렌 소리가 울려대면서 당신의 이야기가 모든 것을 앗아 가는 순간이 찾아온다. 당신은 먹지도 않고 씻지도 않는다. 신문이 무슨 상관인가? 바깥세상에서 무슨 일이 벌어지든 알 바 아니다. 당신은 그저 당신의 세계에 빠진다. 시간관념도 잃었다. 이런 상황이 되면 생산성이 높아지면서 기분이 몹시 들뜰 것이다. 작품이 급속도로 진전될 것이다. 하지만 함께 사는 사람들은 일중독이 되었다며 비난할 수도 있다.

나 역시 함께 사는 사람들에게 비난을 받았기 때문에 몇 년 전 〈뉴요커〉에 실린 만화 한 편을 보관해두었다. 창밖의 하늘이 컴컴한 가운데 화가 한 명이 이젤 앞에 서서 아내에게 이렇게 소리를 지르는 내용이다. "일중독이라고? 일중독은 브로커나 세일즈맨한테 쓰는 말이야. 예술가는 몰두하는 거지. 그건 다른 거야."

• • •

잘 풀릴 때, 자신의 글에서 모든 게 강렬하게 느껴질 때 생기는 화상(火傷)은 무엇에도 견줄 수 없다. —**토머스 맥구언**

각자를 위한 동굴

내 친구 빌리 머넛은 그가 "동굴"이라고 부르는 곳에 사무실을 꾸몄다. 삼면의 벽이 책으로 뒤덮여 있고 책꽂이들을 따라 마치 활주로등처럼 작은 파란색 전구들이 이어져 있으며, 커다란 목제 종이 집게에는 "예술가 작업 중"이라고 적혀 있다. 이것은 사랑하는 선친의 물건이다. 마음을 움직이게 한다는 음악이 흐르고 고양이들이 그의 깔끔한 책상 위에 누워 있다. 나는 그곳에서 글을 쓰는 그를 상상해보곤 한다.

에이미 탠은 자신에게 역사를 가진 물건들, 즉 그릇들과 상자들, 오래된 책들에 둘러싸인 채로 일한다. 리타 도브는 고요한 오두막집에서 촛불 하나를 켜놓고 책상 앞에 서서 글을 쓴다.

때로는 각자의 동굴이나 오두막에서 좋아하는 물건들에 둘러싸인 채 홀로 앉아 글을 쓰는 다른 작가들의 모습을 그려보는 것만으로도 위안이 된다. 방 안에 혼자 앉아 긴 터널을 걸으며 자신의 이야기 속에서 모종의 마법을 찾으려 애쓰는 사람이 나뿐만은 아니라는 사실을 확인할 수 있기 때문이다.

...

나는 한때 이 책장을 넘기거나 책장 면을 손바닥으로 비벼대던 사람들을 그려본다. 그들은 무슨 생각을 하고 있었을까? —에이미 탠

벽에 나타난 얼굴

윌리엄 스타이런은 작가의 장벽에 대해 이렇게 썼다. "그것은 창조적 무기력 상태이다. …… 완고한 단어, 비협조적인 문단, 암담하리만치 고집 센 문장, 단어, 쉼표와 씨름하는 일이다." 그 효과는? "모든 걸 포기하고 페루로 가서 정어리 낚시를 하고 싶어진다. …… 아니, 글쓰기만 아니면 무엇이든 상관없다."

그는 정어리 낚시를 하러 페루에 가지 않았다. 대신, 어느 날 아침 가수(假睡) 상태로 깨어보니 침실 벽에 어떤 여자의 얼굴이 보였다. 수년 전에 잠깐 만난 폴란드 망명자로, 그때 그녀의 팔에는 포로수용소 문신이 남아 있었다. 이름은 소피였다. 그 환영을 보고 그는 『소피의 선택Sophie's Choice』을 쓰기 시작했다.

...

글쓰기가 그토록 매혹적이고 어려운 것은, 그리고 바라건대 결국 그것이 승리한 인간의 직업이 되는 것은, 글쓰기의 본질을 정의하기가 어렵기 때문이 아니라 이러한 불가사의함 때문이다. —— **윌리엄 스타이런**

존 허시는 수년 전 어느 작가 연맹에서 문학상을 받으면서, 글쓰기 선생들이 학생들에게 가르쳐줄 수 있는 것들을 주제로 연설을 했다. 그는 "글을 쓰면서 산다는 것, 글을 쓰기 위해 산다는 것이 어떤 의미인지"를 새내기 작가들에게 어떻게 이해시켜야 하는지, 현직 작가들이 자신의 작품에 대해 어떤 태도를 갖고 있으며 작품을 위해 얼마나 노력하는지, 그들이 어떤 목표와 믿음을 갖고 있는지, 어디서 어떻게 소재를 찾아 모양 짓는지 등을 이해하는 것이 얼마나 중요한지에 대해 설명하고, 아울러 작가들은 독서를 통해 기쁨을 얻는 동시에 기교를 익히는 법도 배워야 하며, "끊임없이 지은이의 손을 주시해야 한다"고 역설했다.

나는 존 허시의 작품을 접하기 훨씬 전부터 브라이어클리프 공공도서관의 사서였던 그의 어머니 허시 부인을 알고 있었다. 그녀는 체격이 크고 다정했다. 시간을 되돌려 그녀에게 아들 존에 대해 수십 가지 질문을 던질 수 있다면 얼마나 좋을까? 그에게는 글을 쓰면서 산다는 것, 글을 쓰기 위해 산다는 것이 어떤 의미냐고 물을 수 있다면……. 하지만 당시 초등학생이었던 나는 매주 낸시 드루Nancy Drew 시리즈가 들어왔는지 확인하느라 바빴고 존 허시가 누구인지도 몰랐다.

• • •

결국 선생들은 글쓰기를 가르치기만 할 뿐이다. 실천을 통해, 시행착오를 통해 배우는 것, 글로 자신의 적절한 목소리, 자신만의 독특한 목소리를 직접 찾는 것은 온전히 학생들의 몫이다. —**존 허시**

도미닉 던은 쉰 살 때 할리우드에서 제작자로 승승장구하고 있었지만 그리 만족스럽지 않았다. 그가 진정으로 하고 싶은 일은 글을 쓰는 것이었다. 그래서 그는 오리건 주의 숲속 오두막에 틀어박혀 오랫동안 아주 열심히 글을 써서 첫 소설을 들고 나왔다. 그것이 출간되자 〈뉴욕타임스〉는 혹평을 퍼부었다. "그들은 정말 맹렬하게 공격했지요." 몇 년 후 던은 이렇게 말하며 나쁜 책을 쓰는 것도 좋은 책을 쓰는 것 못지않게 힘든 일이라고 덧붙였다. 하지만 당시 그는 이렇게 생각했다. "그래, 난 쉰 살에 책을 썼고 사이먼앤슈스터Simon & Schuster에서 출판을 해줬어. 게다가 〈뉴욕타임스〉에 서평이 실렸다고!"

결국 그의 다음 책은 베스트셀러가 되었다.

…

중요한 것은 과정이다. 즉, 예술 작품을 만든 경험이 중요하다는 얘기다. 보는 사람이 어떻게 생각하느냐는 당신이 걱정할 바가 아니다(하지만 그들의 태도에 영향을 받기가 너무도 쉽다). …… 당신이 할 일은 계속 작품 활동을 이어나가는 법을 배우는 것이다. — **데이비드 베일즈와 테드 올랜드의 『예술가여, 무엇이 두려운가!』 중에서**

작가들은 도둑질을 한다. 표절과는 다르다. 표현을 그대로 베끼는 것이 아니라 테크닉을 베끼는 것이다. 나탈리아 긴츠부르그는 그녀의 유명한 에세이 「그와 나He and I」에서 남편이 좋아하는 것, 남편의 기분, 남편의 말, 남편이 할 수 있는 것과, 자신이 좋아하는 것, 자신의 기분, 자신의 말, 자신이 할 수 있는 것을 번갈아 제시한다. 내가 아는 작가들 가운데 에세이 수업을 진행하는 많은 이들이 학생들에게 이것을 과제로 내준다. 사실 나는 내 에세이에도 이 테크닉을 도용했다.

최근에 나는 수업 시간에 학생들에게 "나의 아버지에 대해 이것은 꼭 알아야 한다"라고 거창하게 시작하는 에세이 한 편을 읽어주었다. 한 학생은 금세 이것을 아주 효과적으로 도용했다. 그는 자신의 에세이를 이렇게 시작했다. "로스앤젤레스에 사는 개라면 이것은 꼭 알아야 한다."

• • •

나는 누구에게서든 뻔뻔하게 아이디어와 장치, 테크닉, 방법론, 좋은 습관을 훔쳐낸다. 나는 글 쓰는 법을 배우는 가장 좋은 방법은 책을 읽는 것이라고 생각한다. 단, 읽으면서 의미를 파악할 게 아니라 이 사람은 어떻게 이런 효과를 냈을까를 생각해야 한다. 그것이 내가 늘 사용하는 방법이다. —**토니 힐러먼**

할런 코벤은 이렇게 말한다. "나를 진정으로 몰아붙이는 것은 죄책감이다. 글을 쓰지 않는 날이면 어김없이 머릿속에서 어머니의 목소리가 들린다. '왜 그 책을 쓰지 않는 거니?' 사람들은 내게 취미가 뭐냐고 묻는다. 나는 취미가 없다. 달리 할 일이 없을 때는 글을 써야 한다고 느끼기 때문이다."

다니 샤피로가 글을 쓰는 동기는 연결이다. "이것이 나이고 나의 진실이며 나의 세상이라고 말하려고" 글을 쓴다.

제인 앤 필립스는 왜 글을 쓰느냐는 질문에 짤막하게 대답한다. "나도 왜인지 모른다. 계속 모르길 바란다."

장 말라케는 노먼 메일러에게 이렇게 말했다. "내가 진실을 알게 되는 것은 나의 펜 끝에서 진실이 저절로 모습을 드러낼 때뿐이다."

• • •

내가 글을 쓰는 것은 전적으로, 내가 무엇을 생각하고 있는지, 내가 무엇을 보고 있는지, 내 눈에 무엇이 보이며 그것이 무슨 의미인지 알아내기 위해서이다. —**존 디디온**

뜯어고치기

한번은 나의 에이전트가 내게, 얼마 전에 팔린 소설을 더 이상 수정하지 말라고 당부했다. 이미 출판사가 정해졌고 편집도 끝냈는데 내가 막판에 자꾸 수정을 하는 바람에 모두가 미칠 지경이라는 것이었다. 몇 달 후 나는 출판된 책을 받아보고 펜으로 1장을 여러 군데 고쳐 나의 에이전트에게 우편으로 보냈다.

수정은 글쓰기의 순수한 기쁨 가운데 하나이다. 어려운 작업은 모두 끝났고 이제 윤을 내기만 하면 되기 때문이다.

메리앤 무어는 자신의 시집을 만족할 때까지 뜯어고치기 전에는 절대 책에 사인을 해주지 않았다고 한다.

• • •

가끔은 시간이 20년쯤 더 있었으면 좋겠다. 책꽂이에 있는 책들을 한 권씩 꺼내어 처음부터 다시 쓸 수 있도록 말이다. —워싱턴 어빙

좋은 작품과 나쁜 작품

윌리엄 사로얀은 한 독자에게서 "어떻게 그렇게 좋은 작품과 그렇게 나쁜 작품을 모두 쓸 수 있는 겁니까?"라고 묻는 편지를 받았다.

15년 전, 많은 소설을 내고 상도 여러 번 받은 한 친구가 내게 새 작품의 첫 장(章) 초고를 보냈다. 그 친구는 훌륭한 작가였지만 그때 보낸 글은 그리 좋지 않았다. 하지만 똑똑한 사람이라, 내가 피드백을 주자 자신이 어디에서 엉뚱한 길로 샜는지 금방 알아차렸다. "집에 인쇄기가 없어서 이걸 직접 출판할 수 없다는 게 얼마나 다행인지 모르겠어!" 그녀는 이렇게 말했다.

물론 지금은 하느님이 보우하사 우리는 인터넷 출판을 할 수 있게 되었다. 따라서 우리에겐 자신의 평가단, 즉 내가 어떤 작품을 쓸 수 있는지 알고 그만한 글을 써내지 못했을 때는 그 사실을 알려줄 수 있는 사람들이 어느 때보다도 절실히 필요하다.

...

때로는 당신의 작품이 정말 형편없어서 사람들이 그 작품을 싫어하는 경우도 있다.

— 에드워드 올비

메리 카는 세 번째 회고록을 작업하다가 초반 몇 개 장(章)만 남겨놓고 원고 500쪽을 폐기했다. 그리고 2, 3년 후에 그녀는 또 한 번 500쪽을 갖다 버렸다. 그녀는 이렇게 말했다. "마감일이 다가오면서 나는 시간이 촉박해서 미칠 것 같았다. 정신이 온전한 사람이라면 마감일을 늦추려고 출판사와 교섭을 벌였을 것이다. 하지만 나는 그러지 않았다. 마치 하느님이 '넌 지금 이걸 해야 해. 어서 써' 하고 말하는 것 같았다. 어쨌든 출판사에서도 그렇게 말했다."

그녀에겐 글이 잘 안 풀릴 때 연락하는 작가 친구 두 명이 있었다. 그중 한 명인 돈 드릴로는 그녀의 전화를 받고 엽서를 보냈다.

엽서에는 이렇게 적혀 있었다. "쓰느냐 죽느냐." 그녀는 그에게 답장을 보냈다. "쓰고 죽느냐."

···

작가들은 글을 쓸 때 으스스하고 떠들썩한 침묵 속에 산다. 고차원적인 기도의 단계와 다소 흡사하지만 기도처럼 마음을 가라앉히는 효과는 없다. —**조이 윌리엄스**

벼랑과 빙산

빙산과 벼랑 끝은 작가들에게 인기 있는 은유이다. 위험하고 불확실하며 춥기 때문이다. 글쓰기를, 꽃이 만발한 따뜻한 초원을 뛰어다니는 일에 비유하는 작가는 없을 것이다. 피터 캐리는 소설 쓰는 일이 벼랑 끝에 서 있는 것과 같다고 했다. “특히 초고를 쓸 때는 더욱 그렇다. 그것은 매일 자신이 딛고 설 땅을 만드는 것과 같다.” 앤 카슨은 어느 시의 한 행이 “마치 빙하처럼 어둠 속에서 [그녀를 향해] 돌진한” 일을 회상했다. 그녀는 이렇게 말했다. “나는 남극을 향해 나아가는 배가 된 것 같았는데, 갑자기 어둠 속에서 빙하가 불쑥 나타나서 나는 그 빙하를 부숴버렸다.”

어니스트 헤밍웨이는 (‘생략 이론’이라고도 알려진) 빙산 이론을 갖고 있다. “작가가 자신이 무엇에 대해 쓰는지 충분히 안다면 자신이 아는 것들을 생략할 수 있다. …… 빙산의 이동이 위엄 있게 느껴지는 것은 수면 위로 드러난 부분이 전체의 8분의 1밖에 되지 않기 때문이다.”

...

나는 매일 아침 침대에서 나와 지뢰를 밟는다. 그 지뢰는 바로 나 자신이다. 폭발이 일고 나면, 나머지 하루는 흩어진 조각들을 다시 끼워 맞추는 데 보낸다.

— 레이 브래드버리

빈 공간

글을 쓰려고 앉아 있을 때 당신이 마주하게 될 최악은 무엇일까? 백지? 빈 화면? 백지나 빈 화면은 언제나 존재할 것이다. 아무리 많은 글을 쓰고 많은 책을 냈어도, 작가로 사는 한, 당신은 매일 그것을 마주해야 한다. 글이나 생각, 이야기를 채워 넣어야 하는 빈 공간을 하루도 빠짐없이 마주해야 한다는 얘기다. 고개를 돌려도, 일부러 멀리해도 여전히 당신의 머릿속에는 채워 넣어야 하는 빈 공간이 존재할 것이다.

무시무시한 일이다. 한편으론 짜릿한 일이기도 하다.

…

그것은 확실성과 불확실성 사이의 선택이 된다. 그리고 이상하게도 불확실성을 선택하는 것이 위안이 된다. — **데이비드 베일즈와 테드 올랜드의 『예술가여, 무엇이 두려운가!』 중에서**

썩어가는 글감

토머스 맥구언은, 좋은 글감을 가진 작가들은 모두 "공통적으로 억눌리고 두려운 감정에 시달린다. 그것은 좋든 나쁘든 일단 시작하고픈 욕망을 억누르고 주저하고 있기 때문이다"라고 말한다.

훌륭한 책이 될 수 있음에도 서랍 속에서 썩어가는 글감이 얼마나 많은가? 누군가가 두려워서 쓰지 못한 시와 이야기가 얼마나 많은가? 누군가가 창피하다는 이유로 적지 않아서 그냥 사라져버리는 과거가 얼마나 많은가?

• • •

운에 맡겨야 한다. 그것은 기회인 동시에 자신을 조롱거리로 만드는 무시무시한 일이 될 수도 있다. 모든 작가는 자신의 개인적인 진실에 다가가기 전에 이것을 알아야 한다. —**토머스 맥구언**

바보가 될 위험

제서민 웨스트는 마흔세 살 때 글을 쓰기 시작했다. 그녀는 열두 편의 이야기를 써서 제각기 다른 잡지사로 보내면서 전부 거절당할 거라고 확신했다. 그러나 한 잡지사의 편집장이 그녀의 이야기가 아주 마음에 든다는 답장을 보냈다. 다만, 그는 혹시 필명을 쓰고 있느냐고 물었다. 그의 잡지는 젊은 아르메니아인들을 타깃으로 했기 때문이다. 웨스트는 이 작은 성공의 기회를 놓치고 싶지 않았으므로, 얼른 나파 밸리 전화번호부를 들고 적당한 아르메니아인 이름을 찾았다. 결국 이름을 찾지 못한 그녀는 아니라고, 자신은 아르메니아인이 아니라고 시인할 수밖에 없었고, 그녀의 이야기는 끝내 출간되지 않았다. 하지만 수년 동안 그 편집장은 다른 데서 그녀의 이야기를 발견하게 될 때마다 그녀에게 이렇게 편지를 보내곤 했다. "당신이 젊은 아르메니아인이 아니라는 사실이 아직도 안타깝습니다."

...

글을 쓰고 싶다면 기꺼이 위험을 무릅쓰고 모험을 해야 한다. 조롱거리가 되는 위험을, 자신이 바보라는 것을 깨닫게 되는 위험을 감수해야 한다. —제서민 웨스트

소설의 계기가 된 소녀

나는 가족과 함께 차를 타고 먼 길을 가다가 뒷좌석에서 얇은 양장본 소설 한 권을 발견하고 그게 뭐냐고 물었다. "아, 제 고등학교 동창이 쓴 거예요." 사위가 대답했다. 나는 그것을 읽기 시작했고 목적지에 도착할 때까지 놓지 않았다. 갓 나온 그 책은 바로 마이클 커닝햄의 『세월The Hours』이었다.

"이 사람, 학교 다닐 때 어땠어?" 나는 계속 물었지만 사위한테서 그에 대한 비화나 소문을 끌어내지 못했다. 마이클 커닝햄은 라캐나다 고등학교 시절에 그저 평범하고 착한 학생이었던 모양이었다. 그 후 나는 커닝햄의 에세이를 읽게 되었다. 그가 "[자신의] 고등학교의 해적 여왕"이라고 생각한 소녀에게 잘 보이기 위해 버지니아 울프에게 관심을 갖게 되었다는 내용이었다. (이 라캐나다 고등학교의 해적 여왕에 대해서도 사위에게 물어보았지만 사위는 무슨 소린지 전혀 모르겠다는 반응을 보였다.) 열다섯 살의 커닝햄은 처음에는 버지니아 울프의 『댈러웨이 부인Mrs. Dalloway』을 이해할 수 없었지만, 애써 읽으려고 노력하자 그 문장들이 이해되면서 언어와 사랑에 빠지기 시작했다. 몇 년 후 소설가가 되어야겠다는 확신을 가졌을 때 버지니아 울프에 대한 글을 쓰고 싶었지만 계속 미뤄두었다. 좀 더 현명해지고 재능을 갖게 되었을 때 시도하고 싶었기 때문이다. 결국 그는 40대 초반에 자신이 결코 충분히 현명하거나 재능을 갖췄다는 생각이 들지 않을 거라는 사실을 깨닫고 무작정 쓰기 시작했다. 그리고 『댈러웨이 부인』의 원래 제목이었던

『세월』을 그 책의 제목으로 정했다. 커닝햄은 『세월』로 퓰리처상을 받았다.

• • •

위대한 예술은 세상이 지엽적인 동시에 보편적이라는 사실, 그리고 시간은 주로 환영에 불과하다는 사실을 끊임없이 상기시킨다. ― **마이클 커닝햄**

작가들은 작가의 장벽에 대해 두 가지 반응을 보일 것이다. 완전히 이해한다는 듯이 고개를 끄덕이며 "끔찍하지, 끔찍한 거야"라고 중얼거리는 사람이 있는가 하면, 콧방귀를 뀌며 작가의 장벽 따윈 없다고, 그것은 그저 게으름과 방종의 소산이니 마감일만 있으면 해결될 거라고 단호하게 말하는 사람이 있을 것이다.

한때 나는 글을 쓸 수 없었다. 그것도 꽤 오랫동안. 아무리 노력해도 끔찍한 글만 나올 뿐이었다. 그 소설의 궁색한 몇 개의 문단들은 더 이상 나아갈 줄을 몰랐다. 하지만 구멍 속으로 점점 더 깊이 들어간다고 느끼면서도 어쨌든 나는 계속 썼다.

2, 3년 후 나는 내가 꼭 읽어야 하는 책을 썼는데, 마치 누군가가 불러주는 대로 받아 적는 기분이었다.

이 모든 미스터리에 대해 쉽고 합리적인 답이 존재한다면 글쓰기가 얼마나 간단하겠는가.

···

작가가 되는 것은 순진한 낙관주의의 라켓과 냉소적인 절망의 라켓 사이를 왔다 갔다 하는 배드민턴공이 되는 것과 같다. —존 제롬

퓰리처상 수상자이자 계관시인인 테드 쿠저는 『어둠의 땅에 빛을Lights on a Ground of Darkness』 서문에서, 어릴 때부터 외가에 대한 책을 쓰는 게 꿈이었다고 말한다. "이것은 완벽하게 쓰고 싶어서 50년 동안 미뤄온 책이다. 하지만 이 책은 완벽하지 않으며 결코 완벽할 수 없다. 이런 이야기를 절실하게 쓰고 싶지만 실패에 대한 두려움 때문에 영원히 미루는 사람이 어느 집안에나 있을 것이다." 결국 어머니가 80대 후반에 이르러 임종을 앞두고 있을 때 그는 앉아서 이 회고록을 쓰기 시작했다. 어머니가 세상을 떠나기 두 달 전에 그는 원고를 어머니에게 보여주었다. 어머니가 그것을 읽고 슬퍼할까 봐 걱정이 되었지만 그런 위험은 감수하기로 했다. 다행히 어머니는 그가 한 일이 마음에 든다고 했다.

• • •

완벽에 도달하는 순간은 더 이상 덧붙일 게 없을 때가 아니라 더 이상 제거할 게 남아 있지 않을 때이다. —앙투안 드 생텍쥐페리 그렇다. 나는 테드 쿠저의 열혈팬이다. 어느 여름 내가 논픽션 워크숍을 진행하는 장소에서 그가 초청 시인으로 참가하는 시 축제가 열린다. 그는 청바지와 예쁜 셔츠를 입고 아주 진지한 얼굴로 강연을 하고 자신의 시를 낭송하고 있다. 그는 그 시 축제의 록 스타다. 그가 가는 곳마다 팬들과 학생들이 졸졸 따라다닌다. 나는 내 학생들과 함께 그의 공개 강의와 낭독회를 청강한다. 나는 원래 수줍음을 타는 성격이 아니지만 그를 보자 경탄과 어색함으로 꼼짝도 할 수 없다.

축제가 끝날 무렵 나는 그의 책 두 권을 사들고 사인을 받으려고 줄을 선다. 어느새 그가 펜을 들고 내 눈앞에 나타나 있다. 나는 그에게 책을 건네며 말한다. "바버라요. 제 이름은 바버라예요." 그는 고개를 끄덕이며 책을 펼쳐 사인을 한다. 나는 그가 네브래스카에 돌아가서 이 아이덜와일드의 축제를 생각할 때 나를 떠올릴 수 있도록 멋지고 인상적인 말을 건네고 싶다. 하지만 재치 있는 말이나 멋진 말이 떠오르지 않는다. 그래서 그저 이렇게 말한다. "제 어머니 고향이 링컨(네브래스카 주의 주도-옮긴이)이에요." 그는 사인을 하면서 또 한 번 고개를 끄덕인다. 그런 다음, 내가 말한다. "우리 동갑이에요." 그러자 그가 나를 보며 마침내 말한다. "흠, 이 정도면 우리 둘 다 꽤 괜찮아 보이네요. 그렇죠?"

• • •

가장 좋은 명성은 작가의 명성이다. 좋은 식당의 자리를 확보할 수 있되, 식사를 할 때 누군가가 찾아올 정도는 아니니까. —**프랜 레보위츠**

명사들로 시작하기

레이 브래드버리는 우리 모두가 머릿속에 다음 세 가지를 갖고 있다고 말했다. 1) 자신의 경험들, 2) 그 경험들에 대한 자신의 반응과 느낌, 3) 작가, 예술가, 영화, 음악 등을 통해 얻은 예술 경험들. 그는 이 모든 것이 "굉장한 뿌리 덮개"라고 했다.

브래드버리는 글을 쓰기 시작할 때 명사들을 열거한 다음 — "귀뚜라미", "기차의 기적 소리", "지하실" 등등 — 각 단어의 주위에 연상되는 단어를 적어보곤 했다. 또한 자신이 싫어하는 것과 좋아하는 것의 목록을 작성했다. 그는 이렇게 말했다. "『화씨 451Fahrenheit 451』을 쓸 때 나는 분서주의자들을 싫어하고 도서관을 좋아했다. 그래서 그런 책이 나온 것이다."

• • •

어떤 사물이나 생명체에 대해 이름을 알고 있다면 그것을 통제할 수 있다. 공상 속에서 말이다. —조이스 캐럴 오츠

소설을 쓰는 것은 연극이나 영화를 만드는 것과 비슷하게 느껴질 수도 있다. 그러나 소설을 쓰는 사람은 단순히 극작가나 시나리오작가의 역할만 하는 것이 아니라, 감독, 의상, 로케이션, 무대 디자인, 소품, 그리고 배역 하나하나를 모두 맡는다.

그렇다. 그래서 소설이 위험한 것이다. 당신은 배우들, 즉 등장인물들을 자신의 내부에서 찾는다. 그들은 당신의 일부이지만 그들이 항상 세상에 내보이고 싶은 일부는 아닐 것이다.

• • •

나에게 연기는 나 자신을 발견하는 것, 내 안에 사는 모든 사람들을 발견하는 것이다. …… 그저 가면과 의상을 착용하고 "난 다른 사람이에요" 하고 말하는 게 아니다. —린다 라빈

이중생활

진짜 세상이 있고, 글을 쓸 때 우리의 머릿속에 존재하는 세상이 있다. 어떤 사람들은 상식적인 일터로 출근하고, 차에 연료를 넣고, 장을 보고, 아이들을 돌본다. 그리고 우리 같은 사람들은 오전 11시에 자기 영혼의 가장 깊은 부분을 탐구하거나 오후 3시에 컴퓨터상에서 누군가를 살해한다.

마야 안젤루는 매일 오전에 호텔 방에서 글을 쓴 다음, 집으로 돌아가 평범한 사람인 척 연기를 한다. "요리를 열심히 하는 편이라 나가서 장을 보며 정상인인 척한다. 제정신인 척 연기를 하는 것이다. 안녕하세요! 저는 잘 지내요. 잘 지내시죠? 이렇게 말이다."

...

광기와 알코올중독과 빈곤의 삶, 또는 이 셋 가운데 어느 한 가지의 삶이 있고, 냉장고에 미트볼과 괜찮은 소비뇽 블랑 한 병을 구비한 채 난방이 잘되는 편리한 아파트에서 생활하는 괜찮은 미국인의 삶이 있다. 나는 오래전부터 이 두 가지가 종이 한 장 차이라고 느꼈다. —어거스트 클레인잘러

공상의 직무

나는 원래 운동장에 나가 원숭이 우리에 거꾸로 매달리며 대담한 행동을 하는 아이가 아니었다. 게다가 공을 몹시 무서워했다. 축구, 소프트볼, 피구, 전부 다 싫어했다. 그렇다고 맨 앞줄에 앉아 수학과 문장 도식을 이해하는 학생도 아니었다. 나는 창밖을 내다보며 공상에 잠기는 아이였다. 다른 삶을 사는 꿈, 투명인간이 되는 꿈, 대담한 사람이 되는 꿈을 꾸는, 그런 아이였다.

물론 지금도 그렇다. 글을 쓰는 사람은 모두 그럴 것이다. 공상은 작가의 직무 가운데 하나니까.

• • •

다른 이들은 현실을 탈피하기 위해 꿈을 찾는다. 그러나 작가들에게는 꿈이 현실이다. —— **로저 로젠블랫**

시도하기와 모양 짓기

'에세이essay'의 어원은 '시도' 또는 '실험'이라는 뜻의 프랑스어 'essai'다. 데이비드 실즈에 따르면, 고대 라틴어에서 '에세이'는 "시도하다, 시험하다, 실험하다, 증명하다"라는 뜻의 'experior'였다. 그는 또한, 'novel(소설)'은 과거에 '규칙이 없거나 사람들이 제각기 나름의 규칙을 정해서 사용한 무형식의 형식'이라는 뜻이었으며, 'fiction(픽션)'은 "모양 짓다, 만들다, 형성하다"라는 뜻의 단어에서 나왔다고 말한다.

에세이가 시도하는 것 또는 실험하는 것이라는 생각, 혹은 소설이 모양 짓고 형성하는 것이라는 생각이 어떤 식으로든 상상력을 넓혀준다면 그것을 이용해라. 그렇지 않다면 어원 따윈 무시해라.

• • •

태곳적부터 존재한 모든 예술 활동은 예술가가 현실이라고 생각하는 것을 좀 더 많이 예술 작품으로 은밀히 만들어내기 위한 시도에서 나온 것이다. —**데이비드 실즈**

전조등 불빛으로 나아가기

글쓰기에 관한 명언 가운데 가장 유명한 것 하나는 E. L. 닥터로의 말이다. "소설을 쓰는 것은 컴컴한 밤에 차를 모는 것과 같다. 전조등 불빛에만 의지해 나아가지만 결국 그렇게 끝까지 갈 수 있다."

이 말이 다른 작가들에게 수십 번 인용된 것은 우리 작가들 모두의 아픈 곳을 건드리기 때문이다. 우리는 모두 어둠 속에서 글을 쓰며 어딘가에 도달하려고 애쓰고 있다고 느낀다. 따라서 우리가 달리는 길이 꾸준히 나아갈수록 계속 모습을 드러낸다는 말에 힘을 얻을 수밖에 없다.

...

더 이상 어디로 가고 있는지 걱정하지 마라. 계속 나아가라. —**스티븐 손드하임**

이야기에 충실하기

한 여배우는 연극 공연 첫날 연출가에게 들은 조언들 가운데 "몸을 팔지 마라. 그냥 나가서 연기를 해라"를 최고로 꼽았다는 이야기를 읽은 적이 있다.

이 말은 작가에게도 적용된다. (자신의 책을 마케팅하는 게 아니라면) 매춘을 하지 마라. 그저 이야기에 충실해라. 독자에게 무언가를 팔려고 하지 마라. 감동시키려고 애쓰지 마라. 글을 쓴 것 자체가 느껴지지 않도록 만들어라.

• • •

이 일 자체가 자의식을 물리쳐준다는 점이 그저 고마울 뿐이다. 이 일은 그래야만 이뤄질 수 있으니까. —**매들렌 렝글**

깨어 있을 것

고든 리시는 글쓰기 수업에서 학생들에게 이렇게 말했다. "작가로서 여러분은 항상 살아 있어야 합니다. 민감해야 하죠. 시금치를 한 번도 먹어보지 않았다고 생각하세요. 눈을 부릅뜨고 경계를 늦추지 마세요."

촉각을 곤두세워라. 매일.

눈을 부릅뜨고 경계를 늦추지 마라.

시금치를 맛봐라.

• • •

작가가 되는 것은 성역이요, 무자비한 세상 속의 안식처이다. —**고든 리시**

어두운 시기

래리 맥머트리는 자신이 일곱 번째 책을 끝내갈 때 겪은 것이 정확히 작가의 장벽은 아니었다고 말한다. 그는 여전히 매일 다섯 쪽씩 쓰고 있었기 때문이다. 그러나 그 다섯 쪽이 더 이상 마음에 들지 않았다. 갑자기 자신의 글이 싫어졌다. 그 책(『애정의 조건Terms of Endearment』, 결국엔 그도 좋아하게 되었다)을 끝낸 후 그는 "문학적 침울"에 빠졌고 그 상태는 8년 동안 지속되었다. 그 후 그는 다시 『외로운 비둘기Lonesome Dove』를 비롯해 20여 권의 소설을 썼다.

...

그것을 마주해라. 언제나 그것을 마주해라. 그래야 그것을 극복할 수 있다. 그것을 마주해라. —조지프 콘래드

은총과 투지

"나는 은총과 투지로 글을 쓴다." 테리 템페스트 윌리엄스는 『나는 왜 글을 쓰는가Why I Write』에서 이렇게 말했다.

다섯 마디로 구성된 이 문장은 아주 완벽한 문장이다. 문장의 의미와 소리("은총"은 정말 은총처럼 '들리고' "투지"는 정말 투지처럼 '들린다'), 단어의 배합까지 모두 완벽하다. 은총과 투지. 그것이 우리가 글을 쓰는 수단이다.

...

나는 내가 늘 실패할 것을 알고 글을 쓴다. 나는 쓸 말이 늘 부족할 것을 알고 글을 쓴다. —테리 템페스트 윌리엄스

세상을 창조하는 일

이야기를 만들어내다니 얼마나 대단한가! 당신은 상상으로 세상 하나를 통째로 창조하고 있다. 인물들을 탄생시키는 것은 물론이고, 가구를 만들고, 집을 짓고, 도로를 건설하고, 날씨를 만들어내고, 요리를 하고, 옷을 짓는다. 이것은 쉬운 일이 아니다. 그러니 글쓰기가 기력을 소진시키고 우리를 조금 이상하게 만드는 것도 어찌 보면 당연한 일이다. 자신이 하고 있는 일에 대해 자신의 공로를 어느 정도 인정해주어라.

...

이야기가 굴러들어오지 않는 한, 글쓰기는 언제나 너무 어려운 일이다.

—— **베스 케파트**

가족에게는 비밀로

내 학생들 중에는 자식들한테 좋지 않은 평을 들을 때마다 그것을 이메일로 써서 보내는 사람이 있다. 자신의 글을 가족에게 보여주지 말라고 내가 몇 번이나 일렀는데도 소용이 없다. 나는 모든 학생에게 이것을 당부하지만("자기 글을 가족이나 친한 친구에게 절대 보여주지 말아요") 내 말을 주의 깊게 듣는 사람은 아무도 없다. 덕분에 나는 남자 친구가 화를 냈다거나, 아이들이 조목조목 논박을 했다, 배우자가 위협을 했다, 어머니가 노발대발했다는 등의 괴로운 이메일에 끊임없이 시달린다.

우리 아이들이 10대였을 때 출간된 나의 첫 소설에는 심한 욕설이 두 번쯤 들어가 있었다. 당시 중학생이던 작은딸은 내게 자기 친구들이 그 책을 읽다 그 욕설을 보기라도 하면 자신이 얼마나 창피하겠냐고 했다. 그 애와 그 애 친구들은 요조숙녀와는 아주 거리가 멀었지만 어쨌든 나는 갑자기 '심한 욕설을 쓰는 엄마'가 되었다.

아마 작가들은 늘 자식들을 창피하게 한다는 점에서 완벽한 부모가 될 수 없을 것이다. 완벽한 부모는커녕 좋은 부모가 되기도 힘들 것이다. 나는 작은딸을 무척 사랑했고 지금도 사랑하지만 그 애를 위해 이미 출간된 책에서 그 단어를 삭제할 생각은 없었다.

다시 한 번 말한다. 절대 자식들, 식구들에게 당신의 글을 보여주지 마라. 그러나 출간되고 나면 그들은 알아서 한다.

…

세상의 쓰라린 진실을 제시하기보다는 매력적인 사람이 되고 싶은 게 인지상정이다. 그래도 나를 정확히 이런 작가로 만들어준 것은 바로 자식들이었다. 그 애들이 없었다면 나는 글쓰기에 열을 올리지 않았을 것이다. 삶을 그런 식으로 이해하지 않았을 것이다. ―**루이즈 어드리크**

글을 쓰지 않는다면

당신이 글을 쓰지 않는다면 어떻게 될까? 픽션이든 논픽션이든 더 이상 어떤 글도 쓰지 않는다면? 당신의 일상과 꿈을 기록하지 않고 그냥 흘려보낸다면? 이따금씩 이메일이나 문자메시지를 쓰는 데 만족한다면?

여기엔 답이 없다. 생각해보기 바란다. 아니면 글로 써보거나.

...

수년이 지나고 나자 글을 쓰지 않으면 내가 사라져버릴 것 같은 지점에 도달했다. 예전엔 오락거리였던 것이 더 이상 즐겁지 않았다. 나는 나 자신과 단둘이 남았고 내가 살아남을 수 있는 단 한 가지를 해야 했다. 글을 쓰는 게 아주 어렵다는 것은 알았지만 어쨌든 나는 다시 글을 쓰기 시작했다. —**프레더릭 시델**

문장을 내 것으로 만들기

고든 리시는 이렇게 말했다. "당신의 첫 문장을 소유해라. 그것을 자기 것으로 만들어라. 당신 자신보다 당신의 문장을 잘 볼 수 있는 사람이 있다면 그 문장은 당신의 것이 아니다. 그 사람의 것이다."

리시는 크노프Knopf 출판사에서 레이먼드 카버의 편집자를 맡았을 뿐만 아니라 여러 대학과 사설 기관에서 글쓰기를 가르치기도 했다. 나는 인터넷에서 그의 제자가 수업 시간에 받아 적은 강의 내용 35쪽을 발견했다. "재현하지 말고 표현해라." "옹졸하지 않게, 원한을 품지 말고 써야 한다." 리시의 또 다른 제자 릴리 터크는 그의 수업을 주제로 에세이를 한 편 썼다. 첫 수업 시간에 그는 이렇게 말했다. "글쓰기는 하나의 행동 방식입니다. 우리는 중요하게 행동하는 법을 배워야 합니다." 당시 그녀는 바닥에 앉아 있었으므로(수강생이 많아서 의자가 모자랐다) 그의 신발을 관찰할 수 있었다. 맞춤인 듯 보이는, 유행이 지난 끈으로 묶는 부츠는 반짝반짝 윤이 났다.

"작가는 대상을 알려고 노력해야 하며 그것을 전달할 때에는 그것의 불가지성(不可知性)을 존중하려 노력해야 합니다." 그는 세 번째 수업에서 이렇게 말했다.

• • •

표현하는 대상을 더 많이 느낄수록 설명할 필요성이 줄어든다. —고든 리시

예전에 한 저작권 에이전트가 내게 어린이 그림책 소재를 제안한 적이 있다. 훌륭한 소재였다. 참신할 뿐 아니라(내가 아는 한, 그런 소재를 다룬 아동 도서는 없었다) 나의 추억과도 연결되는 부분이 있었다. 나는 당장 쓰기 시작했다. 처음 부분은 잘 풀렸다. 재미있고 진솔했다. 나는 소재를 제안한 에이전트의 이름을 따서 한 인물의 이름을 '몰리'라고 지었다. 그러나 절반쯤 쓰고 나자 완전히 교착상태에 빠졌다. 적절한 결말을 찾을 수가 없었다. 그렇다고 그대로 포기할 수도 없었다. 나는 두어 달에 한 번씩 그 파일을 열어 다시 시도했다가 좌절하고 다시 넣어놓기를 반복했다. 대하소설도 아니고 겨우 400단어짜리 그림책이었다. 그럼에도 나는 '8년' 동안 마무리를 지을 수 없었다. 학생들에게 그 얘기를 들려주면 대부분이 질겁한다.

그러나 가끔 글쓰기는 퍼즐과도 같다. 퍼즐의 조각들이 반드시 내가 필요할 때 나타나는 것은 아니다.

...

삶은 완벽하게 끼워 맞춰야 하는, 모든 조각이 하나도 빠짐없이 제자리에 들어가 완벽한 전체를 이루는, 그런 퍼즐이 아니다. 삶은 복잡하다. 뒤죽박죽 겹치고 쌓인다.

—애비게일 토머스

어디를 가든 당신의 일을 갖고 다녀라. 잠깐 나갈 때는 작은 공책이나 수첩을, 긴 여행을 갈 때는 좀 더 큰 공책이나 노트북 컴퓨터를 챙겨라. 집을 떠나 있을 때에도 글을 써야 한다. 그냥 놓아버리면 리듬을 잃을 수 있다. 당신의 머릿속에서 이야기가 차지하고 있던 커다란 공간이 글쓰기와 무관한 다른 일들로 채워질 것이다.

재클린 윈스피어는 여행 중에 글을 쓸 수밖에 없었다고 한다. 장기간의 북 투어book tour를 떠났는데 그녀의 시리즈 소설인 『메이시 돕스Maisie Dobbs』 다음 편의 마감일이 가까워져서 호텔 방에서 노트북 컴퓨터를 켜고 집필에 매달렸다. 그때 그녀는 자신의 글쓰기가 평소와 똑같은 일을 한다는 것을 분명하게 깨달았다. 바로 그녀를 붙잡아두는 일이었다.

...

비행기와 택시를 번갈아 타고 호텔을 옮겨 다니며 곳곳에서 수많은 사람들을 스쳐 지나가는 동안, 글 쓰는 일은 매일 돌아갈 수 있는 익숙하고 편안한 장소가 되어주었다. 마치 나만의 집을 갖고 다니는 것처럼 위로가 되었다. —재클린 윈스피어

준비된 행운

우리에겐 운이 필요하다. 하지만 행운은 우리가 열심히 노력할 때만, 요행이나 성공을 바라지 않고 그저 열정에 이끌려 매진할 때만 찾아온다. 열정에 이끌리지 못할 땐 광란의 두려움이 원동력이 된다. 잠시라도 노력을 중단하면 성공하지 못할 거라는 암울한 두려움 말이다.

…

나는 내가 기이한 사람이라고 생각한다. 두려움, 언어에 대한 애정, 문학에 대한 경의, 끈덕짐, 행운이 뒤엉켜 있는 보기 드문 조합이라고 말이다. —**리처드 포드**

할 수 있다고 꿈꾸는 것

꿈을 크게 꾸어라. 자신의 책에 대한 커다란 꿈을 누군가와 상의해야 한다면 그 사람이 당신의 풍선을 터트릴 사람은 아닌지 확인해라. 때로는 단 한 번의 표정 변화만으로 훌륭한 글감이 사장되어버린다.

내가 나의 글쓰기 선생님 노마에게 나의 첫 출간 소설이 될 소재를 얘기했을 때(그 전에 여러 편의 소설을 썼지만 출판되지 않았다), 그녀는 격려하는 태도로 주의 깊게 경청한 다음, 확신에 찬 어조로 말했다. "벌써 그 책이 서점에 진열되어 있는 것 같네요." 나는 그녀가 정말 그 책을 보고 있다는 느낌을 받았다. 그래서 그 책을 쓰지 않을 수 없었다.

당신은 비현실적인 이야기라며 야유할지도 모른다. 하지만 무엇이 됐든 당신에게 마법을 거는 것이라면 무조건 믿어라.

• • •

당신이 할 수 있는 것, 혹은 할 수 있다고 꿈꾸는 것, 그것을 시작해라. 천재성과 힘, 그리고 마법은 대담함 속에 들어 있다. —**요한 볼프강 폰 괴테**

모니카 홀로웨이는 어린 시절에 겪은 무시무시한 사건들을 포함해 다양한 주제로 성공적인 회고록들을 출판한 작가로, 종종 내 수업에 강연자로 초빙된다. 워낙 똑똑하고 논리적이며 솔직한 데다 재미있기까지 해서 내 학생들은 그녀를 보고 그동안 두려움 때문에 쓰지 못한 글을 써야겠다는 용기를 얻는다. 그녀의 이야기는 비슷한 어린 시절을 겪은 사람들에게 일종의 구원이 된다. 그녀는 또한 자신 역시 글쓰기를 두려워한다는 점, 글쓰기는 몹시 어려운 일이 될 수 있다는 점을 역설하고, 자신은 자기 트럭에서 글을 쓸 때가 많지만 마무리를 지을 때는 늘 베벌리힐스의 한 호텔에 체크인을 해서 며칠 동안 24시간 꼬박 쓰기도 한다는 재미있는 이야기를 들려준다. 내 학생들은 그녀를 무척 좋아하고 나중에는 친구처럼 대하기도 한다.

…

당신의 시가 누군가에겐 구원이 될 수도 있다. —**마지 피어시**

도러시아 브랜디는 작가의 문제들 — 글을 시작할 수 없는 것, 시작했다 막히는 것, 좋은 작품 한 편으로 그치는 것, 글쓰기 수업에서만 글을 쓸 수 있는 것 — 이 근본적인 품성에서 기인한다고, 즉, 배짱과 자존감, 자주성이 부족한 탓이라고 믿었다. 그녀는 또한 천재성도 배움을 통해 얻을 수 있다고 생각했다. 또한, 일과를 시작하기 전 이른 아침에 글을 쓰는 등의 몇 가지 훈련을 통해 "예술적 혼수상태"를 유도하는 방법을 매우 실질적으로 제시했으며, 심지어는 초심자들을 위한 조언, 즉 타자기 다루는 법과 커피는 어느 정도로 마셔야 하는지, 산책은 어떻게 해야 하는지에 대한 조언도 제시했다. 그녀가 『작가 수업Becoming a Writer』을 저술한 것은 1934년이다. 이 책은 1981년에 존 가드너의 추천 서문을 추가하여 다시 출간되었다.

이 책의 주요 메시지는 다음과 같다. "얼마나 좋은 작품이 나오느냐는 당신과 당신의 삶에 달려 있다. 당신이 얼마나 섬세한가, 얼마나 예리한가, 당신의 경험이 잠재 독자들의 경험을 얼마나 흡사하게 반영하는가가 작품을 좌우한다."

...

당신은 마치 훌륭한 연장처럼 유연하면서도 단단해진다. 예술가로 일하는 것이 어떤 기분인지 알게 된다. —도러시아 브랜디 내가 유방암에 걸린 사실을 알게 된 것은 재혼을 6개월 앞두고 한창 결혼 계획을 세우고 있던 1997년 밸런타인데이였다. 몇 달에 걸쳐 치료를 받고 마침내 의사들이 엄지손가락을 치켜들고 나서야 나는 '와, 정말 좋은 소재가 되겠군' 하고 생각할 수 있었다. 1년 후에는 웰니스 커뮤니티Wellness Community(암 환자들과 보호자들에게 지원과 교육을 제공하는 국제 비영리 단체-옮긴이)에서 암 환자를 위한 글쓰기 워크숍을 시작했고, 그러다 마침내 그 워크숍에 대한 책을 쓰기로 결심했다. 이 아마추어 작가들의 멋진 글과, 큰 병을 이겨낸 전문 작가들의 시 및 이야기에서 찾은 훌륭한 자극제들을 책으로 엮을 생각이었다. 나는 결국 책을 써서 출판했지만, 그 효과를 극대화하기 위해 나의 이야기, 나의 대단한 소재를 넣지 않을 수 없었다. 그래서 그 책은 반쯤 회고록이 되었다.

인생의 모든 어려움이 글감이라는 점을 명심해라. 죽지 않고 살았다면 그에 대해 글을 써야 한다.

• • •

지옥을 통과하면서도 계란프라이를 만들고 세금을 내고 잠옷을 갈아입어야 한다. 그렇다면 지옥은 당신이 평소에 생활하는 공간에 붙어 있다는 얘기다. 얼마나 잘 보이겠는가. 그것을 전부 글로 써라. —애비게일 토머스

퇴고의 역설

퇴고의 역설은 다음과 같다. 퇴고는 다듬는 작업이다. 잘 다듬으려다 보니 원래의 글은 거의 사라진다. 그러나 한편으로 너무 매끈해져선 안 된다. 너무 건조해져선 안 된다. 각이 살아 있어야 한다. 기복과 반전, 기벽이 남아 있어야 한다. 어떤 학생들은 내가 이런 얘길 하면 몹시 불편해한다. 내가 한 입으로 두말한다고 생각한다. 사실이 그렇다.

...

퇴고는 주로, 문장들의 잡목 숲과 맞서 싸워 진짜 의도를 전달하는 문장만을 남겨 놓는 과정이다. —**존 제롬**

노출증

내 친구 마리아 암파로 에스칸돈은, 작가가 되는 것은 지하철에 자주 나타나는 노출증 환자의 행동과 다르지 않다고 말한다. 특히 회고록과 에세이 작가들은 더욱 그렇다. 소설가들은 그에 비해 조금 더 품위를 유지할 수 있다(많이 그렇다고 할 수는 없다. 이제는 모든 이들이 소설가들의 상상의 세계 속에 무엇이 숨겨져 있는지 알기 때문이다. 설령 그것이 소설가의 직접적인 경험이 아니라고 해도 말이다). 나는 가끔 행사에서 에세이를 낭독하다 보면 생판 모르는 사람들 앞에서 이런 이야기를 읽고 있다니, 하고 기가 막힐 때가 있다. 작가가 아닌 친구들을 보면 대부분 놀랍도록 품위 있어 보인다. 나보다 훨씬 더 신비주의에 싸여 있고 훨씬 더 어른인 것 같다.

• • •

글을 쓰는 것은 …… 말할 수 없이 이상한 일이다. 모르는 사람에게 은밀한 편지를 쓰는 셈이다. —피코 아이어

발밑에 깔린 이야기

해변에 나갔다가 모래밭에서 빈 이유식 병을 발견한다. 의문이 든다. 이렇게 추운 날 누가 아기를 해변에 데리고 나왔을까? 여기에 새로운 이야기, 혹은 이미 시작한 이야기의 새로운 곁가지가 있다. 범상치 않은 세부사항들은 우리를 새롭고 신선한 곳으로 이끈다. 발밑에 무엇이 있는지 살펴라. 그것이 결국 어디로 이어질지는 아무도 모른다. 그것을 당신의 이야기에 끼워 넣거나 새로운 이야기로 만들 수 있는지 확인해라.

...

작가들은 사람들이 크게 주목하지 않는 것에 대해 글을 쓴다. — **나탈리 골드버그**

수년 전 내 수업에 처음 온 학생 한 명이 자신은 예전부터 편지를 잘 쓰니 글을 써보라는 얘기를 주위에서 많이 들었다고, 그래서 정말 글을 써봐야겠다는 생각이 들었다고 했다. 40대 후반의 그녀는 자신을 시험해본다는 생각에 초조해했다. 수업이 1, 2주쯤 진행됐을 무렵 그녀는 헬스클럽에서 겪은 일을 에세이로 써서 수업 시간에 손을 떨며 발표했다. 독특하고 기묘하며 흥미로운 글이었다. 학생들과 나는 무척 재미있어했다. 나는 그것을 당장 보내보라고 했다. 그녀는 깜짝 놀랐다. '보내'보라니요? '출판'해보라는 말씀이세요? 나는 그렇다고, 먼저 대형 잡지사에 보내보라고 했다.

그녀는 그렇게 했다. 그리고 몇 주 후에 그녀는 내 자동응답기에 미친 듯이 기뻐하는 메시지를 남겼다. 뉴욕의 한 대형 잡지사에서 그녀의 에세이를 읽고 출간 제의를 했다는 것이었다.

시작하자마자 글이 출간되는 것은 아주 기쁜 일이지만 한편으로는 불리한 면도 있다. 그녀는 이후 수년 동안 다른 글을 발표하지 못했고, 자신의 재능을 의심하며 첫 에세이는 요행에 불과했다고 생각하게 되었다. 그러다 마침내 그녀의 또 다른 글이 어느 모음집에 실렸다. 나는 종종 그녀가 떠오른다. 첫 에세이는 요행이 아니었다. 그녀는 분명히 재능이 있었다. 나는 그녀가 여전히 글을 쓰고 있기를 바란다.

• • •

첫 출판은 자신이 삶이라고 생각하는 그 암흑 속으로 순수하게, 세속적으로 뛰어드는 것이다. —호텐스 캘리셔

조이 윌리엄스는 글을 쓰는 것이 부조리한 일이라고 생각한다. 글쟁이들은 현실의 밤과 낮을 외면하고 글로 된 밤과 낮을 고안해낸다. "아아, 그것은 정말 어리석고 위험한 일이다." 그녀는 이렇게 말한다. 의미심장한 이야기는 그 작가보다 더 많은 의식을 담고 있다는 점, 그녀는 그것이 작가에 관한 어이없는 진실이라고 생각한다. 우리 독자들은 그저 이야기를 원할 뿐, 작가가 그것을 어떻게 쓰는지 혹은 왜 쓰는지 상관하지 않는다고 그녀는 말한다.

나는 이를 주제로 쓴 그녀의 에세이에 매혹되었다. 단호하며 감상주의가 완전히 배제되어 있고, 죽어가는 어머니를 돕지 못했으니 글쓰기는 결코 위안이 될 수 없다고 다소 괴팍하게 말하는 태도가 좋다. 돈 드릴로를 동경하고 그가 우리들 사이를 몰래 헤엄쳐 다니는 상어 같다고 생각하는 점도 좋다.

하지만 작가가 왜 글을 쓰는지, 어떻게 글을 쓰는지 독자들이 알고 싶어 하지 않는다는 말에는 동의할 수 없다.

...

내가 글을 쓰는 이유는? 나 역시 위대한 상어가 되고 싶기 때문이다. 또 다른 상어, 다른 바다에 사는 다른 상어 말이다. 바다는 광대하다. —**조이 윌리엄스**

문학 인생 꾸리기

한편, 캐럴린 시는 글쓰기에서 그에 못지않게 매혹적인 즐거움을 찾아냈다.

"글쓰기의 일상성 — 내적 삶과 바깥세상의 수많은 혼란 사이의 지속적인 결합 — 을 참을 수만 있다면, 아주 고차원적이고 심오한 '재미'를 누릴 수 있다!" 그녀의 저서 『문학 인생 꾸리기Making a Literary Life』에서 발췌한 글이다. (솔직히 고백하자면 나는 이 문장을 처음 읽은 순간부터 질투가 났다.) 『문학 인생 꾸리기』는 "글쓰기가 토마토와 송어의 이종교배 산물이라도 되는 듯 이상한 것으로 취급받는 곳에 사는 사람들"을 포함해 자기 힘으로 문학 인생을 시작하고 싶어 하는 사람들을 위한 책이다.

글을 쓰는 이유는 무엇일까? 캐럴린 시는 이렇게 말한다. "우리가 사는 세상이 너무나 아름답고 감각과 지각으로 가득해서 그에 대한 진실을 알려주고 싶기 때문이다. 이 세상과 글쓰기를 사랑한다면 그 두 가지가 당신을 상상조차 할 수 없는 곳으로 끌어올려줄 것이다."

…

글을 쓰는 삶은 창과 문을 전부 열어놓고 사는 삶이다. …… 그 열린 창과 문으로 보이는 것들을 언어로 표현하는 일은 이 세상에 살아 있음의 신비를 목격하게 해주는 하나의 방법이다. —줄리아 알바레스

당신의 작은 땅

짐 해리슨은 우리 작가들이 세상을 만들 5만 평의 땅을 가진 작은 신이라고 말한다. 우리는 그 땅을 마음대로 경작할 수 있다. 그러나 우리의 손이 닿지 않는 더 커다란 세상이 늘 존재할 것이다.

앤 라모트는 우리 이야기 속의 인물을 포함해 모든 사람이 저마다 자신만의 감정적 땅을 갖고 있다고 썼다. 사람들은 제각기 특정한 방식으로 자신의 땅을 돌보거나 돌보지 않는다. 당신의 작품 속 인물의 땅은 어떤 모습인가? 그 사람은 무엇을 키우고 있는가? 그것이 당신의 글에서 드러날 수도 있고 그렇지 않을 수도 있지만, 어쨌든 그것은 그 사람의 내적 삶에 대해 좀 더 알아낼 수 있는 수단이 된다고 그녀는 말한다.

당신의 땅에 대해 생각해보아라. 1천 평이든 5만 평이든 그것으로 당신의 유토피아를 만들어보아라. 그것을 글로 써봐도 좋겠다.

...

예술은 기질을 통해서 본 우주 만물의 한 구석이다. —에밀 졸라

미발표 소설을 폐기하는 것은 하나의 세상, 즉, 산과 나무, 사람들과 집들이 갖춰진 온전한 세상을 통째로 내던지는 것과 같다. 모든 것을 파괴하는 지진처럼 말이다. 소설을 쓰는 사람은 거의 누구나 이따금씩 그런 일을 겪는다.

마이클 셰이본은 첫 소설이 성공한 후 새로 시작한 소설을 폐기했다. "[그것은] 나를 지우고 나를 부수고 나를 생매장하고 나를 익사시키고 나를 계단에서 밀어버리고 있었다." 이 두 번째 소설을 쓸 때 자신이 받은 영향에 대해 그는 이렇게 말했다. 그는 그 소설에 5년 반 동안 매달렸다.

하퍼 리는 『앵무새 죽이기』로 성공을 거둔 후 새 소설을 100쪽쯤 쓰다가 포기했다. 그녀는 자신의 사촌에게 이렇게 말했다. "정상에 오르면 남은 길은 하나밖에 없지." 에벌린 워의 사례는 좀 더 강렬하다. 그는 1925년에 자신의 미발표 첫 소설을 한 친구에게 보여줬다가 별로라는 평을 듣고 불태웠다. 그러고는 물에 빠져 죽으려다가 해파리에 쏘이는 데서 그쳤다. 결국 그는 해안으로 나와서 새 소설을 쓰기 시작했다.

• • •

소설을 쓰는 건 욕조를 타고 노를 저어 보스턴에서 런던까지 가는 것과 똑같다. 때로는 이 빌어먹을 욕조가 가라앉기도 한다. 대부분이 가라앉지 않는다는 게 신기할 뿐이다. —스티븐 킹

모든 것의 출발점

278

우리 동네에서는 영화 촬영을 자주 한다. 그럴 때면 우리 집 옆의 주차장은 배우들이 대기하는 트레일러와 의상 트레일러, 식사 조달 트럭, 천막과 탁자, 수많은 카메라와 조명과 여타 장비, 자동차, 그리고 수십 명의 사람들로 가득 찬다. 작은 즉석 도시 하나가 탄생한 것 같다.

이 모든 게 어디에서 시작되는지 아는가? 바로 누군가가 방 안에 혼자 앉아 한 글자 한 글자를 차곡차곡 써내려가는 데서 시작된다.

…

글은 그 모든 것의 지주이자 기반이며 출발점이고 이유이고 구실이다. —**다이앤 키튼**

동네 묘사하기

나의 첫 출간 소설은 생생한 강간이 벌어진 후 그 강간 피해자가 살인을 범하는 이야기였다. 배경은 당시 내가 살던 캘리포니아 주 팔로스 베르데스였다. 어느 날 아버지가 우리 집에 오셨다가 거실 소파에 앉아 이틀 동안 그 책을 읽었는데, 그동안 나는 아버지가 내가 쓴 생생한 범죄 묘사를 읽고 있다는 사실에 몸서리를 치며 숨을 죽이고 지냈다.

"흠!" 마침내 책을 다 읽은 아버지가 입을 열었다. "흥미진진했어! 팔로스 베르데스 묘사가 정말 마음에 들더구나."

• • •

작가는 어느 집안에서든 생길 수 있다. 왜 그런지는 아무도 모른다. —리타 메이 브라운

아끼지 말 것

한 학생이 너무나 아름다운 글귀를 낭독한다. 다른 학생들이 모두 한마디씩 한다. 수업이 끝난 후 그녀는 내게 이메일을 보내 그 표현을 아껴뒀다가 다른 이야기, 더 나은 이야기에 쓰겠다고 한다. "안 돼요! 지금 써요!" 나는 답장을 보낸다. "좋은 표현이 떠올라 나중에 더 좋은 곳에 쓰려고 아껴두고 싶은 충동이 일면 그것은 그 표현을 지금 당장 써야 한다는 신호이다. 나중에는 또 다른 무언가, 더 좋은 무언가가 떠오를 것이다." 애니 딜러드의 말이다.

이렇게 완벽한 문장 또는 단락 또는 묘사가 떠올랐는데 그보다 더 나은 것이 또 떠오를 리가 없다. 당신은 작은 보석 같은 이 놀라운 표현을 최고의 글에 사용하고 싶을 것이다.

너무 아끼지 마라. 써버려라. 사용해버려라. 존 디디온은 바로 오늘이 우리가 가진 전부이기 때문에 자신은 매일 좋은 은식기를 사용한다고 말한 바 있다.

...

자유롭게, 풍부하게 내주지 않는 것은 모두 당신의 손을 빠져나간다. 금고를 열어보면 재가 되어 있을 것이다. —**애니 딜러드**

나이 불안증

지금 당신은 자신이 늙었다고 느낄지도 모른다. 작가로 데뷔하기에는 나이가 너무 많다고, 두 번째 또는 열 번째 책을 시작하기에는 나이가 너무 많다고, 혹은 에세이나 시에 손을 대기에는 나이가 너무 많다고, 이미 한물간 사람이라고 말이다. 그렇다면 새로운 모험을 시도할 용기가 나지 않을 것이다.

나이에 대한 불안증을 단숨에 탈피하게 해줄 이야기를 들려주겠다. 시바타 도요는 아흔두 살에 시를 쓰기 시작했다. (그전까지 취미로 일본 전통 무용을 하다가 허리가 나빠져서 그만두었다.) 그녀는 자신의 시 한 편을 어느 신문사에 보냈고 그 신문사는 그 시를 실어주었다. 그래서 그녀는 또 한 편을 보냈다. 그러다 마침내 아흔아홉 살에 자신의 시집을 자가 출판했다. 그녀의 책 『약해지지 마』는 일본 국내에서 엄청난 베스트셀러가 되어 현재까지 150만 부가 인쇄되었다. 그녀의 두 번째 책은 100번째 생일에 출간되었다.

...

나는 나의 과거와 가족에 대한 추억, 현재의 삶 등 여러 가지 것들을 생각한다. 나는 그런 기억에 빠져 거기에서 글을 끌어낸다. —**시바타 도요**

해리엇 두어는 남편이 세상을 떠난 후에 다시 대학에 들어가서 무려 예순 일곱 살에 스탠퍼드 대학교를 졸업했다. 그 무렵 그녀는 몇 편의 이야기를 써서 작은 잡지사 몇 군데에 보냈다. 그 몇 편의 이야기는 이후 그녀의 첫 소설로 발전했다. 『이바라의 돌들Stones for Ibarra』은 수많은 거절을 당한 후에 1984년 바이킹Viking 출판사에서 출간되어 전미도서상을 수상했다.

…

나는 한 시간에 걸쳐 적절한 구절, 적절한 단어를 찾으며 문장 하나를 만들어내는 게 행복하다. 그것은 가공되지 않은 재료를 적절한 모양이 될 때까지, 적어도 최대한 적절한 모양에 가까워질 때까지 깎아내는 석수(石手)의 작업과도 같다.

—해리엇 두어

사소한 의문과 디테일

동이 틀 때 나는 넬슨과 함께 해변으로 나간다. 검은색 반바지와 회색 티셔츠를 입은 나이 많은 남자가 매력적인 젊은 여자와 함께 내 옆을 지나 반대편으로 달려간다. 남자가 여자에게 말하는 소리가 들린다. "에솔렌? 마이클 머피?" 나는 좀 더 들어보려 하지만 그들은 이미 지나가버렸다. 15분쯤 후에 내 뒤에서 두 남자가 대화하는 소리가 들린다. 한 명이 말한다. "걱정 마세요. 표를 구할 수 있을 겁니다. LA에 온 걸 환영합니다!" 아까 본 검은 반바지와 회색 티셔츠 차림의 남자다. 그런 다음, 그는 이번엔 혼자서 또다시 내 옆을 지나 아까와 반대 방향으로 달려간다.

그 남자는 어떻게, 왜 그 젊은 여자와, 에솔렌과 마이클 머피에 관한 대화를 시작했을까? 그리고 어떻게 15분 후에는 낯선 사람과 새로운 대화를 시작했을까? 무슨 표를 말하는 것일까? 그와 얘기하던 사람을 흘끗 돌아보니 그 역시 검은색 바지와 회색 티셔츠를 입고 있다. 나는 회색 바지에 검은색 티셔츠를 입고 있다.

작가가 아니라면, 새벽 6시 10분에 해변에 서서 엿들은 대화를 기록하는 것, 우리가 입은 옷과 하늘의 구름이 따옴표 모양이라는 사실을 적는 것이 미친 짓이라고 생각할 것이다. 어쩌면 정말 미친 짓일 수도 있다. 하지만 그게 작가들이 하는 짓이다.

• • •

작가로서 나는 책을 쓸 소재를 갖고 있지 않다. 내가 가진 것은 삶의 잡동사니와 파편들, 언어로 각인된 누군가의 소소한 대사와 소소한 몸짓과 배경뿐이다. 나는 그것들을 조리 있게 열거하여 하나의 논리로 만든다. —**리처드 포드**

신념 지키기

신념은 무엇인가? 내 사전에는 이렇게 나와 있다. "증거를 토대로 하지 않는 믿음. 자신이 아닌 다른 무언가에 대한 확신과 믿음."

게일 고드윈은 아무리 밖에 나가고 싶어도 서재에 굳건히 틀어박혀 있는 것이 신념을 지키는 일이라고 생각한다. 때로는 그것이 "'희망이 없어도', '기운이 없어도' 일을 하러 가는 것", "그저 나의 무력함을 인정하고 향을 피우고 컴퓨터를 켜는 것"을 의미하기도 한다고 그녀는 말한다.

자신의 글에 대한 신념은 늘 기복이 있을 수밖에 없다. 그러나 글을 쓰는 일에 대한 신념, 문학을 미덕으로 생각하는 신념, 글이 연결을 만들고 변화를 유도한다는 신념, 그것은 우리가 지키고 사랑하며 절대 놓지 않는 그 무엇이다.

• • •

글을 쓸 때 나는 나의 지력이 의식적으로 통제하는 범위를 넘어 신념의 영역으로 들어간다. …… 나의 지력이 창조적 활동을 방해하지 않고 협조하게 하는 것, 그것이 어려운 일이다. —매들렌 렝글

『소설가의 어휘집The Novelist's Lexicon』은 세계 각지의 작가들에게 자신의 소설을 한 단어로 정의해달라고 요청해서 그 답변을 엮은 책이다. 릭 무디는 '어렴풋한 이미지 또는 유사물로 제시되는', '윤곽으로 그려지는', '개략적으로 묘사되는', '예시로 제시되는'이라는 뜻의 단어 'adumbrated'를 선택했다. 앨리사 요크는 '생명체'를 골랐다. "소설은 생명체다. 본질적으로 소설은 가장 커다란 신비를 가장 작은 방식으로 시작한다." 조너선 레덤은 '가구'를 골랐다. "모든 소설에는 가구가 있어야 한다. 아무리 지겨워도, 아무리 지루해도 어쩔 수 없다. 이름이 있든 없든 가구가 있어야 한다. 인물들은 이야기가 펼쳐지는 내내 가만히 서 있을 수가 없기 때문이다." 페터 슈탐은 '솔직성'을, 류드밀라 울리츠카야는 '불면증'을, 타리크 알리는 '웃음'을, 잉 첸은 '환영(幻影)'을 골랐다. 안 베버는 두 단어 '기다림/주목'을 골랐다. "무엇보다도 글을 쓰는 것의 핵심은 쓰지 않는 것, 그리고 주목하며 기다리는 것이다."

• • •

점잖은 체하는 단어들을 경계해라. —니콜라 파르그

비평을 대하는 자세

자신의 작품에 대해 정말 진지하고 거친 논평을 받으면 몇 가지 단계를 거치게 된다. 내 경우 첫 단계는 대개 공황 발작이다. 그런 다음에 거의 즉시 두 번째 단계가 이어진다. '자기들이 뭘 알아?' 그리고/또는 '그들 말이 맞아. 이건 완전 쓰레기야!' (내 경우, 오랫동안 글을 쓰면서 여러 차례 피드백을 받아봤기 때문에 이 두 단계가 꽤 빠르게 지나간다.) 당신이 존경하는 사람(가급적 당신과 혈연이나 과거로 얽혀 있지 않은 사람)에게서 피드백을 받았다면, 그리고 그 사람이 당신의 글을 진지하게 읽고 좀 더 깊이 있는 글로 개선시키는 방법을 숙고해본 상태라면, 세 번째 단계는 고마워하는 것이다. 솔직하고 거칠게나마 당신이 쓰는 글의 가치를 지적해주는 사람을 찾았다니 얼마나 멋진 일인가! 네 번째 단계는 힘을 얻는 것이다. 솔직한 비평은 계속해서 착실하게 나아가도록 격려하는 자극제가 될 수 있다.

당신의 글이 완벽하지 않다는 피드백은 출판의 한 과정이다. 소설이나 회고록을 출판사에 팔 때에도 많은 논평을 각오해야 한다. 운이 좋다면 당신의 편집자에게서 '여러 장'의 피드백을 받을 것이다.

...

거절에 대해 마음을 터놓기란 쉽지 않다. …… 글을 써서 출간하려 한다면 화살 몇 대는 맞을 각오가 되어 있어야 한다. —**매들렌 렝글**

무엇이 빛을 비추는가? 무엇이 환하게 빛나는가? 어떤 종류의 글이 — 혹은 연기나 춤이나 음악이나 그림이 — 우리를 감동시키고 우리의 삶을 뒤흔드는가? 그것이 핵심이 아닌가? 삶에 빛을 비추어 조명하는 것, 세상의 빛을, 그리고 틈을 사랑하는 것, 무언가를 뒤흔드는 것. 중요한 것은 완벽이 아니라 진정성이다.

…

완벽하려고 애쓰지 마세요.

모든 것엔 틈이, 틈이 있답니다.

그 틈으로 빛이 들어오죠.

— 레너드 코언

비비언 고닉은, 자신의 생각을 극적으로 표현하는 법 또는 회고록의 구조를 찾는 법은 가르칠 수 없지만 글을 읽고 평가하는 법은 가르칠 수 있다고 믿는다. 물론, 이것은 자신의 글을 평가하는 일로 전환할 수 있고, 좀 더 욕심을 부리면 자신의 글을 좀 더 풍부하게 만드는 일, 구조를 찾는 일로 발전시킬 수 있다.

"이것은 무엇에 관한 글이죠?" 그녀는 한 학생이 쓰고 있는 회고록 원고를 들어 올리며 묻는다. 그 학생은 대답한다. "가족에 관한 글입니다." 고닉은 다시 말한다. "아뇨, 아니에요. 이것은 무엇에 '관한' 글이죠?"

어떤 글을 거기에 드러난 노골적인 이야기보다 더 커다랗게 만드는 것은 무엇인가? 내적인 목적은 무엇인가? 가족에 관한 글을 그보다 더 커다란 무언가에 연결시키는 것은 무엇인가? 사람들이 그 회고록을 읽는 강력한 이유는 무엇인가? 당신은 왜 그것을 쓰고 있는가?

글을 쓸 때 우리는 끊임없이 이런 것들을 자문해야 한다.

...

우리가 쓰는 글은 우리가 글을 읽는 순간 자신에 대해 필요한 정보를 제공한다. 그러면서 그것은 우리의 안으로 들어온다. —비비언 고닉

체호프만큼 간결성을 적절하게 설명할 수 있는 사람은 없다. "형용사와 부사를 최대한 많이 지워라. 독자의 이해를 방해하고 독자를 지치게 하는 수식어구가 너무 많다. '남자는 풀밭에 앉아 있었다'라고 쓰면 쉽게 이해할 수 있다. 의미가 명확해서 금세 이해하고 넘어갈 수 있다. 반면, 다음과 같은 문장은 이해하기가 힘들어 뇌를 혹사시킨다. '중간 키에 가슴통이 좁고 턱수염이 붉은 키 큰 남자가 이미 행인들에게 짓밟힌 녹색 풀밭에 앉아 있는데, 조용히 앉아서 쭈뼛쭈뼛 겁을 먹은 듯 주위를 둘러보고 있다.' 뇌는 이 모든 것을 단번에 이해할 수 없다. 예술은 그 자리에서 단번에 이해되어야 한다."

• • •

불필요한 말은 빼라. —— **윌리엄 스트렁크 2세**

뼈처럼 깔끔한 문장

제임스 볼드윈은 퇴고가 자신에겐 괴로운 작업이며 자신은 퇴고를 많이 해야 한다고 말했다. 그의 퇴고는 주로 "치우는 작업"이었다. 설명을 덧붙이는 것이 아니라 드러내는 작업이었다는 얘기다. 그에게 가장 어려운 것은 간결성이었다. 그는 이렇게 말했다. "간결성은 가장 두려운 것이기도 하다. 나의 모든 가면을 제거해야 하며, 그중에는 내가 가진 줄도 몰랐던 것들이 있다. 뼈처럼 깔끔한 문장이 나와야 한다."

레이먼드 카버는 퇴고 작업을 좋아했다. 게다가 작품 한 편당 최대 20~30번씩 퇴고를 했다. 최종본에 이르면 "글을 쓴 것" 자체가 느껴지지 않는다. 뼈처럼 깔끔해진다.

• • •

나는 걸작을 한 쪽씩 쓸 때마다 쓰레기 91쪽을 양산한다. 이런 쓰레기는 휴지통에 넣으려고 애쓴다. —**어니스트 헤밍웨이**

편집자들이 찾는 이야기

내가 가르치는 논픽션 고급반 학생들은 과제로 작품을 제출해야 한다. 정원 12명의 소수 정예반이기 때문에 많은 시간을 들여 학생들의 과제를 꼼꼼하게 검토하는데, 그럴 때면 출판할 작품을 결정하는 편집자가 된 기분이다. 가장 먼저 제외시키는 것은 너무 감상적이거나 읽기 힘든 원고다(편집자나 에이전트라면 누구나 그럴 것이다). 그런 다음, 좀 더 듣고 싶은 이야기, 다음 내용이 궁금해지는 이야기, 명확하고 간결하게 쓰인 이야기를 찾는다. 당신의 글을 받아보는 편집자와 에이전트도 모두 이런 이야기를 찾을 것이다.

...

에이전트와 편집자에게 조심스럽게 접근해라. —**노아 루크먼**

스스로 정한 마감일

이제 1년간의 위험한, 무모한 그리고 열정적인 글쓰기가 거의 끝나간다. 어쩌면 느리고 괴로운 글쓰기일지도 모르겠다. 어떤 책의 초고를 끝내고 싶다면, 혹은 단편이나 에세이를 완성하고 싶다면, 앞으로 두어 달 남았다. 자신에게 압박을 가하는 것이 좋다. 나름의 마감일을 정해서 끝내야 한다는 압박을 가해라. 책 한 권이든 단편 한 편이든 팔려서 편집자가 생기기 전까지는 아무도 마감일을 정해주지 않는다. 편집자가 생겨 마감일을 정해준다면 그것은 기쁜 일이기도 하지만 한편으론 머리 위에 칼이 매달려 있는 듯 느껴질 것이다.

예전에 나의 요가 선생님은 균형 자세가 흐트러지면 곧바로 다시 자세를 잡는 것이 중요하다고 했다. 스스로 정한 마감일도 마찬가지다. 마감일을 지키지 못했다면 얼른 다시 정해라.

…

내가 한 번이라도 제시간에 무언가를 써냈다면, 즉, 이 집 밖으로 그것을 내보내고 내가 그것을 마음에 들어 했다면…… 사실, 내 생에 그런 일은 한 번도 일어나지 않았다. …… 나는 완성된 작품을 보내본 적이 없다. ……『라스베이거스의 공포와 혐오Fear and Loathing in Las Vegas』는 적절한 결말조차 없다. 나는 몇 가지의 결말을 생각해두었고 한두 장(章) 더 쓸 생각이었다. 그중 하나는 도베르만을 사러 가는 이야기였다. —헌터 S. 톰슨 소설 쓰는 일이 놀랍도록 쉽고 마법 같은 일일 거라고 기대하는 사람은 아무도 없다. 오히려 그 일은 낙관주의와 자존심의 추락 사이에서 매일 전투가 벌어지는 것에 가깝다. 어렵고 긴 작업이다. 이런 점을 고려하면 애니 딜러드가 라디오 인터뷰에서 들려준 이야기는 커다란 자극제가 될 수 있다.

그 인터뷰에서 그녀는 자신의 신작이 10년에 걸쳐 집필한 것이며 원래 1,200쪽인 것을 230쪽으로 쳐내야 했다고 말했다. 그녀는 그 모든 과정에 대해 질렸다는 반응을 보이며 두 번 다시 소설을 쓰지 않을 거라고 했다. 이야기를 간소화한 다음에 다시 불려야 한다고 그녀는 말했다. 그녀는 최종 원고를 한 단어 한 단어 꼼꼼하게 검토하면서 수식어구를 최대한 쳐내고 3음절 이상의 단어는 1음절이나 2음절의 단어로 바꾸려고 애썼으며 피동사가 없는지도 확인했다. (이것은 원고 수정에 관한 아주 훌륭한 조언이다.)

그 후 그 책은 오디오북으로 다시 나왔는데, 그쪽에서는 여덟 개의 테이프를 두 개로 줄이자고 했다. 그녀는 싸우고 싸운 끝에 결국 네 개로 줄이기로 합의했다. 가지치기한 원고를 받아보고 그녀는 전율을 느꼈다. 절반으로 쳐낸 원고가 훨씬 더 나았기 때문이다.

…

나는 형용사와 부사, 그리고 그저 어떤 효과를 내려고 넣은 단어들을 전부 제거했다. 문장 자체를 위해 존재하는 문장도 모두 제거했다. —**조르주 심농**

리처드 로드리게즈가 자서전 집필을 시작하려 할 때 뉴욕의 한 편집자는 그에게 외로운 여정이 될 거라고 말했다. "가끔은 온 세상이 나를 잊었다는 생각이 들 겁니다." 그 편집자는 이렇게 말했다.

하지만 그런 외로움을 겪으면서도 로드리게즈는 그 일이 한편으로는 대중적인 것, 즉 공개적인 것이라는 사실을 잊을 수 없었다. 그의 어머니는 7년 전에 그가 첫 자전적 에세이를 발표했을 때 그에게 이렇게 편지를 썼다. "앞으로는 다른 주제를 택하려렴. 우리 가족의 삶은 우리만의 것이야. 네가 가족과 그렇게 '거리감'을 느낀 일을 왜 '허연 외국인들'(리처드 로드리게즈는 멕시코 이주민 집안에서 태어난 미국 작가임-옮긴이)한테 떠벌려야 하는 거니?"

...

어떤 사람들은 내게 집안에서 처음 책을 냈으니 얼마나 대견하냐고 한다. 나는 긴 침묵의 가장자리에 서 있다. —리처드 로드리게즈

배우 케빈 스페이시는 상을 받기 전까지 팍팍한 수년의 세월을 어떻게 버텼느냐는 질문을 받았을 때 이렇게 대답했다. "상이란 건 없다."

물론 작품이 팔리면 그것이 상처럼 느껴진다. 약 15분 동안은 그럴 것이다. 책 한 권이 팔리면 그 기분이 일주일쯤 지속될 수도 있다. 하지만 그 다음엔 단어 하나하나를 꼼꼼히 훑어봐야 하는 편집의 현실에 직면하면서, 그것이 그 망할 놈의 글을 쓰기 전에 기대한 것처럼 좋은 일이 아니라는 생각이 든다. 마케팅도 문제다. 마침내 책이 출판되면 작가는 세일즈맨이 된다. 실제로 나는 이때쯤 되면 내가 절개 없는 장사꾼이 된 것 같다. 마치 창고에 쌓인 양상추 5천 포기를 '수단 방법 안 가리고' 최대한 빨리 팔아야 하는 입장이 된 것 같다.

이런 모든 상황 속에 상이 존재한다면 그것은 바로 글 쓰는 일 자체이다. 때로는 몹시 힘들지만, 때로는 몹시 두렵지만 가장 좋은 점은 바로 우리가 사랑하는 일을 할 수 있다는 사실이다.

...

결국 글 쓰는 일의 핵심은 당신의 글을 읽는 이들의 삶과 당신 자신의 삶을 풍성하게 만드는 것이다. 자극하고 발전시키고 극복하게 만드는 것, 행복해지는 것, 그것이 궁극적인 목적이다. —**스티븐 킹**

기대하지 않기

우리는 모두 어느 정도는 타인에게 자신을 알리기 위해서 — "어머, 네가 사실은 이런 사람이구나" — 그리고 결국에는 자신을 알고 이해하며 존경하고 사랑하도록 만들기 위해서 글을 쓰고 있을 것이다. 하지만 기대치를 낮추는 것이 좋다.

스테이시안 친은 조각조각 흩어진 자신의 삶을 취합해 한 편의 이야기로 탄생시켰을 때 자신의 가족이 박수를 쳐줄 거라고 생각했다. 하지만 그들의 반응은 예상을 빗나갔다. "식구들은 내가 그렇게 떠벌린다는 사실, 내가 동성애자라는 사실을 창피해한다. 속으로는 〈오프라 윈프리 쇼〉에 출연하고, 내 집세뿐 아니라 가끔은 그들의 집세까지 책임지는 나를 남몰래 자랑스러워하면서도 말이다. …… 그들은 그렇게 많은 사람들에게 그렇게 많은 얘기를 떠벌리는 내가 정말 잘못하는 거라고 생각한다."

결국 그것은 벽돌을 잘 쌓는다고 사랑받기를 바라는 것과 다르지 않다. 혹은 학생들을 잘 가르친다고, 다리를 잘 놓는다고, 교향곡 지휘를 잘한다고, 집을 잘 치운다고 사랑받기를 바라는 셈이다. 물론, 그럴 수는 있다. 하지만 같이 사는 사람이나 매일 보는 사람은 별다른 감흥을 받지 않을 것이다.

...

'우리 딸, 행운이 있길 바란다.' '난 너의 글이 얼마나 중요한지 알아.' 둘 다 얼마나 달콤한 문장인가! 하지만 함께 쓰이기는 힘든 조합이다. 딸과 작가. 가족의 일부인 동시에 자유의 몸이 되는 것, 그것은 완벽하지만 불가능한 조합이다! 모든 조각들을 취합해 더 커다란 자신이 되는 동시에 우리를 일부만 아는 사람들에게 여전히 사랑받는 것, 그것이 우리 모두가 원하는 바가 아닌가? —**줄리아 알바레스**

3주간 쓴 음란 소설

수년 전에 나는 뉴욕에 사는 어느 작곡가와 교제를 했는데, 그가 함께 음란 소설 한 편을 써보자고 제안했다. 우리는 돈이 궁한 상태였다. 음란 소설 시장은 매우 큰 것 같았으므로 나는 충분히 시도해볼 만하다고 생각했다. 워낙 오래전이라 "음란 소설"이라고는 해도 신체 부위를 묘사하는 말이나 '성교'라는 말을 노골적으로 사용할 수 없었다. 그러면서도 시도 때도 없이 주인공들을 침대에 눕혀야 했다.

우리는 우리끼리 3주의 기한을 정해놓고, 원래는 선정적인 뜻이 아니지만 문맥에 따라 그렇게 느껴질 수 있는 표현을 찾아서 자극적인 동사들('돌리다', '자다', '밀어붙이다', '몸부림치다' 등등)과 형용사들, 부사들을 열거해나가기 시작했다. 그 3주 동안 우리는 매일 이스트 90번가에 있는 나의 아파트에 틀어박혀 새로운 표현들을 외쳐대며 이른바 '플롯'을 짜냈다. 우리 이웃들이 어떻게 생각했을지 모르겠다.

꽤 잘 풀려서 괜찮은 값에 작품을 팔았다. 글을 써서 돈을 번 첫 경험이었다. 우리는 장난삼아 '정욕에 물들다'라는 제목을 붙였지만, 편집자는 『하이힐을 신고 여행을 떠나자Have Heels Will Travel』로 결정했다.

• • •

나는 제목에 연연해본 적이 없다. 사실 제목이 뭔지 신경도 쓰지 않는다.

—존 스타인벡

나딘 고디머는 자신의 집필실에서 보이는 바깥 풍경을 정글로 묘사하지만 — "나무 고사리들과 칼라 꽃들로 이뤄진 푸르른 어둠 …… 섬약한 잿빛 가지들이 달린 프랑지파니 네 그루" — 그녀의 책상은 빈 벽을 마주하고 있으므로 사실상 그 풍경은 그녀의 머릿속에 존재하는 것이다. 그녀는 이렇게 썼다. "글을 쓸 때 나의 몸은 요하네스버그에 있는 내 집에 앉아 있다. 하지만 모든 소설가가 알고 있는 의식과 감각으로는 다른 어딘가에, 이야기가 펼쳐지는 곳에 가 있다."

어떤 작가들은 작품 속 인물들의 주변 세상 지도와 사진 또는 그림을 붙여놓고 글로 또 다른 풍경을 창조한다. "우리에겐 물리적인 풍경이 필요치 않다. 우리는 우리가 알아가는 사람들이 창조한 풍경들, 그들을 둘러싼 풍경들에 완전히 빠져 있다." 고디머의 말이다.

…

내겐 글로 쓰지 않을 창문 하나만 있으면 된다. —**토바이어스 울프**

작가의 발목을 잡는 것

헤밍웨이는 인터뷰에서 퇴고를 몇 번이나 하느냐는 질문을 받고, 매번 다르지만 『무기여 잘 있거라A Farewell to Arms』 마지막 쪽은 서른아홉 번 고쳐 썼다고 대답했다.

"기법상의 문제가 있었습니까? 무엇이 발목을 잡은 겁니까?" 인터뷰어가 물었다.

"글을 바로잡는 일이었지요." 헤밍웨이가 대답했다.

…

나는 아무리 퇴고를 많이 해도 목적지에 도달하지 못한다. 수십 년 동안 글을 썼는데도 여전히 그렇다. —무라카미 하루키

지금껏 내가 본 최악의 문장은 어느 고급 쇼핑몰(여전히 이름 없는 쇼핑몰)의 화려한, 어떻게 보면 허식적인 카탈로그에 나온 문장이다. "[이름 없는 우리 고급 쇼핑몰은] 저명한 명성을 갖췄으며 주(州) 전체를 통틀어 어디에서도 찾아볼 수 없는 곳입니다."

이 카탈로그는 2백만 명에게 발송되었지만 기본적으로 이 문장은 아무런 의미도 없는 쓰레기이다('주 전체를 통틀어'라니?). 그리고 쇼핑몰이 '저명한 명성'을 가졌다는 것은 대체 무슨 말일까? 그것은 그저 오만방자한 미사여구일 뿐이다.

글의 요건을 두 가지만 꼽으라면 '독자를 헷갈리게 하지 말 것' 그리고 '진실을 명확하고 단순하게 전달할 것'이다. 그리고 한 문장에 '저명한'과 '명성'을 함께 써선 절대로 안 된다. 아니, 둘 다 영원히 쓰지 않는 편이 나을 수도 있다.

...

미사여구를 피해라. —E. B. 화이트

내가 읽고 싶은 책

약 반세기에 걸쳐 40여 권의 책을 저술한 베벌리 클리어리는 작가가 되기 전에 워싱턴 주 예키모에 있는 어린이 도서관의 사서로 일했다. 그때 한 어린 소년이 그녀에게 물었다. "우리 같은 애들에 관한 책은 어디 있어요?" 이것이 그녀에겐 환기의 순간이었다. 그녀는 그 소년에게 농촌 아이들에 관한 책을 딱 한 권밖에 찾아주지 못했다. 그래서 직접 그런 책을 쓰기 시작한 것이다.

책의 소재를 발견하는 것은 세상이 주는 커다란 선물처럼 보일 수도 있지만, 그보다는 늘 촉각을 곤두세운 채 소재를 기다린 결과이다. 대개는 자신이 찾는 책, 그리고 다른 사람도 읽고 싶어 하는 책이 소재가 된다.

···

나는 대개 제목을 먼저 떠올린 뒤에 그것을 얼른 타이핑해놓는다. 그런 다음, 그 앞에 앉아 제목을 찬탄하며 이제 4천 문장만 쓰면 책 한 권이 나올 거라고 스스로에게 말한다. —**베치 바이어스**

신문에서 얻은 영감

앨런 거개너스는 1982년 〈뉴욕타임스〉에서 남북 전쟁 때 전사한 남부연합군 병사들의 아내들 가운데 여전히 살아남아 정부의 연금을 받고 있는 몇몇 과부들에 대한 기사를 읽었다. 기사에서는 "최고령의 남부연합군 과부들"이라고 표현했다. 그저 그 표현에 영감을 받았다는 말로는 부족할 것이다. 그는 그 자리에 앉아 네 시간 동안 그의 소설 『최고령의 남부연합군 과부들이 들려주는 이야기Oldest Living Confederate Widow Tells All』의 첫 30쪽을 썼으니까 말이다.

...

나는 삶에서, 실제 사건에서 불과 1인치 떨어져 있는, 그러나 그 1인치 안에 모든 예술이 들어 있는, 그런 글을 쓰고 싶다. —제프 다이어 당신의 글은 거절당할 것이다. 당신의 원고에는 일반적인 거절의 메모가 붙어 있을 것이다. 운이 좋다면 좀 더 구체적인 거절 이유가 적힌 메모를 받게 될 것이다. 당신은 이러한 쪽지와 메모로 욕실을 도배할 것이다. 혹은 그것들을 책상 위 커다란 바구니에 넣어두고 출판의 결의를 다지는 자극제로 사용할 것이다.

당신은 그림책에 나오는 '꼬마 기관차The Little Engine That Could'처럼 느껴질 것이다.

당신은 할 수 있다.

…

재능을 뛰어넘는 것들은 모두 평범한 말들이다. 즉 자기 단련, 사랑, 운, 무엇보다도 인내. — 제임스 볼드윈

소설을 써야 하는 이유는 각양각색이다. 이야기를 지어내고 다른 삶을 살아보는 것이 좋아서일 수도 있고, 현실의 삶을 예술로 전환해 우리의 삶을 이해하고 싶어서일 수도 있으며, 실화를 쓰고 싶지만 주변 사람들이 화를 낼까 봐 두려워서일 수도 있다. (마지막 이유라면 다시 생각해보기 바란다.)

짐 크레이스는 작가 자신의 경험이 소설로 이어진다는 인습적인 생각에 대해 논한다. 그런 생각에 따르면, 작가는 소설을 쓰기 위해 자신의 과거를 파헤친다. 그러나 짐 크레이스는 아주 행복하고 안정적인 삶을 살고 있다. 따라서 자신의 소설은 진정한 허구라고 그는 말한다. 자신의 삶을 주제로 소설을 쓰는 작가들에 대해 그는 이렇게 말한다. "물론 그들은 소설을 '쓰지 않을 수 없다'. 그들은 퇴근을 할 때에도 …… 소재를 갖고 간다. 그들의 소재는 배우자와 얘기할 때에도, 애완견과 얘기할 때에도 여전히 그들의 어깨 위에 놓여 있다. 그들 자신의 소재이기 때문이다."

…

내 과거는 너무 지루해서 과거를 습격해봐야 소재를 얻을 수 없다. 나는 모든 이야기를 처음부터 지어내야 한다. 새로운 풍경을 만들고 가상의 인물과 가상의 이야기를 만들어 그 풍경을 채워야 한다. —**짐 크레이스**

시가 이끄는 대로

필립 레빈은, 디트로이트 자동차 공장에서 일한 경험을 시로 전환할 수 있다면 "거기에 그 자체로는 절대 얻을 수 없는 가치와 존엄성을 부여할 수 있다"고 생각했다. 그에 대해 글을 쓸 수 있다면 자신이 그것을 이해할 수 있을 것 같았다. 하지만 공장에서 일하는 동안에는 시적인 요소를 전혀 찾아낼 수 없었다.

처음에는 너무 화가 나서, 시간이 흐를수록 자신과 동료들이 심하게 착취당한다는 생각이 들어서, 그에 대해 시를 쓸 수가 없었다. 그는 이렇게 말한다. "우리에게 시를 내주는 것은 바로 상상력이다. …… 시가 이끄는 대로 따라가야 한다. 그러면 의외의 무언가가 나올 것이다. 예상하지도 않았던 말을 하게 된다. 그리고 시를 보면서 깨닫는다. '이게 진짜 내가 느낀 거야. 이게 진짜 내가 본 거라고.'"

훗날 그는 노동자들의 삶을 시로 전환하여 퓰리처상을 받고 계관시인이 되었다.

• • •

나는 그 짧은 여행을 최초로 시도하는 사람인 셈이다. 그 시가 어딘가에 착륙할지 말지는 아무도 모른다. 결국 어디에도 도달하지 못하는 시들이 있다. 그런 것들은 그저 폐기해버린다. —**빌리 콜린스**

이야기는 사람을 구할 수 있다. 그리고 작가는 또한 이야기를 구할 수 있다.

케이트 앳킨슨은 때로는 자신이 관음증 환자처럼 느껴진다고 말한다. 작가가 아닌 사람이 흥미로운 이야기를 들려주면 그 경험이 쓸데없이 낭비되지 않도록 자신이 활용해도 되겠느냐고 물어보기 때문이다. "그저 당사자가 작가가 아니라서 굉장한 사건들이 기록되지 않는 것, 글로 표현되지 않는 것은 늘 유감스러운 일이다. 어떤 면에서 그것은 끊임없이 경험을 구하는 셈이다. 타인의 경험이든 자신의 경험이든 상상의 경험이든 마찬가지다. 그것은 일종의 구조 작업이다."

이야기는 귀중하다. 따라서 이야기를 훔친다기보다는 구조한다고 하는 게 정확할 것이다.

...

내가 확실하게 아는 것은 두세 가지이다. 그중 하나는, 이야기를 끝까지 들려주는 것은 사랑의 행위라는 사실이다. —**도로시 앨리슨**

첫 번째 남편이 내게 파란색 전자 타자기를 사줬을 때 나는 그리 달갑지 않았다. 쓸거리를 생각하는 동안에 마치 재촉이라도 하는 듯 '윙' 하고 울려대는 소리가 몹시 거슬렸기 때문이다. 나는 옛날에 쓰던 수동 타자기가 더 좋았다. 그러다 결국 그 파란색 타자기에 적응이 되었고, 그 후 두 번째 남편이 (아직 남편이 되기 전에) 내게 기술 혁신 반대자라며 작가라면 누구나 컴퓨터를 써야 한다고 했을 때 나는 또 한 번 완강하게 버텼다. 그러나 결국 그가 내게 컴퓨터를 주었다.

나는 눈에 보이는 도구들을 좋아한다. 게다가 글과 씨름하면서 새로운 무언가를 배운다는 건 생각하고 싶지도 않다. 물론 이제는 내 감각 없는 차가운 손을 비틀어 떼어내지 않고는 컴퓨터를 치울 수 없을 정도가 되었다.

줄리언 반스는 컴퓨터로 글 쓰는 것을 좋아하지 않는다. 그는 이렇게 말한다. "컴퓨터로 글을 쓰면 아직 완성되지 않았는데도 다 완성된 것처럼 보인다. 나는 어느 정도의 육체노동은 반드시 필요하다고 믿는다. 소설을 쓰는 일은 조금 아득하긴 해도 전통적인 일처럼 느껴져야 한다."

반면, 이언 매큐언은 이렇게 말한다. "워드 프로세싱은 좀 더 친밀감이 들고 스스로 생각한다는 느낌이 든다. 과거의 타자기는 커다랗고 무식한 기계 장해물처럼 보인다. 출력하지 않은 자료가 컴퓨터의 기억 장치 속에 보관되어 있는 것, 나는 그런 임시적인 속성이 좋다. 마치 생각한 것을 아직 말로 표현하지 않은 것 같다."

나는 두 사람 모두에게 동의한다.

• • •

나는 잉크를 찍어 쓰는 펜으로 종이에 글을 쓴 다음, 내 두 손에 3차원 활동을 부여하기 위해 수동 타자기로 타자한다. 하지만 세상에서나 종이 위에서나 말이 얼마나 멀리까지 나아갈 수 있는지를 새삼 깨닫곤 한다. —수전 마이너트

앤 섹스턴은 이렇게 말했다. "명확해야 한다. 전체 이야기를 거의 모두 들려주어라. 자신의 영혼에 귀를 기울이고 열심히 들어라."

여기서 핵심 단어는 "거의"이다. 시에서, 회고록에서, 에세이에서, 소설에서, 진실에 대해 무엇을 말해야 하는가? 자신의 영혼을 어디까지 드러내야 하는가? 훌륭한 이야기를 만드는 한 가지 요소는 바로 신비다. 경험과 인물을 한 겹 한 겹 벗겨내야 한다.

우리가 하는 일은 진실을 모양 짓는 것이다. 예술로, 이야기로, 좀 더 깊고 보편적인 진실로 모양 짓는 것이다. 열심히 들어라. 전체 이야기를 거의 모두 들려주어라.

• • •

모든 진실을 얘기하되 빗겨서 얘기하라. —에밀리 디킨슨

작가가 되려면 더 많은 경험이 필요하다고, 살면서 좀 더 광범위한 경험을 해봐야 한다고 생각할지도 모르겠다. 하지만 때로는 경험과 모험이 역효과를 낼 수도 있다.

나는 첫 번째 남편과 살 때, 둘 다 항해법도 제대로 모르면서 44피트 요트를 사서 로스앤젤레스부터 그리스까지 항해했다. '몇' 가지 모험을 겪었다고 하면 그것은 조이스 캐럴 오츠의 작품이 '몇' 편이라고 말하는 것과 다르지 않다. 중앙아메리카 연안을 지나면서 해적인 듯 보이는 배가 몇 시간 동안 우리 주위를 맴돌다가 다행히 사라진 일도 있었고, 파나마 운하 어귀에서는 폭풍우에 엔진이 나가는 바람에 하마터면 암석에 충돌할 뻔했다. 카리브 해에서는 미국 해안경비대가 우리를 마약 밀수입자로 오해해서 한밤중에 돛을 올리고 갑자기 나타나 배를 수색하기도 했다(우리는 그쪽이 마약 밀수입자인 줄 알았다). 그리스에서 유고슬라비아로 가다가 알바니아에 너무 바싹 붙는 바람에 변변치 않은 알바니아 해군이 몇 시간 동안 우리에게 총구를 들이댄 채로 우리를 두브로브니크로 호송한 일도 있었다. 누군가는 이것이 놀라운 소재라고 생각할지도 모른다. 그야 물론 그렇다. 하지만 결국 실패한 소설을 3장까지 쓰다 말았을 뿐, 그 외에는 한 번도 그 일에 대해 쓴 적이 없다. (필경 내가 여행을 하는 내내 약간의 신경 쇠약을 겪고 있었기 때문일 것이다.)

가끔은 글을 쓸 수 없을 만큼 현실에 압도당하는 경우도 있다. 그럴 때

할 수 있는 일은 메모뿐이다. 나 역시 메모를 했다. 수십 권의 일기를 쓰고 수십 장의 메모를 했다. 내 문제는 맥락을 찾는 일이었다. 그 모든 게 무엇을 의미하는가? 지금까지도 잘 모르겠다. 그것은 단순히 엄청난 경험일 뿐이었다. 아니, '단순히'라고 말할 수 없는 엄청난 경험이었다.

…

작가에게 어떤 일이 일어났느냐는 중요하지 않다. 중요한 것은 작가가 그 사건을 좀 더 커다란 맥락에서 어떻게 이해하느냐이다. — 비비언 고닉

우디 앨런은 오랫동안 글을 쓰고 영화를 만들면서 무엇을 배웠냐는 질문에, "주위의 시시한 것들"을 무시하고 부지런히 일해야 한다는 것, 그저 열심히 노력하면서 비평을 읽지 말아야 한다는 것 외엔 별로 배운 게 없다고 대답했다.

…

나는 작품을 통해 불멸에 이르고 싶진 않다. 그보다는 죽지 않음으로써 불멸에 이르고 싶다. —**우디 앨런**

빌리 콜린스는 이렇게 말한다. "내겐 작업 습관이라 할 만한 게 없다. …… 시는 찾아오는 것이다. 나는 매일 시를 쓰지 않는다. 창조의 기회들, 시로 탄생할 만한 것들을 놓치지 않으려고 노력할 뿐, 아침마다 자리에 앉아 점심 시간이 되기 전까지 저술 활동에 전념하려고 노력하는 일은 하지 않는다."

애니 프루도 규칙적으로 글을 쓰지 않는다. 그녀는 이렇게 말한다. "나는 글 쓸 시간을 찾으려고 안간힘을 쓴다. 어제는 쓸 게 아주 많았는데 인근 목장에서 황소들을 초원에 내놓겠다는 전화가 와서 글을 쓸 수 없었다. 나는 …… 황소들이 우리 집으로 들어오는 것을 막아야 했다. 그게 어제 오후에 갑자기 일어난 일이다. 그래서 나는 시간을 정해놓고 글을 쓰지 못한다."

반면 테드 쿠저는 매일 아침 4시 30분부터 7시 30분까지 글을 쓴다. 조너선 프랜즌은 매일 아침 7시부터 글을 쓰기 시작하고 일주일에 6~7일 작업을 한다. 플래너리 오코너는 친구에게 이런 편지를 보냈다. "재미없어 보이겠지만, 나는 글 쓰는 습관을 들여야 한다고 전적으로 믿는 사람이야. 천재라면 습관을 들이지 않아도 글을 쓸 수 있겠지만 대부분의 작가들은 재능만 가졌을 뿐이지. 재능은 항상 육체적, 정신적 습관이 뒷받침되어야 해. 그렇지 않으면 말라서 날아가버리거든."

• • •

약속을 지켜라. 자기 단련은 창조적 자유를 허용한다. 자기 단련이 없으면 자유도 없다. — **저넷 윈터슨**

끝까지 알 수 없는 것들

우리는 대개 우리의 이야기가 어디로 가는지 알지 못한다. 회고록도 마찬가지다(어떤 기억이 나타날지, 실제로 어디에서 끝을 맺을 것인지, 그것이 어떤 의미가 될지 알 수가 없다). 내겐 이것이 항상 위험하고 아슬아슬하게 느껴진다.

용기의 핵심은 허세와 힘이 아니다. 그보다는 두렵더라도, 결과를 알 수 없어도 안전한 곳을 떠나 어려운 일을 하는 것이 용기다.

...

예술은 우연에 많이 좌우된다. 예측 가능성과는 거리가 멀다는 얘기다. 예술을 하고 싶은 당신에게 불확실성은 본질적이고 불가피하며 떼려야 뗄 수 없는 벗이다. 불확실성을 허용하는 것, 그것이 성공의 필요 조건이다.

— 데이비드 베일즈와 테드 올랜드의 「예술가여, 무엇이 두려운가!」 중에서

가르치면서 배우는 법

니키 조반니는 작가들에 관한 시에서 작가들은 숨바꼭질을 하고, 부쉈다가 고친다고 썼다. "우리는 가르치면서 배운다네 / 우리는 글을 쓴다네." 가르치면서 배울 수 있는 한 가지 방법은 바로 자신이 읽고자 하는 책을 쓰는 것이다.

...

당신은 지붕 위가 보일 때까지, 구름 위가 보일 때까지 긴 사다리를 오른다. 당신은 책을 쓰는 중이다. — **애니 딜러드**

쉬운 길은 없다

한 문예지에 다음과 같은 자가 출판 광고문이 실렸다. "무엇이든 써라! 무엇이든 출판해라! 어디에든 팔아라!" 나는 이렇게 외치고 싶었다. "안 돼요, 안 돼! '무엇이든' 써선 안 돼요! '무엇이든' 출판해선 안 돼요! 그리고 '어디에든'이라니 대체 어딜 말하는 거죠?"

그 광고는 이렇게 끝났다. "홈페이지를 방문하세요. 아주 간단하답니다." 그게 그렇게 간단하지 않다는 것은 우리 모두 알고 있다.

하지만 우리 작가들은 유혹에 약하다. 그러니 광고를 경계해라. 바라건대 맨 처음 초고에만 '무엇이든' 쓰고, 그런 다음에는 최대한 고쳐서 우리가 신뢰하는 사람의 편집 과정을 거친 다음에 출판해야 한다. 그리고 베스트셀러 작가가 아닌 이상, 직접 마케팅을 해야 한다.

출판에는 왕도가 없다. 설사 자가 출판을 한다고 해도 말이다. 하지만 불가능한 것은 아니다. 그리고 가족이 읽을 자서전을 내든, 자체 판매망을 갖춘, 자신의 일에 관한 책을 내든, 자가 출판은 커다란 만족감을 안겨줄 수 있다. 어렵지만 매력적이고 흥미로우며 신나는 일이다. 다만 간단하고 쉬운 일은 아니다.

...

마치 튀김을 내놓듯 순식간에 책을 만들어주고 책을 세상에 풀어주는 사람들이 있다. — **미겔 데 세르반테스**

매일 작은 변화

마크 앨런은 긍정적인 태도로 궤도를 벗어나지 않고 끝내 성공에 이르는 것을 비행기에 비유해 말한다. 비행기는 허공에 떠 있는 시간의 95퍼센트는 진로에서 벗어나기 때문에 조종사는 목적지에 도달하기 위해 끊임없이 진로를 바로잡아야 한다는 것이다.

작가들도 수없이 진로에서 벗어날 수 있다. 글을 쓸 때뿐만 아니라 머릿속에서 들리는 비판적인 트집에 귀를 기울일 때나 책상으로 가는 게 위험하게 느껴질 때, 혹은 거절을 당해 침울할 때에도 그렇다.

일본의 '가이젠'('개선'이라는 뜻-옮긴이) 개념을 활용하라. '가이젠'이란 목표에 도달하기 위해 매일 작은 변화를 하나씩 꾀하는 것, 목적지에 도달하기 위해 매일 혹은 매시간 혹은 매분 작은 수정을 하나씩 가하는 것을 말한다.

...

우리 뒤에 있는 것과 우리 앞에 있는 것은 우리 안에 있는 것에 비하면 작은 문제들에 불과하다. —**랠프 월도 에머슨**

누군가가 노인이 된 로버트 프로스트에게 이렇게 소리쳤다. "장수를 축하드립니다!"

그러자 프로스트가 대꾸했다. "내 장수는 됐으니 내 책이나 읽어요!"

• • •

아마 내가 작가라서 그렇겠지만 책을 사는 것은 항상 품위 있는 일처럼 보인다.

—에이미 헴펠

전장 같은 초고

초고를 완벽하게 쓰는 것은 난생처음 피아노 앞에 앉은 사람이 베토벤 소나타를 완벽하게 연주하는 것과 같다. 베토벤 소나타를 완벽하게 연주하려면 다년간의 연습을 거쳐야 한다는 것은 누구나 이해할 수 있다. 그러나 어쨌든 글을 쓰는 법은 누구나 배우지 않았는가? 그런데 왜 그렇게 많은 연습이 필요하단 말인가?

로저 로젠블랫은 학생들에게 자신이 쓴 초고의 잔해 — 줄을 쳐서 지운 단어들과 구절들, 문장들 — 를 볼 수 있어야 한다고 가르친다. "베어내고 태워버려요! 폭파시켜요! 초고는 드레스덴 전장 같은 모습이어야 합니다."

• • •

'거의' 맞는 단어와 '정확히' 맞는 단어 사이에는 커다란 차이가 있다. 반딧불이와 번개만큼이나 서로 다른 것이다. —마크 트웨인

목수와 조각가

나는 작가를 두 부류로 나눌 수 있다고 생각한다. 목수 유형과 조각가 유형이다. 우리들 대부분은 목수 유형에 속한다. 글을 톱으로 썰고 망치로 두드리고, 문장들을 못으로 고정시키고, 샌드페이퍼로 문지르고 광택제를 발라 쓸모 있는 무언가를, 이를테면 식탁이나 튼튼한 의자 같은 것을 만들려고 애쓴다는 뜻이다.

그런가 하면 조각가 유형도 있다. 언어를 활용해 삶을 거푸집에 부어 기막힌 예술로 탄생시키는 작가들과 시인들이 여기에 속한다. 애초에 우리로 하여금 글을 쓰도록 자극하는 것은 바로 이런 사람들이다.

우리는 조각가 유형의 작가들이 쓴 글을 읽고 자극을 얻되, 자신의 글재주는 꾸준히 연마해야 하는 실용적인 목수 기술로 간주해야 한다.

...

[그는] 직물처럼 펼쳐지는 문장을 포목상의 손길로 어루만졌고 단어들이 마치 진귀한 단추라도 되는 양 수집했다. —다이앤 애커먼

당장 말하기

래 아먼트러트Rae Armantrout는 자신의 시 「정확한Exact」의 도입부에서 호텔 카펫이 정확히 어떤 색조인지 묻고 이렇게 말한다. "당장 말해요, 죽어버리기 전에."

즉석에서 떠오르는 것을 말해라. 최초의 생각이 최고의 생각이라 하지 않는가.

우리는 나뭇가지가 바람에 흔들리는 모양, 사랑하는 사람이 커피 잔을 집어 드는 모습, 고속도로에서 나는 소리 등을 어떻게 표현할 것인지 끊임없이 즉석에서 자문해야 한다. 당장 말해라. 게으름을 부리지 마라. 아무도 글로 표현한 적 없는 정확한 동작, 명확한 색깔, 구체적인 소리를 찾아라.

• • •

정말 서둘러야 해

구름을 묘사하려면

—비스와바 심보르스카

책이 쓰인 장소에서 그 책을 읽는 것은 묘하고 신기한 일일 뿐 아니라 그 책에 대한 이해를 돕는다. 책 자체와 그 장소의 영향에, 독자가 그곳에서 경험한 것이 더해진다. 앤 모로 린드버그는 플로리다 연안의 섬 캡티바에서 『바다의 선물Gift from the Sea』을 썼다. 그곳에 가서 그 책을 읽는다면, 특히 그녀의 딸이 50년 후에 쓴 서문이 들어간 개정판을 읽으면서 자신의 딸과 손녀와 함께 그 섬에서 조가비를 줍고 수년 전 그 책을 처음 읽은 일을 회상한다면, 추억과 감정의 소용돌이가 밀려올 것이다.

아울러, 따뜻하고 사려 깊은 책은 지속적인 힘을 갖는다는 사실도 깨닫게 된다.

• • •

나는 나 자신을 위해서, 나의 생활 패턴과, 나의 개인적인 균형, 즉 삶과 일과 인간관계 사이의 균형에 대해 생각해보기 위해서 이 책을 쓰기 시작했다. 그리고 나는 손에 연필을 쥐고 있을 때 생각이 가장 원활하게 이뤄지기 때문에 자연스레 쓰기 시작했다. **—앤 모로 린드버그**

무엇을 포기할 수 있는가

어린 나이에 시인이 되고 싶었던 메리 올리버는 자신이 결코 누리지 못할 것들을 전부 열거해보았다. 자기 소유의 집, 새 차, 좋은 옷, 좋은 식당. 그녀는 시인들이 돈을 벌지 못한다는 사실을 잘 알았다. 그리고 수년에 걸쳐 몇 가지 교사 일을 했지만 그 어떤 것도 흥미롭지 않았다. 그저 글을 쓰기 위해 에너지를 비축하려는 마음이었다.

그러나 아이러니하게도 그녀는 퓰리처상을 받았을 뿐 아니라, 열광하는 팬들로 커다란 강당을 가득 채울 수 있는 스타 시인이 되었다. 자연과 간결성을 열렬하게 사랑한 시인이 결국에는 자신이 원하기만 하면 엄청난 물질적 안락을 누릴 수 있게 된 것이다.

당신이 글을 쓰기 위해 기꺼이 포기할 수 있는 것은 무엇인가? 그리고 글을 쓰지 않았을 때 치러야 하는 대가는 무엇인가?

...

우리 문화에서 돈은 힘과 동등하다. 그렇다면 결국 돈은 거의 아무런 의미도 없다는 얘기다. 힘이 아무런 의미가 없으니까. —메리 올리버 무엇을 쓸 것인지 알아야만 글을 쓸 수 있는 것은 아니다. 그렇게 간단한 사실을 왜 우리는 기억하지 못하는 것일까?

우디 앨런은 출석만 하면, 즉 약속을 지키기만 하면 80퍼센트는 성공한 셈이라고 말하지 않았는가?

…

성공은 대개, 너무 바빠서 성공을 좇을 수 없는 사람들에게 찾아온다.

— 헨리 데이비드 소로

수시로 백업하기

도로시 앨리슨은 로스앤젤레스의 거리에서 방금 전에 털린 친구의 차를 보고 서 있었다. 친구가 그녀에게 물었다. "복사해뒀지?"

그녀의 『캐롤라이나의 사생아Bastard out of Carolina』 원고를 도둑맞은 것이다. 그중 60쪽은 복사해두지도 않았다.

내 친구 데브는 차에 있던 컴퓨터를 도둑맞는 바람에 3년 동안 쓴 글을 몽땅 날렸다.

어쩌면 이것은 이 책을 통틀어 가장 귀중한 조언일지도 모른다(경험에서 얘기하는 거다). 컴퓨터에 글을 백업하고 복사를 해둬라. 그리고 글을 쓰면서 계속 '저장'을 클릭해라.

• • •

내 완성작들 가운데 남은 거라곤 나중에 폐기해버린 시시한 시의 초고 세 편과 존 매클루어와 주고받은 편지, 그리고 기사 몇 개뿐이다. — **어니스트 헤밍웨이**

타당한 편집증

나는 편집증이 심한 편이다. 내 컴퓨터에는 내가 치는 모든 단어를 백업하는 작은 블랙박스가 붙어 있는데, 혹시라도 로스앤젤레스에 지진이 나서 이 블랙박스가 파괴되면 어쩌나 하는 걱정에 시달리곤 한다. 그래서 작업 중인 원고를 이메일로 다른 주에 사는 가족에게 주기적으로 보낸다. 내 남동생 부부는 나의 편집증에 대해 아무 말도 하지 않고 그들의 컴퓨터로 내 원고를 맡아준다.

유명한 원고 분실 사례는 대부분 기차역과 연관된다. T. E. 로런스는 레딩 역에서 기차를 갈아타다가 『지혜의 일곱 기둥The Seven Pillars of Wisdom』 원고 1천 쪽을 몽땅 잃어버렸다. 그것을 저술하는 데 사용한 기록들은 그전에 이미 폐기한 상태였다. 헤밍웨이의 아내인 해들리는 기차역 플랫폼에 남편의 원고가 사본과 함께 가득 든 여행 가방을 놓고 물을 사러 갔다.

원고 분실에 대해서는 편집증을 갖는 것도 나쁘지 않다.

...

글쓰기에서 가장 쉬운 일은 백업이다. —로브 댈리

어떤 작가들은 시계처럼 정확하게 책을 구상해낸다. 그들은 악착같이 일하는 저술가가 아니라 마르지 않는 창의력의 샘을 찾은 듯 보이는 우수한 작가들이다. 우리는 조이스 캐럴 오츠만큼 다작하는 것은 꿈도 꾸지 못한다. (예전에 캐럴린 시는 그녀를 인터뷰하면서 이렇게 말했다. "조이스, 당신이 작품을 쓰는 속도는 제가 읽는 속도보다 더 빠른 것 같아요.")

나는 앤 타일러도 존경스럽다. 그녀는 2년에 한 번씩 신작을 내놓고 있고, 1970년대 후반 이래로 안정적이고 규칙적인 속도를 유지해왔다. 할런 코벤은 매년 베스트셀러 스릴러를 한 편씩 내놓는다. 이런 작가들은 천 명, 아니, 백 명도 되지 않는다. 꾸준히 놀라운 책을 써서 발표하는 작가들에 대해 우리가 할 수 있는 일은 그저 그들을 존경하고 너무 질투하지 않도록 노력하는 것뿐이다.

···

수년 동안 다른 사람들이 모르게 당신만의 이야기를 갖고 사는 것은 아름다운 일이다. 그러면 매 순간 당신의 일상 경험에서 아이디어나 이미지를 골라낼 수 있다. …… 나는 매년 신작 소설을 한 편씩 써내는 작가들을 이해할 수 없다. 그러면 재미는 어디에서 찾는단 말인가? —**움베르토 에코**

분노에서 열정으로

'danger'(위험)에서 'd'를 빼면 'anger'(분노)가 된다. 둘 다 아드레날린을 분출시킨다. 둘 다 글을 쓰도록 자극하기도 한다.

...

나는 분노에서 글을 쓰기 시작해 열정으로 들어간다. —**테리 템페스트 윌리엄스**

윌리엄 포크너는 미시시피 주 옥스퍼드의 고향 사람들이 보기에 실업자에다 "돈 문제와 나쁜 습관을 갖고 있는 정신 나간 포크너 집안의 일원"이었다.

MGM사가 마을에 나타나 영화 〈사막의 침입자Intruder in the Dust〉를 상영하기 전까지 그는 "백작 아닌 백작"으로 알려져 있었다.

우리들 대부분은 우리의 소설을 영화로 만들어 상영하러 오는 영화사를 만나지 못할 것이다. 하지만 우리가 글을 쓰고 있다는 소문이 돌면 사람들이 우리의 문제와 습관들에 대해 어떻게 얘기할지 모를 일이다.

• • •

사실, 주위의 "정상적인" 사람들 가운데 약 97퍼센트는 …… 글 쓰는 것을 매춘보다 한 단계 낮은 일로 생각한다(생각이나 한다면 말이다). 적어도 매춘부는 누군가가 즐거운 시간을 갖도록 돕기 때문이다. —캐럴린 시이자크 디네센은 희망도 없고 절망도 없이 매일 조금씩 글을 썼다고 말했다.

테스 캘러허는 시를 쓰는 과정을 묻는 질문에, "촛불을 켜고 시들을 초대"한 다음, "희망도 절망도 없이 시가 찾아오는 상황과 찾아오지 않는 상황"을 마주한다고 말했다.

개인적으로 내가 아는 작가들 중에는 희망이나 절망 없이 글을 쓰는 사람이 없는 것 같다. 하지만 그럴 수 있는 사람이라면 필경 내 친구들과 나보다 훨씬 더 차분한 작가일 것이다.

• • •

조이스 캐럴 오츠는, 작가들이 서로에게 몇 시부터 몇 시까지 글을 쓰는지, 점심 먹는 시간은 얼마나 걸리는지 묻는 것은 사실상 "저 사람도 나처럼 제정신이 아닐까?" 하는 의문을 해소하려는 거라고 어디선가 말한 적이 있다. 나는 그 질문에 대한 답을 구할 필요가 없을 것 같다. —필립 로스

글 속에 살아 있는 사람들

수업 시간에 글쓰기 연습을 하면 사람들이 글을 쓰는 소리가 '귀로' 들린다. 펜을 끼적거리는 소리나 컴퓨터 자판 두드리는 소리 말이다. 그 소리에선 집중과 달콤함이 느껴진다.

학생들이 사랑하는 사람들, 즉, 친구와 가족, (특히 세상을 떠난) 조부모와 부모에 대해 쓴 글을 낭독할 때면 나는 이야기를 글로 쓰는 행위가 얼마나 신성한 것인지 (몇 번이고) 깨닫는다.

...

사람들이 책을 읽는 한, 우리가 사랑했던 사람들은 희미하게나마 살아 있다. 우리 작가들이 우리의 생업을 통해 그러하듯 '기억'해라. 우리를 기억해라. 나를 기억해라. —**마지 피어시**

1903년 프란츠 카프카는 친구 오스카 폴라크에게 이렇게 편지를 썼다. "우리는 오로지 우리를 해치고 찔러대는 책만 읽어야 해. 우리의 뒤통수를 때려 각성시키지 않는 책을 읽을 필요가 있을까? 우리에게 재앙 같은 영향을 미치는 책, 자기 자신보다 더 사랑하는 사람이 죽은 것처럼, 모든 이들을 떠나 숲속으로 사라져버린 것처럼, 자살을 한 것처럼 엄청난 비통함을 안겨주는 책을 읽어야 해. 책은 우리 내면의 얼어붙은 바다를 깨는 도끼가 되어야 해." 물론 이 마지막 문장은 지금까지 백 년이 넘도록 수없이 인용되었다.

로저 로젠블랫은 책이 정말 도끼가 될 수 있다면 글을 쓸 때 그 얼어붙은 바다를 잊어선 안 된다고 말한다. 독자를 염두에 두어야 한다는 얘기다. "독자는 그 얼음 밑에서 손바닥이 위쪽으로 눌린 채 천천히 몸부림친다. 여기 당신의 도끼가 있다. …… 이러한 구조 행위로 당신이 얻을 수 있는 것은 무엇일까? 당신은 두 사람을 구조하는 것이다. 당신의 독자와 당신 자신 말이다."

...

위대한 글 — 기발한 글도, 뛰어난 글도 아닌, 그리고 가장 오해의 소지가 많은 아름다운 글도 아닌 위대한 글은 세상에 도움이 되는 글이다. —로저 로젠블랫

집 안에서 여행하기

집필을 위한 여행에는 여러 단계가 있다. 외딴 섬에서 여름 한 철을 보낼 수도 있고, 깊은 숲속 오두막에서 일주일을 보낼 수도 있다. 그저 주말 동안 아무도 없는 집에서 전화와 이메일을 모두 차단한 채로 지낼 수도 있다. 좀 더 현실적인 방법으로는 수첩을 들고 긴 산책을 하거나 한 시간쯤 커피숍에 앉아 있는 것을 꼽을 수 있다. 심지어 방문을 닫고 펜을 쥔 채 방 안에 혼자 30분 동안 앉아 있는 것도 여행이라고 할 수 있다.

• • •

우리는 어딘가로 떠나야만 피정이라고 생각하지만 꼭 물리적인 행위가 필요한 것은 아니다. 우리는 각자 나름대로 침묵하는 법을 찾을 수 있다. 이런 식으로 우리 자신이 물러나면 내면의 세계가 모습을 드러낸다. —디나 메츠거

헌터 S. 톰슨은 편집자를, 자신의 출판을 돕고 자신의 원고를 보면서 밀워키의 호텔 방에 앉아 슈피리어 호(湖)를 내다보는 것은 불가능하다는 점을 지적해주기도 하는 "필요악"이라고 했다.

피터 캐리는, 자신의 편집자는 "여기엔 어떤 규칙이 적용되며 그것을 언제 적용해야 하는지 늘 걱정했다"고 했다. 그는 그 편집자에 대해 이렇게 말했다. "한번은 내가 프로방스에서 휴가를 즐기고 있는데, 한밤중에 전화해서 빌어먹을 '&' 표시에 대해 네 시간 동안 떠들어댔다. 그는 표지 디자인에 몹시 집착했고 판매에도 몹시 집착해서 서적상들과 아주 친했다. 나는 축복받은 사람이었다."

예전에 나의 편집자는 시골에 주말 별장을 갖고 있었다. 이름이 폴라 다이아몬드였는데, 나는 그 시골 인근 마을에 사는 우리 부모님 댁에 갔다가 일주일 동안 그녀의 집 식탁에 함께 앉아 내 소설의 최종 원고를 편집했다. 그것은 나의 첫 소설이었으므로 나는 편집자들이 원래 다 그러는 줄 알았다. 모두 작가에게 끝없이 커피를 부어주며 작가와 함께 세미콜론까지 일일이 다 검토하는 줄 알았던 것이다. 나는 그 후에 만난 많은 편집자들을 좋아하고 존경하지만 나와 함께 일주일 동안 자기 집 식탁에 앉아 세미콜론에 대해 논의해준 사람은 폴라 다이아몬드뿐이었다.

···

지난 수년 동안 나는 [내 편집자에게] 이런 말을 수없이 쏟아냈다. "다시는 당신하고 얘기하지 않을 거예요. 영원히. 안녕. 이제 끝이에요. 죽도록 고마웠어요." 그러고는 떠났다. 그런 다음 그 작품을 읽다 보면 그의 제안이 떠올랐다. 그러면 그에게 전보를 보낸다. "그래요, 당신 말이 맞네요." — **마야 안젤루**

333 낙담한 소설가들이 하는 일

제인 오스틴은 그녀의 소설 『맨스필드 파크Mansfield Park』가 출판됐을 때 가족과 친구들에게 의견을 구하고 그들의 논평을 수첩에 받아 적었다. 어떤 사람들은 그 소설을 『오만과 편견Pride and Prejudice』보다 못하다고 했고, 그녀의 오빠 헨리는 여전히 작가들이 두려워하는 "흥미롭다"는 의견을 내놓았다. 아무도 그 책에 대해 많은 얘기를 하지 않았다.

캐럴 실즈는 제인 오스틴에 관한 저서에서 이렇게 말했다. "오스틴은 그 책에 대한 반응에 실망했다. 하지만 그녀는 이미 낙담한 소설가들이 하는 일을 하고 있었다. 훗날 걸작이 될 새 소설 『에마Emma』를 쓰기 시작한 것이다."

...

작가라면 누구나, 우리가 태어난 이 세상이 모두 한패가 되어 자신이 재능을 발전시키는 것을 방해하고 있다고 느낄 것이다. — 제임스 볼드윈

레이먼드 챈들러는 플롯을 종이에 쓰지 않고 머릿속으로 구상했다. 그는 이렇게 말했다. "대개는 잘못해서 처음부터 다시 구상해야 한다. …… 내 경우 플롯은 만들어지는 것이 아니라 자라나는 것이다. 따라서 플롯이 더 이상 자라지 않으면 포기하고 처음부터 다시 시작해야 한다."

애거서 크리스티는 플롯과 씨름할 때면 뜨거운 물로 목욕을 하고 풋사과를 먹으면서 쓰고 있는 작품의 플롯을 머릿속으로 처음부터 끝까지 생각해본다. 로런스 더럴은 플롯을 구상하는 일이, 땅에 말뚝 몇 개를 박은 다음에 앞으로 나아갈 방향을 표시하기 위해 저만치 먼저 달려가 또 하나를 박는 것과 같다고 말했다.

헨리 그린은 그저 플롯이 한 쪽씩 저절로 찾아오게 놓아둔다.

제임스 서버는, 작가는 앞으로 자신이 나아갈 방향에 대해 너무 많이 알면 안 된다고 믿었다.

···

일련의 초고들 속에서 내 주인공들은 같은 일을 몇 번이고 반복한다. 똑같은 사건이 계속 반복되는 것은 소름 끼치는 일이다. 하지만 그들이 그 일을 하는 이유는 점점 더 복잡다단해지고, 점점 더 인물들과 밀접해진다. 매일 기적이 일어나는 것 같다. '와, 내가 이걸 해냈어. 어제까지만 해도 전혀 예상하지 못했는데.' 이렇게 말이다. —**피터 캐리**

이기적인 글쓰기

이제 1년간의 위험한 글쓰기가 한 달 남았다. 그 한 달 동안 계속 쓰거나 다듬거나, (출판을 원한다면) 글을 어딘가로 보낼 용기를 끌어 모아야 한다. 30일 동안 정신을 바짝 차려야 한다.

이기적으로 행동해라. 시간을 비축해라. 당신의 시간이 얼마나 귀중한지 알아라.

초고를 끝마치는 것은 기적 같은 일이다.

...

나는 이론상으로는 아니라 해도 실질적으로는 평생토록 이기적인 사람이었다.

— 제인 오스틴

최고의 작가들에게도 어려운 시기가 찾아올 수 있다. 다음은 안톤 체호프의 일기에서 발췌한 것이다.

> 1896년 10월 17일: "알렉산드린스키 극장에서 나의 〈갈매기〉 공연이 있었다. 그리 성공적이지 않았다."
> 1896년 12월 4일: "10월 17일 공연 말인데……. 내가 극장을 도망치듯 빠져나온 건 사실이지만 그건 공연이 다 끝난 다음이었다."

• • •

그래요, 난 개작에 매달려왔죠.

난 결말을 바꿔보려 해요.

—— **폴 사이먼**

비평가의 눈으로 보기

자기 안의 비평가를 해방시킬 때가 온다. 출판을 목표로 어딘가에 보낼 수 있을 만큼 글이 완성되면 이제 완벽성에 대해 트집을 잡는 목소리가 개입해도 좋다. 차가운 비평가의 눈이 개입해 산만한 단락과 장황한 문장, 드러내지 않고 설명을 덧붙인 부분, 일반화, 모호한 표현, 형용사와 부사의 남용 등을 찾아내도 좋다. 출력해서 보내든 전자파일로 보내든 새것 같은 원고로 만들어야 하므로, 여백이 충분해야 하고 쪽수를 매겨야 하며 행간도 규격에 맞아야 한다. 말하자면, 일자리를 구하러 가는 자신의 이야기에 멋진 양복을 입혀 내보내라는 얘기다.

...

수없이 많은 글을 읽어본 에이전트나 편집자의 입장에서는, 훌륭한 외관을 갖춘 원고, 즉, 행간이 충분하고 글자체와 글자 크기가 알아보기 쉬우며 레이저 프린터로 깔끔하게 출력한 원고가 얼마나 다르게 느껴지는지 모른다. — **노아 루크먼**

킬 유어 달링

우리가 쓰는 구절들, 감정과 아름다움, 진실 등으로 가득 찬 사랑하는 그 구절들을 아는가? 때로는 그것들을 죽여야 한다. 아무리 아름다워도 그 구절이나 문장 또는 단락 전체가 이야기에 별다른 도움이 되지 않으면 삭제 버튼을 눌러야 한다. "당신의 귀염둥이들을 죽여야 한다You must kill your darlings"는 말은 누구나 들어봤을 것이다.

토머스 울프의 편집자 맥스 퍼킨스는 울프의 산만한 소설들에서 '수천' 단어씩 걷어낸 것으로 유명하다. 토머스 울프는 이렇게 말했다. "나는 글을 쓰고자 하는 사람이라면 누구나 배워야 하는 쓰디쓴 교훈을 마주해야 했다. 그것은 바로, 아무리 자신이 쓴 최고의 표현이 되는 글귀라도 출판하려는 원고에는 적절하게 어우러지지 않을 수 있다는 것이다."

···

당신의 귀염둥이들을 항상 죽여야 하는 것은 아니다. …… 그러나 되돌아가서 아주 '빛나는 눈'으로 다시 한 번 보아라. 대개는 죽이는 편이 나을 것이다. —**다이애나 애실**

유머 감각 키우기

많은 것들이 그러하듯 유머 감각도 작가에게 도움이 된다.

베스트셀러 작가 팻 콘로이는 그의 아내 캐선드라 킹의 북 투어에 동행해 그녀가 사인회를 하는 동안 한쪽 옆에 떨어져 앉아 있었다. (그는 자신을 "미스터 겸손"이라고 했다.) 한 여자가 그에게 다가와서 말했다. "당신 때문에 이 행사에 왔어요. …… 당신 책은 전부 다 읽었어요. 당신 책을 정말 좋아한답니다. 몇 쪽은 통째로 외우기도 했고요. 오래전부터 당신의 책을 좋아했어요. 하지만 『캐리Carrie』보다 더 좋은 작품은 쓰실 수 없을 것 같아요." 순간 그는 여자가 자신을 스티븐 킹으로 착각했음을 깨달았고, 나중에 인터뷰에서 웃으면서 그 얘기를 털어놓았다.

그러나 팻 콘로이 같은 사람이 있는가 하면, 무언가가 빗나갈 때마다 자존심에 상처를 입고 발끈하는 작가도 있다. 무슨 일이 있어도 성내는 일은 피해라. 유머 감각을 발휘해라.

• • •

당신의 자존심은 길들여지지 않고 불안에 떠는 커다랗고 지저분한 개와 같다. 아무 때나 짖거나 낑낑거리고 아무 데나 오줌을 싸며 낯선 이가 지나가면 물고 자기보다 크거나 영리하거나 예쁜 개를 보면 미쳐 날뛴다. …… 당신이 할 수 있는 일은 목줄을 바짝 붙잡고 있는 것뿐이다. ―**캐럴린 시**

한때 나는 몇 달 동안 울면서 마지막 장(章)에 매달린 적이 있다. 1년 전에 출판사와 계약한 소설이었는데, 계약금을 돌려주기만 하면 그 출판사가 전부 다 없던 일로 해주었으면 좋겠다고 진지하게 바랄 정도였다. (이게 바로 결국 실패한 초고가 1.5미터 쌓였던 그 소설이다.) 마지막 장에서 새로 일어나고 수습해야 할 일들이 너무 많았다. 행동과 감정을 해결해야 했을 뿐 아니라, 맙소사, 살인 미수도 한 번 일어나야 했다. 나는 울면서 타이핑을 하며 주변 사람들을 붙잡고 정말 괴롭다고, 이 빌어먹을 책의 결말을 도저히 해결할 수가 없다고 한탄했다. 그러나 7월의 어느 날, 그 모든 조각들이 제자리를 찾아가기 시작했고, 짜잔! 그 책은 훌륭한 결말을 갖게 되었다.

• • •

나는 결말을 싫어한다. 그냥 딱 질색이다. 처음 부분이 가장 흥미진진하고, 중간이 되면 착잡해지고 결말에 도달하면 미칠 것 같다. 해결하라는 유혹, 완벽하게 싸서 하나의 꾸러미로 만들라는 유혹이 내게는 끔찍한 덫처럼 보인다. 결말에 대해 좀 더 솔직할 수 없을까? 가장 참된 결말은 이미 새로운 시작으로 돌아가기 시작한 결말이다. —— **샘 셰퍼드**

끝을 알 수 없는 끝

잭 케루악은 『길 위에서On the Road』를 쓸 때 타자 용지가 떨어져서 글이 끊기는 일이 없도록 아주 긴 두루마리 용지를 사용했다. 그는 여정의 속도가 빨랐기 때문에 자신도 속도를 냈다고 했다. 약 36미터의 두루마리 원본의 끝부분에는 그가 손으로 직접 적은 메모가 있었다. "개가 먹었음(포치키 — 개 이름)."

어떤 사람들은 그가 자신의 결말이 마음에 들지 않아서 찢어버렸을 거라고 추측했다. 또 어떤 사람들은 결말이 떠오르지 않아서 개가 먹었다는 이야기를 지어낸 거라고 추측하기도 했다.

…

신선한 글이야. 모든 게 실제로 일어났던 대로 일어나고 있지. …… 하지만 책은 결말을 찾고 있어. —**앨런 긴즈버그**

미끄럼틀을 타고 내려가기

티나 페이는 자신의 글을 너무 귀하게 여겨선 안 된다고 경고한다. 최대한 노력해 최선을 이끌어내되, 그다음에는 놓아버려야 한다는 얘기다. "미끄럼틀 꼭대기에 서서 내려갈 것인지 말 것인지 끝없이 고민하는 아이가 되어선 안 된다. 그저 타고 내려가야 한다." 그녀는 이렇게 말한다.

작가들에게 미끄럼틀을 타고 내려가라는 것은 페이지에 뭔가를 탁 내려놓은 다음에 마음에 안 들어도 그냥 두고 계속 나아가라는 얘기다. 우리는 늘 완벽을 추구하려 들지만, 놓지 않으면 한 문장, 한 단락, 한 쪽을 영원히 붙들고 앉아 고뇌해야 한다. 언제든 돌아가서 고치면 된다. 일단 나아가라. 미끄럼틀을 타고 다음 쪽으로, 다음 장(章)으로 내려가라.

때에 따라 그것은 '전송' 버튼을 눌러야 한다는 의미가 되기도 한다.

• • •

그렇다. 당신은 영원히 사랑하고 자랑스러워할 작품 — 당신의 금덩어리 — 을 쓰게 될 것이다. 하지만 똥덩어리가 될 작품도 쓰게 될 것이다. 그것을 걱정해선 안 된다. — 티나 페이

전송 버튼 누르기

과거에는 스토리나 에세이나 시를 보낼 때 커다란 봉투에 넣고 자기 주소가 적힌 반신용 봉투를 동봉했다. 온전한 책 한 권의 원고는 소포용 상자에 넣어 보냈다. 이 모든 게 당연하다고 느껴졌다. 포장을 하고 주소를 쓰고 우체국까지 가는 '진짜' 행동이 포함되어 있었기 때문이다. 하지만 이제 에이전트들과 편집자들은 대부분 전자 원고를 원한다. 따라서 당신은 자신의 방이나 사무실, 주방, 여타의 작업 공간에 혼자 앉아 마우스 포인터로 전송 버튼 위를 서성거린다. 한 번만 클릭하면 책 한 권, 에세이 한 편, 스토리 하나가 미끄럼틀을 타고 사이버 공간으로 내려간다.

...

나는 화이트 와인 한 잔과 토피 아이스크림 두 스쿱을 주문했다. 나는 주위 사람들을 보면서 내내 미소를 지은 채 누구에게랄 것도 없이 말했다. "제가 방금 책 한 권을 끝냈어요. 곧 다시 사람이 될 수 있을 거예요." — **나탈리 골드버그**

발가벗고 거리에 나가는 것

편집자가 읽고 계약해서 출판해주기를 바라며 자신의 글을 세상으로 내보내는 일은 환한 대낮에 발가벗고 집을 나가 거리를 걷는 것과 다르지 않다. 나의 삶을, 나의 가장 내밀한 생각과 꿈과 믿음을, 나의 상상을 모두가 읽는 것이다. 콧방귀를 뀌고 비웃으며 거절할 수도 있다. 봉투를 봉하면서 또는 전송 버튼을 누르면서 당신은 필경 이런 생각에 시달릴 것이다. (반대로 자신감에 가득 차 있다면 그 수위를 조금 낮추는 편이 좋을 것이다.)

그러나 당신의 스토리, 당신의 에세이, 당신의 책이 훌륭하기를 바라는 편집자들이 있다는 사실을 명심해라. 편집자라는 직업은 작가들이 있기 때문에 존재하는 것이다. 우리가 그들을 필요로 하는 만큼 그들은 우리를 필요로 한다. 자신의 주제와 스타일에 관심을 가져줄 문예지나 출판사, 편집자, 에이전트를 찾는 것도 작가의 의무에 속한다. 그러나 자신의 의무를 이행해라. 자신의 글을 누구에게 보내야 하는지 파악해라. 그들이 이전에 어떤 책을 출판했는지, 에이전트라면 어떤 작가들을 맡았는지 파악해라.

...

책을 내는 사람은 수많은 사람들 앞에서 바지를 내린 채 온전히 모습을 드러내고 서 있는 셈이다. —에드나 세인트 빈센트 밀레이

마케팅 매춘부

'출판'은 "세상에 내놓는 것"을 의미한다. 온라인으로 출판해 영원히 사이버 공간에만 가둬둘 수도 있고, 자신의 프린터로 출판해 친구들에게 한 부씩 건넬 수도 있으며, 출판사나 잡지사와 계약하여 그쪽에 모든 것을 맡길 수도 있다. 주문하면 출판해주는 회사를 통해 자가 출판을 할 수도 있다. 그들은 돈을 내면 책을 만들어준다. 결국 어떤 방법을 택하든 자신이 쓴 글을 사람들이 읽게 하고 싶다면 자신의 마케팅 담당자가 되어야 한다. 달리 표현하면 '마케팅 매춘부(또는 포주)'가 되라는 얘기다.

책을 출판한다면 자신의 책 표지가 들어간 엽서를 주문해서 알고 지내는 사람들 또는 연락이 닿는 사람들에게 무작정 보내거나 뿌리는 방법을 고려해볼 것이다. 페이스북으로 친구들을 낚고, 블로그와 웹사이트를 개설하고, 긴 주소록을 만들어 이메일을 날린다. 서점에 깔리는 날짜를 알리려고 전화를 하고 트위터를 통해서도 떠들어댄다. 이 중 어느 것 하나라도 재미있다고 생각한다면 글을 쓰지 말고 광고 쪽으로 진출하는 것을 고려해보아라.

...

글을 쓰는 것은 매춘과 같다. 처음에는 사랑을 위해 하다가 그다음에는 몇몇 가까운 친구들을 위해 하고, 그다음에는 돈을 위해 한다. —몰리에르 때로는 너무 깊게 생각하지 않고 충동적으로 행동하는 것이 행운으로 이어지기도 한다. 나는 그런 식으로 에이전트를 구했다. 브로드웨이에서 내게 첫 배역을 준 감독 겸 작가 가슨 캐닌에게 내 시들을 보낸 것이다. 좀 더 현명하고 차분하게 생각했다면, 교외의 삶에 대한 고뇌로 가득한 내 몇십 편의 시를 "캐닌 선생님"에게 보내지 않았을 것이다. 그러나 후한 성격의 그는 나의 시들을 칭찬하고 에이전트를 구해보라는 멋진 답장을 보내주었다. 그리고 초보 에이전트 한 명을 추천해주었다. 이건 정말인데, 이 지구상에서 시인을 달가워하는 에이전트는 아무도 없다. 특히 (그에게 말하지 않은 음란 소설 한 편을 제외하곤) 출판 경력이 전무한 시인이라면 더욱 그렇다. 하지만 그 풋내기 에이전트는 가슨 캐닌과의 관계를 생각해 내게 연락을 주었고 내가 소설도 쓰고 있다는 이야기를 듣고 좀 더 관심을 보였다. 그로부터 5년 후, 소설 두 편을 실패한 후에 그는 나의 첫 책을 팔아주었다.

에이전트를 그렇게 구해야 한다는 얘기가 아니라, 때로는 머리보다 직관을 따라야 한다는 얘기다.

...

자신의 직관을 믿어라. 그리고 절대 자신이 노력한 것 이상을 바라지 마라.

— 리타 메이 브라운

되돌아온 원고

글이 거절당해 패배감에 시달린다면 아래의 이야기들을 기억하기 바란다.

수잔나 무어는 한 에이전트에게 첫 소설을 거절당하면서 다른 일을 찾아보라는 조언을 들었다. 그러나 그 소설은 결국 전미도서상 후보에 올랐다. 제임스 미치너는 에이전트가 더 이상 그를 믿지 못하고 그만둔 후 곧바로 『남태평양 이야기Tales of the South Pacific』로 퓰리처상을 받았다. 또 한 명의 퓰리처상 수상자인 로버트 올렌 버틀러는 그전에 스무 명의 편집자에게 거절당했다. 그러나 개중에는 찬사를 보내는 사람들도 있었으므로 끝까지 포기하지 않았다. 노먼 메일러의 『벌거벗은 자와 죽은 자The Naked and the Dead』를 거절한 편집자는 "내 생각에 그 책은 출판될 가능성이 거의 없다"고 썼다. 에밀리 디킨슨의 초창기 원고 한 편은 "전반적으로 진정한 시적 자질이 없다"는 이유로 거절당했다. 하지만 이 모든 사례를 능가하는 것은 어니스트 헤밍웨이의 『봄의 분류The Torrents of Spring』일 것이다. 그 책은 이런 반응을 얻었다. "최대한 완곡하게 말씀드리자면 이 책을 출판하겠다는 사람은 취향이 지독히 형편없는 셈입니다."

...

그것은 개인적인 게 아니다. 죽음도 아니다. 그저 죽음의 경험일 뿐이다. 거절을 완화하는 방법은 그것을 하나의 '과정'으로 전환하는 것이다. 우주의 배드민턴 시합이라고 생각해라. —캐럴린 시

산책 치료법

글을 쓰는 일이 제정신을 유지해줄 수 있을까? 존 제롬은 1년간의 프리랜서 생활에 대해 쓴 책에서 조이 윌리엄스의 말을 인용해 이렇게 물었다. "방 안에 혼자 앉아 인간이 버틸 수 있는 최대한의 시간을 매일 버티며 문장을 만들어내는 것이 온전한 일이라고 할 수 있을까? 게다가 그로 인해 바깥세상, 즉, 우리의 세상이라고 하는 실제 세상은 물론이고 자신이 있는 바로 그 방과도 완전한 접촉을 상실한다면? 글을 쓰는 것은 오히려 미치게 만드는 일일 것이다."

나는 그의 주장이 아주 적절하고 논리적이라고 생각하지만 한편으로는 글쓰기가 제정신을 유지해준다고 믿는다.

그렇지만 제정신을 되찾는 또 하나의 방법이 "산책 치료법"이라는 말에는 동의한다. 그는 이렇게 썼다. "나는 개 두 마리를 데리고 산책한다. …… 아마도 제정신을 유지해주는 것은 그 녀석들일 것이다."

• • •

나는 매일 나의 개 아퀴나와 함께 오랫동안 산책을 하는 데 익숙해졌다. 우리의 산책은 일을 위한 것이고 기분 전환을 위한 것이며 한편으로는 생존을 위한 것이다. 나는 이 세 가지 동기가 거의 동등하게 중요하다고 생각한다. 매일의 산책과 산책으로 자극을 받는 내 머릿속의 교류가 없다면 나는 비참한 불안감을 안고 텅 빈 첫 장을 마주할 것이다. —**윌리엄 스타이런**

좋은 제목의 조건

마거릿 미첼은 1925년부터 1935년까지 조금씩 쓰던 책의 제목을 '내일은 내일의 태양이 뜬다Tomorrow Is Another Day'라고 지을 생각이었다. 두 번째로 생각한 제목은 '지친 짐을 싣고Tote the Weary Load'였다.

그 책이 결국 『바람과 함께 사라지다Gone with the Wind』라는 제목으로 출판된 것은 모든 출판 관계자들에게 참 다행스러운 일이었다.

...

좋은 제목은 좋은 은유와 같다. 너무 모호하지 않고 너무 뻔하지도 않으며 강한 흥미를 불러일으켜야 한다. ―워커 퍼시

좋은 편집자와 나쁜 편집자

제인 오스틴의 오빠는 "모든 것이 제인의 펜에서 완성된 상태로 나왔다"고 주장했다. 우리는 위대한 작가들은 모두 그럴 거라고 생각한다. 그들의 글은 펜이나 컴퓨터에서 깨끗한 원고로, 출판된 책으로 곧장, 아주 쉽게, 매끄럽게, '완성된 상태로' 옮겨간다고 생각한다. 그러나 내가 아는 작가들 가운데 이런 사람은 단 한 명도 없으며, 제인 오스틴도 그런 것 같지는 않다. 옥스퍼드 대학교의 한 교수가 발견한 바에 따르면, 제인 오스틴이 손으로 쓴 원고는 몹시 지저분했다. 문법적 오류와 생략이 가득했고 구두점이 빠져 있는 경우도 많았다. 그렇다면 제인 오스틴에게는 아주 좋은 편집자가 있었다는 얘기다.

좋은 편집자는 당신의 글에 대해 상상 이상으로 멀리까지 생각할 수 있다. 좋은 편집자는 판단 면에서든 문법 면에서든 끔찍한 실수를 저지르는 것을 막아준다. 좋은 편집자를 만나면 당신은 수정된 부분들이 전부 자신의 아이디어였다고 착각한다.

나쁜 편집자는 당신의 목소리를 바꾸고 좋은 편집자는 당신의 목소리를 찾도록 돕는다.

...

18쪽부터 92쪽까지 무슨 내용인지 아시죠? 그걸 아주 멋진 한 문장으로 바꿔보죠.

—— **마이클 코다**

불청객에 대처하기

당신이 초고를 완성하고 필요한 만큼 퇴고를 해서 마침내 책을 출판했다고 가정하자. 이것은 응원과 축하를 받아야 마땅한 일이다. 하지만 어느 날 밤 서점에서 낭독회와 사인회(줄이 짧을지도 모르니 각오하길)를 가진 후에 책을 사지도 않은 사람이 다가와서 어떤 말을 건넨다. 당신은 멈칫한다. 낭독할 때 당신의 기를 살펴봤는데 문제가 있었다는 것이다. 당신의 기가 막혀 있다고 한다. 당신은 그녀를 본다. 당신은 몹시 지친 상태다. 한순간, 이상한 미신을 들이대는 이 낯선 여자가 당신의 삶에 존재하는 그 모든 풀리지 않는 문제들을 알고 있을지도 모른다는 생각이 든다. 갑자기 몹시 우울해지면서 펜으로 그 여자를 찌르고 싶어진다. 하지만 그러지 않는다. 그러나 책을 출판했다는 기쁨은 이제 현실적인 수준에 도달해 있다.

...

분명히 말하는데, 돈과 명예를 염두에 두고 있다면 출판은 당신을 미치게 만들 것이다. —앤 라모트

제니 내시와 나는 커다란 쇼핑몰에 있는 대형 서점에서 합동 출판 기념회를 가질 예정이었다. 우리는 유방암이라는 주제로 책을 써서 같은 시기에 출판했다. 우리는 친한 친구 사이였고 뉴욕에 있는 우리의 편집자들도 서로 아는 사이였다. 지혜로우신 우리 편집자들은 우리가 함께 "암을 위한 밤"을 가져야 한다고 생각했다. 나는 서점 전단지 — "당신의 암 이야기를 함께 나누세요!" — 를 읽었을 때 끔찍한 행사가 될 수도 있다는 예감이 들었다. 그러나 상관하지 않았다. 나는 제니를 좋아했으므로 아무리 암에 관한 행사라도 둘이 함께하면 재미있을 거라고 생각했다. 서점에 도착해보니 우리의 책이 높게 쌓여 있고 관중석이 마련되어 있었다. 아아, 얼마나 기쁘고 영광스러운 일인가!

한 여자가 도착했다. 그런 다음 내 친구 보니가 나타나 관객 수는 금방 두 배가 되었다. 그게 다였다. 그저 맨 뒷줄에 조용히 앉아 있을 생각으로 참석한 그 가엾은 여자는 그날 저녁 내내 우리의 관심과 열정을 한 몸에 받았다. 우리는 그녀에게 이메일 주소와 웹사이트를 알려주었지만 두 번 다시 그녀의 소식을 듣지 못했다.

• • •

나는, 작가는 글로 접해야지 말로 접해선 안 되며 눈으로 접해선 더더욱 안 된다고 생각하는, 멸종 위기에 처한 종족이다. — **윌리엄 개디스**

이상적인 낭독회

때로는 서점이나 문학 행사에서 당신의 책을 낭독하며 관객과 연결되는 기분을 느낄 수도 있다. 당신의 관객은 적절한 부분에서 웃음을 터트리고 진지한 부분에서는 조용히 경청한다. 문답 시간에는 생생하고 알찬 질문을 던지고, 그런 다음에는 당신에게 다가와 자신의 이야기를 들려줄 것이다. 당신의 기가 막혔다고 말하는 사람은 없을 것이다.

• • •

나는 지난 한 해 동안 내게 자신의 이야기를 들려주고 싶어 하는 전국 각지의 놀라운 사람들, 애견 애호가들을 만났다. 그들은 낭독회에 참석할 때면 …… 편지와 사진을 갖고 왔다. —**팸 휴스턴**

예전에 나는 내 수필집이 나오고 얼마 안 돼서 인터넷에서 그에 대한 서평들을 찾아보았다. 한 독자는 아예 나를 대신해 퇴고를 해주려는 것 같았다. 어떤 독자는 교정되지 않은 판본에서 문법적 오류 두 개를 발견하고 몹시 분개했다. 지금 돌아보면 그 가운데 가장 재미있었던 것은, 작가들이 아닌 "진짜" 사람들이 썼다면 훨씬 더 나은 책이 되었을 거라는 평이었다. 물론, 정말 좋은 평들도 있었다. 하지만 여기서 꼭 알아야 할 점은(어쩌면 이미 알고 있겠지만), 기억에 그대로 남는 것은 부정적인 평들이라는 사실이다.

나는 약 24시간 동안 부정적인 평들 때문에 우울해하다가 내가 좋아하는 책들에도 나쁜 평이 달려 있는지 확인하기 위해 그 사이트를 뒤져보았다. 그런데 하, 이것 봐라. 내가 가장 좋아하는, 회고록 집필에 관한 책에 아주 부정적인 평("종이가 아깝다")이 달려 있는 게 아닌가. 그것을 보고 나는 서평이라는 것에 대해 어느 정도 거리를 두게 되었다. 무엇보다도 그 서평에는 저자가 직접 댓글을 달아놓았다. "저런, 환불을 요청하셔야겠네요." 이렇게 말이다.

...

정말 긍정적인 서평들은 잠시 후면 지루해진다. 자신이 내린 가장 후한 자기 평가를 다시 그대로 인용한 그런 서평들 말이다. 하지만 솔직히 말해 나쁜 서평들은 유혹적이다. 그것은 엉망진창인 상황을 말할 때 흔히 인용되는 '열차 사고'와도 같다.

단, 당신 혼자 열차에 남아 있는 것이다. 저 골짜기 아래 뒤엉켜 있는 그 모든 시체들이 당신에 대해 뜻밖의 사실을 알려줄 수 있을까? —데이비드 실즈

베아트리체 우드는 40세에 도예를 발견해 인생을 바꿨다. 예술가가 된 것이다. 그러다 80대 후반에는 작가가 되어 많은 책을 출간했다. 그중 하나는 노력과 깊은 영적 모험, 격렬한 연애, 달콤한 가십 등을 다룬 유쾌하고 흥미진진한 회고록이다. 나는 그녀가 104세였을 때 한 번 만난 적이 있다. 그녀는 자신의 트레이드 마크인 실크 사리와 묵직한 액세서리를 걸친 채 여전히 작업을 하고 있었다. 그로부터 1년 후 생을 마감할 때까지 그녀는 매일 작업실에 가서 예술 활동에 매달렸다.

그녀는 회고록에 이렇게 썼다. “밤이 되면 나는 침대에 누워 다음 날 작업실에서 할 일을 계획한다. 내가 만들 그릇들, 잔들, 타일들을 머릿속으로 그려본다.”

• • •

내가 도예가로서 뛰어난 재능을 가졌다고 말할 수는 없다. 다만 나는 나 자신을 도예가로 단련시킨 것이다. …… 나는 아주 열심히 노력했다. 결국 중요한 것은 노력뿐이다. —베아트리체 우드

책을 세상에 알리는 방법

플로리다의 어느 모래톱에 갑자기 그랜드 피아노 한 대가 나타났다. 비스케인 만 한가운데 작은 모래톱에 외로이 올라앉은 이 피아노는 저녁 뉴스와 신문에 나왔고 인터넷에도 올라왔다. 어찌된 일이었을까? 알고 보니 한 10대 아이가 예술학교 입학 허가를 받기 위해 주목을 끌려고 벌인 쇼였다. 할머니의 차고에 있던 낡은 피아노를 꺼내 가족 보트에 싣고 모래톱으로 가져가서 불을 붙인 다음, 자신이 마치 불타는 피아노를 연주하는 것처럼 연출해 사진을 찍은 것이다.

피아노를 생뚱맞은 장소에 갖다 놓고 불을 질러 주목을 끌라는 얘기가 아니다. 사람들에게 자신의 작품을 알리는 혁신적인 방법을 구상해보라는 얘기다.

...

소년은 자신의 책을 팔아야 한다. —**트루먼 카포티**

어느 날 아침, 혹은 어느 일주일, 때로는 대략 한 달에 걸쳐 글을 쓰는 게 불가능하다고 느껴질 때가 있다. 컴퓨터만 봐도 머릿속이 윙윙거리면서 혼란스러워진다.

이런 상황에서 써먹을 수 있는, 내가 아는 최고의 조언을 간단하게 제시한다. 이것은 리처드 로즈가 제안한 방법이다. "책 한 권을 쓰는 것이 불가능하면 한 단원을 써라. 한 단원을 쓰는 것이 불가능하면 한 쪽을 써라. 한 쪽을 쓰는 것이 불가능하면 한 단락을 써라. 한 단락을 쓰는 것이 불가능하면 한 문장을 써라. 한 문장을 쓰는 것조차 불가능하면 한 단어를 써라. 그런 다음, 그 단어에 대해 알아야 할 모든 것을 자신에게 가르쳐주고 그와 연관되는 또 하나의 단어를 써라. 그러한 연결이 어디로 이어지는지 지켜보아라."

…

자신이 글쓰기를 사랑한다는 사실을 잊어선 안 된다. 사랑하지 않는다면 글을 쓸 필요가 없다. 그 사랑이 희미해지면 필요한 조치를 취해 다시 글쓰기로 돌아가라.

—A. L. 케네디

마음대로 그만둘 수 없는 일

매들렌 렝글은 마흔 번째 생일을 얼마 앞두고 자신의 책 두 권을 내줄 출판사를 찾느라 고전하고 있었다. 그 두 권의 책은 이제는 고전이 된 아동도서 『시간의 주름A Wrinkle in Time』(이 책은 악을 다룬다)과 『오스틴 가족 만나기Meet the Austins』(이 책은 죽음으로 시작한다)였다. 그 외에 성인을 위한 소설도 한 권 있었다. 그 책은 당시 어느 편집자가 진지하게 고려하고 있어서, 그녀는 계약이 성사될 거라고 기대하고 있었다. 그러나 마흔 번째 생일날 그 소설이 거절당했다는 소식을 들었다. 그녀는 그것을 일종의 계시로 받아들이고 죄책감을 느끼며(그동안 아이들을 버려둔 채 글쓰기에만 매달렸으므로!) 펑펑 울면서 "야심적인 포기의 제스처로 타자기를 덮어두었다". 그러나 그렇게 흐느끼다가 자신이 무의식적으로 실패에 관한 소설을 구상하고 있음을 깨달았다.

그녀는 다시 타자기 덮개를 열고 계속 글을 썼다.

• • •

나는 글을 써야 했다. 그 문제에 관해선 선택의 여지가 없었다. 내가 그만하겠다고 말할 수 있는 일이 아니었다. 나는 그럴 수가 없었다. 재능이 아무리 없어도, 아무리 부족해도 상관없었다. 또다시 책을 출간하지 못한다고 해도, 게다가 정말 그럴 가능성이 농후하다고 생각했는데도, 나는 계속해서 글을 쓰지 않을 수 없었다.

—— **매들렌 렝글**

당신은 도무지 이야기의 결말에 도달할 수가 없다. 마무리를 짓고 뒤엉킨 것들을 풀어야 하며 어느 것 하나 놓쳐선 안 된다. 한 가지 경험을 해결했다고 생각하는 순간, 모든 것을 진정시켰다고, 혼돈 속에서 질서를 끌어냈다고, 당신의 삶의 기본적인 요소들로 종이 위에 통제 가능한 것을 만들어냈다고 생각하는 순간, 새로운 상실, 새로운 기쁨, 새로운 아이디어나 질문이 난입한다.

게일 캘드웰에 따르면, 옛날 나바호 족의 베 짜는 사람들은 그들이 만드는 깔개에 일부러 흠집을 남겼다. 새로운 시작, 새로운 창조를 향하는 길로 이어진다는 이 흠집은 영혼의 줄이라 불렀다.

• • •

간직할 만한 삶의 이야기라면 모두 영혼의 줄을 하나씩 갖고 있어야 한다. 그것은 희망 또는 내일, 혹은 이야기의 "그다음에는"이라 부를 수 있다. —**게일 캘드웰**

60번의 거절

캐스린 스토킷의 베스트셀러 소설 『헬프The Help』는 무려 60번 거절당했다. 첫 거절문에는 이렇게 적혀 있었다. "저는 이 이야기에 흥미가 일지 않았습니다." 하지만 그것은 난생처음 받은 거절이었으므로 그녀는 오히려 신이 났다. 진짜 거절의 편지를 받다니! 그녀는 책을 수정하기 시작했다. 그리고 마흔 번째 거절문을 받았을 때 마침내 울음을 터트렸다. 거기엔 이렇게 적혀 있었다. "이런 종류의 지루한 책은 더 이상 시장성이 없습니다."

하지만 그녀는 포기하지 않았고, 친구들과 가족에게 거짓말을 하고 몰래 호텔을 전전하며 그 소설을 계속 수정했다. 마침내 5년 후 그 책을 마음에 들어 하는 에이전트에게서 61번째 답장을 받았고 3주 후에 그 책을 출판사에 팔았다.

...

요컨대 나는 성공하는 법은 알려줄 수가 없다. 단, 성공하지 않는 법은 알려줄 수 있다. 그것은 바로, 거절당했다는 창피함에 굴복해 자신의 원고를 (혹은 그림이나 노래나 목소리나 춤 동작을) …… 관 속에, 즉 서랍 속에 넣고 영원히 닫아버리는 것이다. ― 캐스린 스토킷

올해의 결산

이제 당신은 스토리나 에세이 혹은 완성 단계의 초고를 갖고 있다. 휘갈겨 쓴 종이 더미나 수첩, 또는 기록이 가득한 컴퓨터 파일이 있을지도 모른다.

올 한 해 동안 무엇을 썼든 그에 대해 자신의 공로를 인정해주어라. 연인을 대하듯 다정한 목소리로, 어쨌든 무엇이라도 썼으니 정말 용감했다고 칭찬해주어라.

그런 다음, 그 원고나 기록을 어떻게 할 것인지 결정해라.

절대 자신을 질리게 만들지 마라. 당신은 여기까지 왔다. 계속 그렇게 나아가면 된다.

• • •

지금 쓰고 있는 것을 끝내라. 그것을 끝내는 일이 아무리 어려워도 반드시 끝내라.

—— **닐 게이먼**

요가와 글쓰기의 공통점

요가는 성취하는 것이 아니다. 인내를 갖고 겸허해지려고 노력하면서 '실천'하는 것이다. 종교나 성직자의 길, 그리고 글쓰기도 마찬가지다. 글쓰기는 실천하는 것이지 성취하는 것이 아니다. (마케팅 매춘부/포주 역할을 하기 전까지 말이다. 사실 그것은 글을 쓰는 것과 무관한 일이다.)

실천, 글을 쓸 때 해야 할 일은 그것뿐이다.

매일 심호흡을 하고 실천해라.

...

삶을 변화시키고 싶다 해도, 심리 요법을 시작하거나 종교를 믿고 있다 해도, 그것을 매일 실천하기 전까지는 그저 말에 지나지 않는다. —존 오도나휴

"여든 살이 되셨으니 이제 삶의 비결을 아실 거라 생각합니다. 삶의 비결은 무엇입니까?" 도널드 홀이 헨리 무어에게 물었다. 그러자 이 위대한 조각가가 대답했다. "삶의 비결은 과업을 갖는 것입니다. 평생을 바칠 무언가, 평생 단 하루도 빠짐없이 매순간 모든 것을 쏟아부을 무언가를 가져야 합니다. 가장 중요한 것은 자신이 절대 해낼 수 없는 과업이어야 한다는 겁니다!"

우리 역시 우리의 글을 완벽한 예술로 전환하려 애쓰고 있지 않은가? 완벽한 예술은 우리들 대다수가 해낼 수 없는 대상이다. 하지만 이러한 과업을 갖는 것, 글쓰기와 책을 사랑하는 것, 문학이라는 숭고한 길을 지향하는 에너지의 일부가 되는 것, 그리고 그것을 결코 포기하지 않는 것, 그것이 작가에겐 삶의 비결이다.

• • •

성공 여부는 중요하지 않다. 성공 따윈 없다. 그보다는 자신이 알 수 없는 무언가를 만드는 것 — 그리고 그것이 항상 자신보다 앞서게 하는 것 — 이 중요하다. 비교적 단순하고 명확한 인생 전망을 정하고 그것을 좇는 것은, 막연하게 앞에 있다고 느껴지는 그 무언가와 비교하면 진부하고 퀴퀴하다. 막연하게 앞에 있다고 느껴지는 것, 언제나 그것을 잡으려고 노력해야 한다. —**조지아 오키프**

작가로 머물러 있는 것

한 학생이 내게 이메일을 보냈다. "글이 안 풀리는 일, 슬럼프에 빠진 느낌, 따분함, 모든 걸 각오하고 있습니다. 하지만 그래도 글을 쓰면서 다른 어떤 창의적인 일을 할 때보다도 더 살아 있다고 느끼는, 더 열의에 넘치는 은총의 순간이 있을 거라고 생각합니다. 글쓰기를 습관으로 다질수록 그러한 은총의 순간을 갖게 될 가능성도 높아지겠지요. 그러니 저는 오늘 무슨 일이 일어나도 내일은 또다시 종이 위에 펜을 놀리고 있을 거라고 확신합니다."

...

비결은 작가가 '되는' 것이 아니고 작가로 '머물러 있는' 것이다. 매일, 매주, 매달, 매년 말이다. —**할런 엘리슨**

자신만의 은총의 순간을 위해 글을 썼는가?

자신이 반드시 써야 하는 글을 쓰기 위해 모험을 했는가?

안전한 곳에서 위험한 곳으로 뛰어들었는가?

과거로 뛰어들어 누군가가 절대 폭로하지 말라고 당부한 것을 썼는가?

삶의 혼돈 속에서 유머를 찾았는가?

며칠 동안 혹은 몇 달 동안 머릿속이 텅 빈 것 같을 때에도 글을 썼는가?

페이지 위에 무언가가 존재하는가?

우리가 매일 요구할 수 있는 것, 우리가 기대할 수 있는 것은 그것뿐이다. 페이지 위의 결과물. 당신이 가진 이야기는 이 지구상의 다른 누구도 당신과 똑같은 방식으로 들려줄 수 없다는 점을 기억해라. 당신의 이야기는 중요하다는 사실, 누군가는 그것을 필요로 한다는 사실을 기억해라.

글을 쓸 때 당신은 결코 혼자가 아니라는 사실을 기억해라.

당신이 좋아하는 모든 책에서 기운을 크게 북돋워주는 스승을 찾을 수 있다는 점을 기억해라. 두려움과 회의에 휩싸여 있어도 여전히 글을 쓸 수 있다는 점을 기억해라.

두려움과 회의에 맞서 한 글자 한 글자 써나가는 것임을 기억해라.

52주
즉흥 글쓰기 훈련

스스로 시간을 촉박하게 정해놓고 글쓰기 연습을 하면 '미니' 마감일이 생기는 셈이다. 이러한 연습은 압박을 가해 추진력을 높여준다. 즉흥 글쓰기 주제를 사용해 연습할 때에는 5분 동안 잠시도 멈추지 말고 글을 써보아라. (물론, 잘 풀리고 있다면 그대로 계속 나아가면 된다.) 아래에 제시하는 주제들은 대부분 소설과 회고록, 에세이에 모두 사용할 수 있다. 소설을 쓰고 있다면 자신이 아니라 소설 속 인물의 입장에서 쓰면 된다.

한 주제에 대해 오랫동안 생각하지 마라. 일단 시작하고 쓰면서 생각해라. 의외의 결과가 나올 것이다.

1 첫 문장을 써야 하는 두려움을 무엇에 비유하겠는가? 어떤 풍경이나 동물, 날씨, 음악, 그 밖에 무엇이든 떠오르는 것을 상상해보아라.
2 당신의 첫 장(章)이나 첫 에세이, 첫 단편에 대해 가까운 사람에게 편지를 써라(단, 보내지는 마라).
3 거절당한 경험에 대해 써라.
4 낙담한 경험에 대해 써라.
5 곤경에 처한 경험에 대해 써라.
6 상황을 모면하기 위해 허세를 부린 일에 대해 써라.
7 발가벗고 불편했던 경험에 대해 써라.
8 발가벗고 기분 좋았던 경험에 대해 써라.

9 최악의 실패에 대해 써라.

10 지금 키우고 있거나 과거에 키운 동물에 대해 써라. 혹은 동물을 키우지 않은 일에 대해 써라.

11 당신의 글 솜씨를 개선하는 방법들을 열거해라.

12 글을 쓰고 싶은 이유에 대해 써라.

13 자신의 입장을 고수하며 완강하게 버틴 경험에 대해 써라.

14 고등학교의 멋진 아이들 집단에 대해 써라.

15 당신의 인생 이야기를 5분 안에 써라.

16 당신의 첫 기억에 대해 써라.

17 공공장소에 수첩을 들고 가서 염탐해라. 보이는 것과 들리는 것을 써라.

18 17번에서 쓴 것을 토대로 이야기의 도입부를 써라.

19 무언가에 대해 초보자라고 느낀 경험에 대해 써라.

20 예전에 한 거짓말에 대해 써라.

21 어떤 약속에 나가지 않은 경험에 대해 써라.

22 겁을 먹은 경험에 대해 써라.

23 결코 용서할 수 없을 줄 알았던 사람을 용서한 일에 대해 써라.

24 손에 땀을 쥔 일에 대해 써라.

25 당신의 이름에 대해 – 어떻게 지어졌는지, 그것에 대해 어떻게 느끼는지 – 써라.

26 자신이나 아는 사람이 진탕 먹고 마신 일에 대해 써라.

27 선물을 받고 좋지 않으면서 좋아하는 척했던 일에 대해 써라.

28 무언가를 깨뜨리거나 망가뜨린 경험에 대해 써라.

29 벽에 부딪친 경험에 대해 써라.

30 어릴 때 가장 좋아한 신발에 대해 써라.

31 지금 가장 좋아하는 신발에 대해 써라.

32 "완벽" 이라는 단어를 적고 머릿속에 떠오르는 단어들을 적어보아라.

33 자신과 가족만 아는 어린 시절 기억에 대해 써라.

34 죄책감을 느낀 경험에 대해 써라.

35 수영을 배운 것 – 혹은 배우지 않은 것 – 에 대해 써라.

36 뗏목에 대해 써라. 비유적인 의미로도 괜찮고 문자 그대로의 의미로도 괜찮다.

37 열쇠에 대해 써라. 비유적인 의미로도 괜찮고 문자 그대로의 의미로도 괜찮다.

38 인정을 받은 – 혹은 받지 못한 – 경험에 대해 써라.

39 좋은 쪽으로든 나쁜 쪽으로든 당신의 인생을 바꾼 선생님이나 멘토에 대해 써라.

40 당신이 좋아하는 단어들을 열거해보아라.

41 40번에 열거한 단어들을 사용해 이야기를 시작해보아라.

42 임기응변이 필요했던 경험에 대해 써라.

43 실패하지 않을 게 확실하다면 무엇을 해볼 것인지 써라.

44 당신에게 가장 어려운 일의 주요 장애물이 무엇인지 써라.

45 당신이 아는 가장 위험한 장소에 대해 써라.

46 엎어진 경험에 대해 써라.

47 "옛날 옛적에"로 시작해 당신의 인생을 한 편의 동화처럼 써라.

48 절대 변하지 않는 네 가지에 대해 써라.

49 아버지의 손에 대해 써라.

50 무언가를 잃어버렸다가 되찾은 일에 대해 써라.

51 행동을 개시한 경험에 대해 써라.

52 당신이 확실하게 아는 두세 가지에 대해 써라.

옮긴이의 말 가장 쉬워 보이지만 가장 어려운 글쓰기

"글 한번 써볼까?"

감히 장담컨대, 누구나 한번쯤 이런 생각을 해봤을 것이다.

하지만 글쓰기를 한 번이라도 시도해본 사람이라면 그만큼 이율배반적인 일도 없다는 사실을 뼈저리게 느껴보았을 것이다. '한번 해볼까?' 하고 생각할 만큼 별다른 밑천이나 노력이 필요하지 않은 듯 보이지만, 막상 글쓰기를 시도해보면 이것만큼 어마어마한 밑천과 노력이 요구되는 일이 없다. 어쩌면 세상에서 가장 쉬운 일로 보이지만, 세상에서 가장 어려운 일일지도 모른다. 대부분의 예술과 달리 배우지 않고도 할 수 있지만 때로는 배우고도 할 수 없는 일, 한없이 즐거우면서도 한없이 고통스러운 일, 마음을 고양시키는 동시에 피폐하게 만드는 일, 엄청난 질타를 (혹은 무관심을) 받을 수 있지만 엄청난 감탄을 자아낼 수도 있는 일이 바로 글쓰기이다.

그리 짧지 않은 시간 동안 주로 문학 작품을 번역해온 나는 어느 순간 내가 해당 작품의 가장 많은 혜택을 받은 독자가 된다는 사실을 깨달았다. 일반 독자들은 무심코 지나칠 수 있는 부분에서조차 저자의 뛰어난 관찰력과 독특한 사고 흐름을 발견하고 감탄하는 일이 자주 있었기 때문이다. 그중에는 이 책에서 언급되거나 인용된 작가도 두엇 있다. 하지만 내게는 이 책이 지금껏 번역한 그 어떤 문학 작품보다도 계몽적이었다. 내가 그토록 탄복해 마지않던 작품들이 저절로 찾아온 영감에 의해 술술 쓰인 것이 아니라 농부 같은 근면과 성실, 무엇보다도 끔찍한 고통의 소산이라는 사실을 알게 되었기 때문이다.

개인적인 이야기를 하자면, 나는 학창 시절에 막연하게 작가를 꿈꿨었다. 점차 나이가 들면서 작가는 아무나 되는 게 아니라는 현실을 직시했고, 어쩌다 보니 마치 그 꿈과 타협이라도 하듯 번역가로 정착하게 되었다. 그러곤 번역을 집필로 향해 가는 중간 단계로 생각하는 사람들에게 번역은 그 자체로 종착지일 뿐이라고 역설하곤 했다. 물론, 맞는 말이다. 번역을 하다 글을 쓰는 사람도 있고 글을 쓰다 번역을 하는 사람도 있다. 번역이 반드시 집필의 연습 과정은 아니라는 얘기다. 다만, 나는 한때 글을 쓰고 싶었고, 언젠가 내 글이 발표되는 날이 온다면 감사의 말 첫 줄에 바바라 애버크롬비의 이름을 넣게 될지도 모른다는 얘기를 하고 싶은 것뿐이다. 그 정도면 이 책의 효용을 충분히 설명했다고 생각한다.

글을 쓸 때 우리는 기억을 더듬는다. 그러나 글을 써놓으면 기억이 자신을 더듬기도 한다. 설사 그것이 더 이상 자신의 기억이라고 할 수 없을 만큼 가공한 기억일지언정, 그 안에는 과거의 자신이 어떠한 형태로든 녹아 있게 마련이다. 따라서 설사 그 글이 끝내 세상에 알려지지 않는다 해도, 그리고 너무도 창피해서 두 번 다시 들춰보지 않는다 해도, 어떤 식으로든 글을 쓴 사람은 그렇지 않은 사람에 비해 훨씬 더 깊고 풍요로운 내면의 삶을 살 수 있을 거라고 확신한다.

지금 시점에서 국내의 어떤 독자보다도 (어쩔 수 없이) 이 책을 여러 번 읽은 독자로서 마지막으로 조언하자면, 이 책은 책상이든 침대든 손 닿는 곳에 놓아두고 반복해서 읽어야 효과가 있다. 부디, 원하는 무언가를 끝까지 써낼 때까지 곁에 두고 수시로 읽기 바란다. 그리고 그다음에 또다시 무언가를 써낼 때까지 곁에 두고 또 읽어야 한다. 슬플 때나 기쁠 때나 언제든 꺼내 읽길 바란다. 안타깝게도 이 책은 그래야만 효과가 있다. 그러다 보면 분명히 당신의 인생을 이야기로 만들 수 있을 것이다.

박아람

옮긴이
박아람

전문 번역가. 주로 소설을 번역하며 KBS 더빙 번역 작가로도 활동했다. 옮긴 책으로는 『마션』 『맨디블 가족』 『내 아내에 대하여』 『빅 브러더』 『해리 포터와 저주받은 아이』 『화성인도 읽는 우주여행 가이드북』 『달빛 코끼리 끌어안기』 『로움의 왕과 여왕들』 『12월 10일』를 비롯하여 『작가의 시작』 『내 옷장 속의 미니멀리즘』 『수치심의 힘』외 다수가 있다. 2018 GKL 문학번역상 최우수상을 수상했다.

작가의 시작

초판 1쇄 발행 | 2016년 3월 28일
초판 4쇄 발행 | 2021년 7월 23일

지은이 | 바버라 애버크롬비
옮긴이 | 박아람
발행인 | 고석현

발행처 | (주)한올엠앤씨
등록 | 2011년 5월 14일

주소 | 경기도 파주시 심학산로 12, 4층
전화 | 031-839-6804(마케팅), 031-839-6812(편집)
팩스 | 031-839-6828
이메일 | booksonwed@gmail.com
홈페이지 | www.daybybook.com

• 책읽는수요일, 라이프맵, 비즈니스맵, 생각연구소, 지식갤러리, 스타일북스는 ㈜한올엠앤씨의 브랜드입니다.